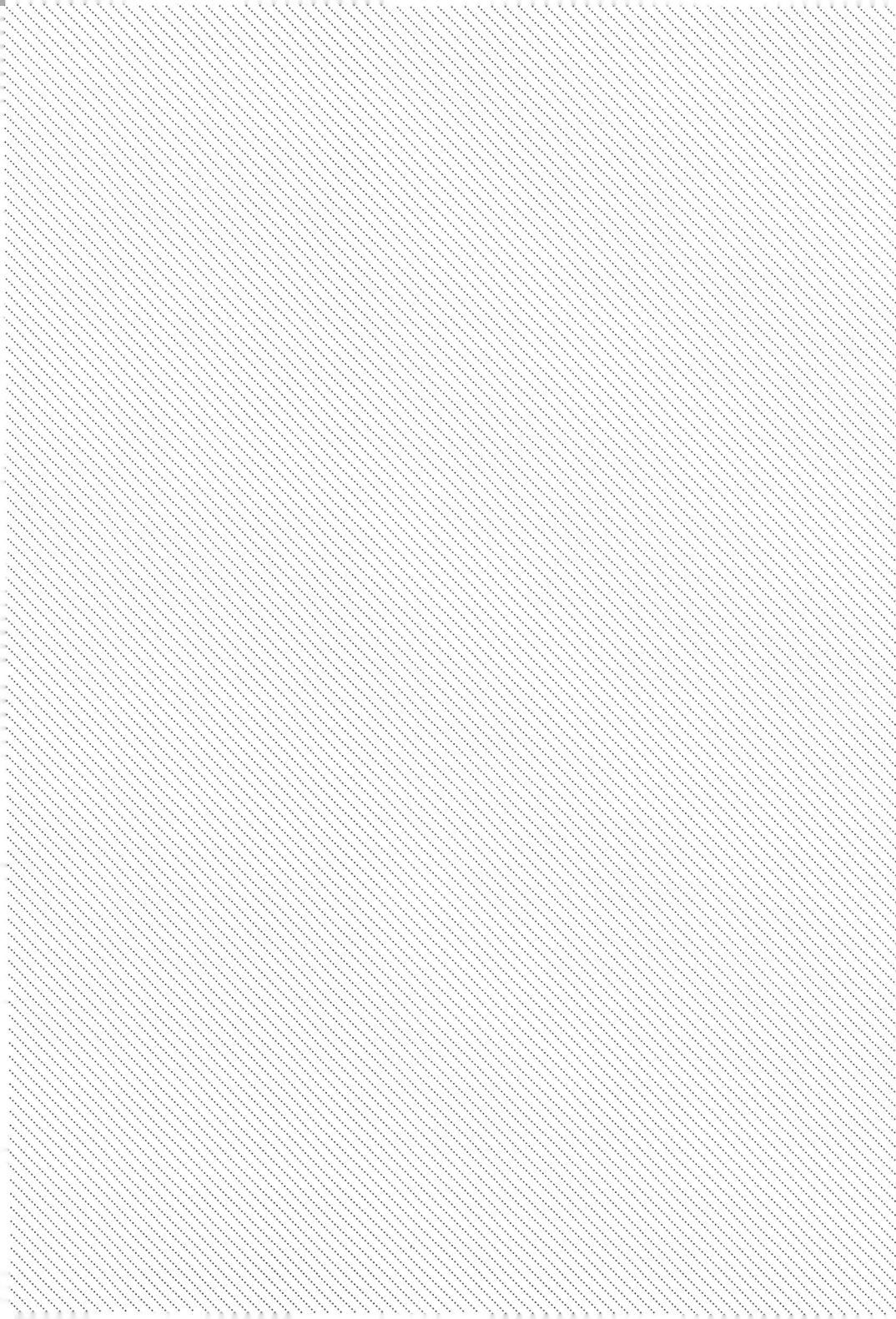

文学百年

名家散文自选集

在时间深处

孙 郁 著

民主与建设出版社

·北京·

© 民主与建设出版社，2023

图书在版编目（CIP）数据

在时间深处 / 孙郁著. -- 北京：民主与建设出版
社, 2022.9

（文学百年：名家散文自选集 / 李继勇主编）

ISBN 978-7-5139-3997-3

Ⅰ. ①在… Ⅱ. ①孙… Ⅲ. ①散文集－中国－当代

Ⅳ. ①I267

中国版本图书馆CIP数据核字（2022）第190233号

在时间深处
ZAI SHIJIAN SHENCHU

著　　者	孙　郁
责任编辑	廖晓莹
封面设计	书香文雅
出版发行	民主与建设出版社有限责任公司
电　　话	（010）59417747　59419778
社　　址	北京市海淀区西三环中路10号望海楼E座7层
邮　　编	100142
印　　刷	三河市冠宏印刷装订有限公司
版　　次	2022年9月第1版
印　　次	2023年2月第1次印刷
开　　本	880 mm × 1300 mm　1/32
印　　张	10
字　　数	173千字
书　　号	ISBN 978-7-5139-3997-3
定　　价	49.80元

注：如有印、装质量问题，请与出版社联系。

在时间深处

目录

第一辑

复州河畔

四十余年前，我和一批同学在辽南的复州插队。我们住在复州河畔两个村子中间，西边的叫杏树园，东边的名为西瓦。明末清初，这里离八旗的兵营不远，满汉杂居的历史形成了特别的风气。复州河两岸有许多古迹，偶尔能见到一点石刻、瓦当，细看坟茔中的碑文，都斯文得很。曲曲弯弯的河道旁，见证了远去的古风。

大队一位负责人很是热情，人称"秀才"。他读书颇多，是远近有点名气的人物。有一段时间他负责管理青年点的工作，常常出现在我们周围。我们这些插队的所谓知识青年，无论墨水还是见识，都远在这位"秀才"之下。

"秀才"的心细，让我们很快融到乡下的生活里，熟悉了各类活计。新来的知青多在治山队劳动，一部分人开山放炮，把那些石头运到村外的水泥厂；另一部分到各小队劳动，与农民们有了直接的接触。白天的工作强度很大，尤其是秋季收割庄稼，复州河南岸的玉米地一望无际，每垄地割到头，都要一个多小时。几天下来，一些同学累得趴下，好像骨头都松动了。

不久有人就开始逃避劳动，懒惰的情绪蔓延起来。不过一些人也找到了寻乐的方式，业余时间吹着口琴，唱着《山楂树》《三套车》《莫斯科郊外的晚上》，惆怅的调子在山坡的宿舍散开，一天的疲劳也驱除了大半。下了工地的伙伴们，喜欢恶搞，有时自唱自跳，口哨中自我扭动着身子，好像非洲人的摇摆舞。也有人围观着，发出惊奇的怪声。众人的狂欢，划破了乡下的夜的寂静。

"秀才"见到大家"无政府"的样子，并不干预，只是偶尔提醒我们，俄罗斯的歌曲，不能公开去唱，"苏修"的歌，还是不健康的。乡里人喜欢影调戏，对于洋歌并不欣赏。据说以前这里过节常有搭台唱戏的习惯，后来不再有人张罗此事，但他们以为真的艺术，是热闹的而非凄然的，城里来的青年不免有些自恋。

自恋当然也就浪漫，治山队的人赶着马车到附近的长兴岛拉货，说是工作，也有到海边游玩的意味。深秋的时候，在田地里点上篝火，偷偷烧花生吃，却又生怕村民发现。青年点的几任点长都有点创意，领着众人在西北的山上种了许多桃树，期待几年后能够结出果实来。他们还在房前打了口井，搞了一片大菜园。几位同学在山上养蚕，带着自制的火药枪看护着山林，每天在山上走来走去，像巡逻的哨兵。印象深的是老万同学，他的年龄与我相仿，每天乐乐呵呵的，像是乡下玩客，无论怎么枯燥的环境，他似乎总能寻出些趣味来。

我和老万住在一个房间，彼此的关系甚好。冬季雪天，大家都不出工了，他一个人拎着猎枪走到山里，在树丛里寻找猎物。有一回，我随其上山，累得气喘吁吁，他却身轻如燕，在树林里绕来绕去。不一会儿，便发现了目标，放了几枪，终于干倒了一只野兔。老万脱下帽子，擦了一下汗，点上烟，并不急于去收拾猎物。那个样子有点像老练的士兵。

日子慢慢地过去，但我们的农活水平并无大的长进。"秀才"觉得知青的能力差，特别派来一位老农帮助我们种菜，希望提高大家的生活质量。来人个子很小，胖墩墩的，大家都叫他"老八百"。"老八百"是满族人，名字很是奇怪，据说是家里的一种吉利的叫法。他曾经去朝鲜打过仗，对于老万的枪法不以为然，自己在朝鲜见过神枪手，言外之意是知青的功夫不行。"老八百"有许多绝技，比如夏天的夜晚，他躺在我们的食堂餐厅里休息，手里拿着一缕马尾，专门用来驱赶蚊子。蚊子来了，马尾一甩，然后又鼾声大作。蚊子声再起，又挥动一下马尾，依旧在梦中。他的这个本领，我们无人学得，想来是战场上练就出来的吧。

"老八百"干活很是卖力，传给大家不少种菜的技术。对土地有特殊的感情，什么农活都能够做出好来。他知道我的父母也参加过抗美援朝，便显得格外的亲热。一次，他拿来朝鲜战场的战友的留言簿，上面有许多的照片。"老八百"穿军装的样子很美，青年的时候精神十足。他指着一个个熟人：这个牺牲了，那个残疾了，活着的，只有几个，但回国的几位各在一方，不知道彼此的信息。说这些话时，他带出一丝忧伤的表情，随后沉默了。

青年点平日里的杂事多，"老八百"对我们这些青年很好。谁病了，都是他第一时间请来赤脚医生。我的腰不好，他传授了治疗的办法。他有许多药方，是否从部队里学来，不得而知。谁和谁闹了矛盾，他也会从中调解。他与大家的关系越来越近，久而久之，这个老人成了我们离不开的人物。

杏树园一个老汉死了，我与老万被"老八百"叫去帮忙。乡下的葬礼有一套规矩，出出进进颇为讲究。出殡的时候，逝者的儿子摔了葬盆，亲戚们披麻戴孝，一路撒着纸钱。葬仪虽然简单，但仿佛有着神意缭绕，这时候易生出一点奇想，灵魂的有无之事便在脑子里出现。仪式结束后，众人被邀请在家里吃饭。满院子人，有着少有的热闹。这个规矩，可能自古就有，谣俗里的星星点点，有着乡下人最为本然的温度。

我后来读沈从文写湘西生活的片段，便想起复州河畔的日子。杏树园、西瓦这两个村子，也有着都市里没有的醇厚之风，三四百年前的习俗依稀可辨。和老乡们比，知青的一些表现倒像是蛮人。那时候也把不好的习气带来，开会时空洞的口号，极"左"地呼应流行思潮，也搅乱了乡下的日常生活。能够感到，老百姓对于这套东西很是隔膜，我们在他们眼里，有时候也许像个怪物。至于偶尔有人偷鸡摸狗的行为，也是惹得老乡颇为不满的。

1977年岁末，中断了十年的高考恢复，读书的欲望被点燃了。考试结束不久，我从公社返回乡里。天气渐渐冷起，转眼到了腊月，有农家开始准备过年了。条件略好的农户在杀猪宰羊，房间里冒出香喷喷的热气。"秀才"和"老八百"跑到青年点里，喊我们几个留守者到家里喝酒。众人忙了一年，见不到几次油腥，自然大喜过望。我们几个先去的是"老八百"家，屋里的火炕烧得正热，房间里飘着肉香。几个人围坐在炕上的小桌前，嘻嘻哈哈说一些笑话。他的儿女都很老实，见到我们来，垂首站立着，并不上桌，显得十分客气。那天我第一次喝了白酒，半碗下去，便感到脸红，然后是心跳加速，一会儿就有些醉意了。

我至今还记着自己的失态，周围人看我的目光也有些异样。老乡们觉得，醉了才够意思，这是乡下人的本色。那一刻，耳边是各种笑声，把自己也引入了幻境。待到走出"老八百"的家门，一眼看到河畔上边的月亮，心情变得格外清爽。静静的杏树园像一幅古画，朦胧中散出如水的柔光。我这才感到，我们这些外来之客，还浮在生活的表皮，对这土地里的一草一木，真的知之甚少。

夏家河子

　　夏家河子是渤海边的小村，南面是鞍子山，北面有一片很美的海。一条从大连过来的铁路在海边蜿蜒而去，直通旅顺。20世纪70年代的时候，这里看不到多少民居。印象深的是那个小小的火车站，典型的俄罗斯风格。一到这里，第一感觉就是寂静，有一点世外桃源的味道。

　　这个殖民地时期遗留下的村落，有一所师范学校。四十年前，我在这儿读过一年多的书。

　　那时候刚恢复高考。在乡下劳动了两年多后，忽然有了读书的机会，着实是种意外的惊喜。大多数新生都来自乡下，开学那天，我们的身上还带着泥土气。

　　师范学校只有一栋楼，走在楼道里，地板颤颤悠悠，好像随时可以塌陷下去。我们吃、住、学习都在这个楼里，教室的对面便是宿舍，一个宿舍挤进二十多人。一年中，竟没有见过像样子的图书馆，可见条件之苦。唯有晚上能够听见大海的涛声，像催眠曲，那算是天赐的浪漫。

不久便领略到各位老师的风采。给我们上课的先生，有的刚从乡下返回教坛，有的摘掉了"右派"帽子不久，他们对学生都很客气。师生们彼此都有种新鲜之感，荒废了十年的光景，总算有了读书的时间。许多老师的学术之梦，也随着我们的到来重新开始了。

那时候百废待兴，众人的观念还在慢慢转变。比如，讲先秦的文学，概念还在阶级意识的影子里；讨论希腊神话，结论的东西把丰富的存在遮掩了。但毕竟让我们睁开眼睛，好似从昏暗里走出，满眼明亮的所在。被冻僵的躯体，也开始慢慢蠕活着。

终于可以看到域外的新电影了。最早是日本的影片的引进，电视里偶尔也播几部。学校只有一台电视机供大家观看，所以显得很热闹。记得有一次看《望乡》，满操场的人静坐在那里，均被剧情深深吸引。故事涉及妓女的生活，由此折射出彼时日本女性的不幸。刚播到一半，众人看得入迷的时候，教导处的一位老师突然站起，说这片子没有意义，随手把电视关掉。下面一片寂静，几百名学生带有点抱怨的目光望着这位老师，却没有人敢去抗议。大家散去后，给这位老师起了外号："没有意义"。

"没有意义"的理念没有坚持多久，那精神的墙很快就出现了漏口。不知什么人突然组织大家学习跳舞。这一次没有老师出来阻拦，操场上播放着圆舞曲，胆子大一点的都跑了过去。渐渐地，队伍便扩大起来。几个羞涩的同学，面对着那个热闹的场面，有些不好意思，只好退了出来。我自己也属于这类人。后来许多人学会了跳舞，我却一直是舞盲，直到现在，还不及格。多年后与妻子说这件事，她说我过于拘谨。说是拘谨，也是很对的，那时候对于开放的生活，一时不知所措。

改变我们思路的是报刊上的文章。1978年夏，"实践是检验真理的唯一标准"的讨论开始，有同学对于讲义里的思想便开始怀疑起来。几位年龄大的同学，思路活跃，有时候在一起聊天，吓得我不敢开口。比如言及20世纪30年代上海的文坛，我的思路都在书本上，他们却有另类的理解。对于历史的看法，溢出了当时的语境。有人提及了胡适，有人推荐尼采的著作，阅读的天地也随之宽广起来。

数学专业一位王姓的同学，是我的老乡，身上带一点诗人气质。他有点不务正业，常写一些小说。那些作品的调子有点阴郁，投稿多次，却不能发表。我把他介绍给自己最崇拜的叶老师，希望叶老师指点一下。叶老师是杭州人，20世纪30年代在林语堂主办的《人间世》发表过文章，在国内鲁迅研究界有一点名气。他看了王兄的小说，认为不错，就悄悄地对我们说，这作品有亮点，看看文坛有没有伯乐吧。类似的作品，过去没有人敢写。

王兄总能借到一些我未曾见过的书籍，有时转给我。他谈起海明威、契诃夫，眉飞色舞，并讥笑当时的几位流行的作家的浅薄。有时候他约我到海边聊天，也愿意把最隐蔽的思想透露给我。他不太喜欢数学专业的氛围，希望到中文系来。那时候学中文，有一点时髦。文学的力量，好似是最重要的。而我们的梦也有点离奇，不食人间烟火的一面也出来了。

在学校的一年，对于文史哲只能是一知半解，看的书实在有限。大家喜欢写作，然而还戴着镣铐，出笔缩手缩脚。暑假期间，我有了去文学杂志社实习的机会，经常往返于夏家河子与城里之间，帮助编辑看看稿件。那时偶尔也能看到名家的手稿，读起来大开眼界。有一次主编转来了谢冕先生谈诗的文章，有点别林斯基的味道。文字讲究，内觉能够抽象出一些学理，真的漂亮。才知道，批评的文章应是美文。我的审美的天平，就这样倾斜下来。

同学中也有特立独行的，美术专业与外语专业的同学有点时髦，学中文的则散漫一些，与时风略有点距离。班里有位老高同学，大概是逃课最多的人，平时喜欢研究文章之道，写点散文和小说。考试前看看别人的笔记，便有如神助，还成绩不错。老高一般不参加各类活动，看到我忙些杂事，以为是真正的"没有意义"。他看不上死读书的人，觉得过于迂腐。因为不迷信书本，喜欢思考一些问题，后来写了许多好作品。几十年后，他创作的《闯关东》《北风那个吹》等几部剧本，都有力度。这是我们这些书呆子写不出来的。

但我那时候没有这样的领悟力，看重的是学历和所谓学问。我的朋友王兄大约也染有相似的情结。不久我们两人再次高考，去了不同的学校。他成了批评家，只是小说不写了。见面的时候彼此自嘲地说，做了学问，还不及夏家河子的一些老同学，除了写点读后感，别的武功都废了。

三年前王兄去世，引发了我念旧的感伤，便让一位朋友送去花圈，遥寄哀思。想起当年一起在夏家河子的日子，好像都在梦中。我想，如果他一直像过去那么写下去，可能会有很大的成就。可惜，我们都迷信学院派，后来未能再做年轻时代喜欢的事情。得失之间，一生就这样过去了。

　　夏家河子的海水很好，每年七八月是游泳的季节。但学校的一位年高的老师，天还冷着的时候就下海了。那时候冬意未尽，老人却淡定自若，神带仙气，在水里变换着姿势游来游去。许多同学试图也随之进水，都吓了回去。如今想来，那水中的独影，真的是海边的奇观。离开学校这么多年，时常想起那片引起幻觉的海和几个有趣的人。在寒潮里击过水的人，悟得出冷暖之经，阴阳之纬。可惜，冬泳的本领，我一直没有学会。

小而知大

去沈阳寻找母校的旧迹，没有任何踪影，原来的院子荡然无存，误以为走错了地方。遥想三十余年前这里的师生来来往往的样子，不免有些失落。看看四周，唯有北陵公园依旧还在，印着我记忆里的某些地标。而其他，都隐于烟雾般的梦中了。

北陵是沈阳最有味道的地方，母校沈阳师院当年就在旁边。在那里上学时，去的最多的地方是这个公园。我们家两代人都在此读书，父母也是老沈阳师院的毕业生，他们原来上学的地方就在北陵的对面，老师院后来演变成辽宁大学。新师院是从老师院分出去的，只是命运多舛，后来迁到辽西乡下，文气中断了十年。我上学时，学校才搬回来。校址选在北陵附近，有好多理由，一方面是续上老师院的血脉；另一方面，借此或许可发思古之幽情吧。

沈阳真是个大地方，它的深，好似不可捉摸。从努尔哈赤、皇太极到张作霖父子，近四百年的风雨左右了国家的命运。但说20世纪60年代的语录歌、忠字舞，均发源于此，而周恩来、张志新等人在此留下的故事，也牵连着中国命运的一部分。学校旁的东北局遗址，是我母亲工作过的地方，新中国成立初东北局的风雨之日，还有抗美援朝时期的旧事，都写出这座城的神秘。

我自幼在辽南生活，衣食住行都是山东人的风格，来到沈阳，一切都感到新鲜。一是口音与辽南不同，和省城人比起来，辽南人显得很土，讲起话来，大家觉得我们好笑。二是人与人都很客气，是很包容的城市，没有地域的歧视。这和我的家乡反差很大，大连有个时候很排斥外乡人，以为天底下辽南最美。这个毛病，沈阳是没有的。

结识的老师很多，能记起的多是有特点的人。有一位高个子的老人叫王文樾，其时已七十多岁。王老师喜欢喝酒，不太著书立说，他的身上总有些酒味儿，谈话的时候，带着醉意。他早年在东京高师求学，据说因为思想"左倾"而提前归国。他的知识谱系都与左翼①传统有关，是否受到日本"纳普"②的

①左翼：在学术、思想、文艺、政治等方面主张急进的一派。
②纳普：全日本无产者艺术联盟，简称纳普。

影响，也未可知。我那时候很佩服几位北京学者，喜欢和他汇报心得。他眯着眼睛，不屑地说："未必吧。"每每提出一个话题，他总有相反的问号留给我。起初以为他气盛、自负，后来才知道，他其实也是少信多疑的人。不过，他内心总有不变的东西。入学的第一年新年晚会，他用浑厚的男中音朗诵一首《雨打芭蕉》，一时引来不小的掌声。第二年新年活动他又来了，还是这个节目。第三年亦复如此。我回家学给父母听，他们笑道，20世纪50年代初的时候，王老师在晚会上朗诵的也是这首诗。

古代文学有两位老教员给我的印象很深。一位老师叫徐祖勋，上海人，早先在鞍山一所中学教语文，唐代文学部分是他讲的。他不善言谈，讲到旧体诗的好处，涨红了脸，一切尽在不言之中。另一位是燕京大学出身的老先生，名字忘记了，退休后返聘回来，临时讲过几次课。讲到宋词时，说起周邦彦的作品，摇着脑袋，连声说好，如何好，没有详解。从表情里读出他的感动。我后来看到好书，激动的时候，便想起这位老先生来，好似也被传染了一般。好作品，不需言辞，身体的细微动作似乎已经说明什么。这也是一种表达，面部表情与声音都是审美判断的一种形式。

　　上现代文学史课的是魏俊助老师，是我父亲当年的学生，一口辽南口音，没有一点架子。他和学生一见如故，大家也很喜欢他的课程。魏老师的板书很美，带有些金石气。看到他精美的字，我有了模仿的冲动。我那时候想，师范学生，第一要务是写好字，然后才是温习文章之道。他对于诗歌很有兴趣，把新诗讲解得像数学分析一样。我很奇怪，诗歌乃心性朦胧感觉的涂抹，以确切化的方式拆解研究，是否合乎审美的规律？有一次他请来北大的孙玉石讲新诗，才醒悟魏老师的功夫来自孙先生的暗示。从此知道，文学研究原来是冷静的理性审视，在感性世界寻找精神的轨迹，是不能不做的工作。多年之后，我与孙玉石先生成了忘年交，讲起彼此与魏老师的关系，不胜感叹。孙先生的父亲是沈阳师院的会计，他又是徐祖勋老师在鞍山中学教过的学生。在沈阳遇到的巧事，莫过于此了。

　　母校的面积很小，院子是典型的俄罗斯风格，一座教学小楼，宿舍区与办公区在一起，有些拥挤。全校开会，要借旁边实验中学的礼堂，文艺活动，还得跑到东北局的会场。读书呢，环境差强人意，那时候图书馆正在建设中，我们看书要到地下室去。地下的图书馆是以前的防空洞，泥土气和潮味儿很浓，待久了有窒息的感觉。但那是我最喜欢的地方。记得很多杂书在那里看到。因为对书有饥渴之感，偶有心得，便也匆匆写出，个别文章竟然得以刊登。我的批评兴趣，就是在这个有霉味的地方形成的。

那时候的大学生很是轻松，上午有课，下午、晚上都是自学。我利用余暇逛了许多博物馆和书店，思想也跑起野马来，但浮光掠影的时候居多。不知怎么竟与外语系电教室的负责人也熟了，借此可以看到许多原版的电影和学术资料片，这些在当时都不能公开。看了介绍美国、日本科技的片子，俄国的历史纪录片等，精神被颠覆了大半，觉得世界如此之大，也如此神奇。有一次看到天体物理的资料片，顿觉时空的辽远，人类的渺小，于是怀疑论竟然出来，一时对存在的意义也犹疑起来。

想起那时候的生活，脱离刻板的教学时，最为快乐。冬天的时候，操场变成冰场，飘雪的日子显得很美，好像普希金笔下的俄国皇村学校。我们偶尔也跑到北陵公园，可以大声朗读外文，唱自己想唱的歌。面对无边的挂雪的松柏，大喊一声："好——大——雪！"内心的郁闷统统散去。打起雪仗来，眼里有清光，好似雪花闪闪，顽皮的几位同学的鬼脸，至今还都记得。几位爱玩的同学，在北陵留下了许多故事，在皇太极陵寝旁大声朗诵司马迁的《报任安书》，似乎与环境不类，但想起来也算接到了天地之气。

母校大概是世上最小的大学，没有大楼，也没有一流的学科，提及它的人，真的很少。但小而知大，且在方寸间怀有万物，它微开的窗口，让我瞭望到世界的一角。这是我梦里出现最多的地方，精神的胎记也在这里。无论什么学校，只要有了有趣之师和有趣的同学，多了有趣之书，就已经足矣。对我来说，那是移不走的存在，斯世会永以怀之。

《流杯亭》旧事

　　《流杯亭》是北京日报曾有的副刊之一，创办于1992年。那一年恰好我调入报社，成了该版面的编辑。它的名字与王羲之《兰亭序》"曲水流觞"的意象有关，在报社里算是阳春白雪的园地。栏目可以登一些软性的文章，风月谈、谣俗、历史掌故等占了很大空间。总编辑叫刘虎山，人称"虎爷"，是个有趣之人，很看重《流杯亭》的质量，他曾对我们几个编辑说，《流杯亭》可以雅一点，远离人间烟火也并非不可。

　　那时候日报与晚报在一个楼里办公，其实大家属于一个单位。我对于副刊编辑没有丝毫经验，连找什么样的作者都一片茫然。多亏几位朋友的帮助，很快结识了一批作家和学者。晚报的李凤翔老师有个小本子，上面有许多作家的通信录。靠着它，我找到了与端木蕻良、管桦、浩然、刘绍棠的联系方式。李辉兄那时候已经离开晚报，但他热情向我推荐了林凯，经由林凯，又结识了邵燕祥、林贤治等人，于是作者的队伍也渐渐壮大起来。

20世纪90年代初的报界，杂文与学术笔记开始流行，但一些文章要刊发出来需一点勇气。张中行、汪曾祺已经开始走红，能够约到他们的稿子算是幸事。有一次与同事去造访张中行，事先没有联系，在沙滩旁的一栋老楼里见到了先生，受到很好的礼遇。张先生穿着一件中山装，戴着一副套袖，样子像胡同里的大爷。但讲起话来，没有一点架子。那天谈了许多北京学林旧事，闲言里感到其学问之深。他的文章和谈天时的语态一样，不紧不慢中散出京派学人的味道。彼时先生已经有了许多读者，但还是布衣之状，学问家像他这样平民气的，真的不多。离开时，他答应了我们的请求，从抽屉里拿出三四篇稿子，希望择而用之。此后他成了我们栏目的主要作者之一，有张先生的文章在，副刊就好似有了底气。

给《流杯亭》供稿的，有几位有意思的老人。印象深的还有端木蕻良先生。他寄来的文章几乎篇篇均好，风格与张中行、汪曾祺不同。他笔下多为学人笔记类的小品，一般是谈谈曹雪芹、北京古迹和文坛旧事等。那文章举重若轻，洋洋洒洒，又不张扬。文字有老京派的儒雅，学识里的幽情暗转，阅之余音缕缕。汪曾祺和我谈到他的文章，大为赞佩，以为自己有时写不过他。不过端木蕻良不太露面，身体大概有点问题。

有几次我去他在和平门的居所取稿，客厅只有夫人钟耀群一个人，他并不见人。钟老师每次都说，抱歉抱歉，端木老师身体不好，不能见客。他们家的客厅朴素得很，有一种淡雅的色调，看得出其间的清净。端木蕻良先生的长篇小说《曹雪芹》就写于这里。那文字之好，同代人多不及其一二。记得林斤澜先生跟我说，端木先生晚年写曹雪芹，乃无米之炊呀，有点可惜。那时，他没有汪曾祺、张中行红火，但文字的确也不差的。我有时候想起他，便觉得这位老人寂寞里的写作，或许别有寄托，只是我们知之甚少罢了。

副刊是个百花园，各类品位的文章都有，作者也五花八门。在给我写稿子的老人里，新凤霞的积极性最高，每次约稿，都准时寄来。有时候也主动联系我们，希望能够录用她的忆旧之文。新凤霞的文字虽没有经过训练，但看起来很有意思。她的文法也不讲究，如果从规范的角度看，许多文字是不通的。但这看似不通的句子，却别有味道。京津地区的口语里的热气散落其间，词与词间，是有街巷里的土气的。她的书写在京城为独一的存在，好比田野开出的花，小而带着生命之气。我每次都要顺顺她的字句，有时冒昧增删几句，以补行文上的漏洞。她看到清样，都没有疑问，对于我们这些年轻人是信任的。

　　《流杯亭》创刊几年后，有了一点名气。上面刊登的巴金、冰心、端木蕻良、汪曾祺、林斤澜、黄裳、邵燕祥、刘绍棠、马识途等人的文章，都延续了民国老副刊的风格。但偶尔也有些新人的作品冒出，出笔不凡者多多。记得在自然来稿里，辽宁的作者鲍尔吉·原野的短文都好，他投稿从来都是数篇文章订在一起，被留用的时候很多。江西进贤县有位搞文物研究的作者文先国，文字质朴老到，受过很好的旧文章学的训练，读了有京派的书卷气在。作者中还有位残疾的女孩子，写了许多人生感悟的文字，刊发了几篇后，自己的信心大增，仿佛找到了活下去的动力。后来在报社大楼里见过坐在轮椅里的这位作者，丝毫没有阴郁的影子。文学写作，可以救人于绝境，是的的确确的。

　　《流杯亭》每期要刊登一个亭子的照片，配上题字。国内重要的古亭子，差不多都被介绍过，题字呢，有大的书法家，也有初出茅庐的青年人。启功、大康、李铎等都有不错的墨宝在这个园地，平添了许多雅趣。编这个版面，与不同的作者接触，见识大开，知道了许多过去不懂的知识，对于笔墨之趣有了另一种理解。不过有时候文章不免老旧，文艺部的领导也督促不要圈子化和自娱化，于是也刊发了一些时文。王得后、朱正、蓝英年、朱铁志的文字偶也在言论的栏目出现，与现实对话活跃了版面。文学脱离现实，总还是不好的。

但直面现实，偶也有意外的事发生。有一次刊登了一篇杂文，涉及一家老字号古为今用的话题，差点引来官司，做了许多工作才平息了风波。还有一次讽刺了一位作家的作品，结果对方颇为不满，彼此见面脸色都有点难看。溢美容易求疵难，办报要有点个性，其实阻力重重。因为几次惹来麻烦，被上面批评也在所难免。于是胆子越来越小，对于有锋芒的稿子常常要删改一二，也缘于此，自己渐渐地也不太会写有棱角的文字了。

报社位于东单西裱褙胡同，胡同里当年有许多名人居住过，几乎每个四合院都有长长的故事，也算北京文化的长廊之一吧。于谦祠、齐如山故居都在这里，平时也有人专门造访这里。我从胡同穿过，有时会想起鲁迅、梅兰芳都来此地访友的旧事，仿佛感到时光河流的冲洗。当年写《鲁迅与周作人》那本书时，我查阅过一些资料，知道鲁迅与裱褙胡同的关系，都可以写写，至于梅兰芳与齐如山的交往，也能引发思古之幽情吧。

但这样的日子没过多少年就被打破了。大约1998年，胡同未能保住，报社的老房连带被拆，在原地起了新楼。1999年改版的时候，《流杯亭》也走到了尽头。再后来，我离开了报社，和媒体渐行渐远，陷入了象牙塔的日子里。

多少年过去，偶到东单，望着那片新起的高楼，想到消失的胡同里的人与事，恍若天地之隔。编辑十年，让我明白了文章之道在哪里，什么是有质感的文字。因了此段因缘，才知道文学与社会，不太像教科书说的样子，其实笔墨的兴衰，有时隐在无词的言语里，浮在外面的表达，不过冰山的一角。我后来在大学教书，一直不太愿意引用教材里的文字，亲历的生活，总还是与概念里的世界不同的。

在"中鲁"周围

我到鲁迅博物馆工作后，才知道鲁迅研究界有"东鲁""西鲁""中鲁"之分。"东鲁"指社会科学院文学研究所的鲁迅研究室；"西鲁"为鲁迅博物馆；"中鲁"则是人民文学出版社《鲁迅全集》编辑室。鲁迅博物馆那时候常常有些小型的会议，参会者一部分是受鲁迅影响的作家，一部分是研究人员。这些人中，"中鲁"的几位老人给我留下很深的印象。20世纪80年代末，人文社里的老作家、学者很多，楼适夷、林辰、牛汉、绿原、屠岸等都有不错的文章。他们的文字，对于我们这些青年都很有引力，有着一般教授所没有的生气在。参与"中鲁"工作的朱正、陈子善、包子衍等，也与鲁迅博物馆关系甚好。我那时候也常常把他们看成"中鲁"的成员。

"中鲁"的历史可以上溯到新中国成立初。人民文学出版社创建初期，出版鲁迅作品就是主要任务之一。1950年10月，冯雪峰就草拟了《鲁迅著作编校和注释的工作方针和计划草案》，一个月后，孙用、王士菁、杨霁云、林辰就已经开始了编辑、注释工作。按照冯雪峰的思路，他们的工作步骤如下：

> （1）普通单行本的编校工作，在一九五一年六月前完成。（2）注释单行本的编校和注释，在一九五一年内完成一部分，到一九五二年内全部完成。（3）最完整的全集本的编校工作，一九五二年内完成。（4）注释选集本，一九五二年内完成。（《冯雪峰全集》第六卷，第412页）

应当说，著作的编校还是很顺利的。到了1956年，大规模出版鲁迅作品集已经有了很好的基础。1958年，十卷本的《鲁迅全集》问世，但鲁迅的译文集和古籍整理部分，没有进入全集中去。此后随着形势的变化，更完备的《鲁迅全集》未能进入编辑正轨，《鲁迅译文全集》的编辑出现了许多困难，以致出版时留下一些遗憾。那段时间许多工作都中断了，一切都受到了时风的影响。韦君宜在回忆冯雪峰的文章中说，1974年，因了周海婴写信给毛泽东，重启鲁迅著作的编印摆在日程上来。冯雪峰在极为艰难的情况下，坚持对于鲁迅文本的研究，他对于鲁迅著作的出版，可谓倾注了大半生心血。"中鲁"的许多编辑面对复杂的形势，心中自有定力。像杨霁云先生就向来认真，一丝不苟。他后来几乎不写文章，据了解他的人说，因为与鲁迅有过接触，对于左翼文化的理解，是极为特别的。他与孙用等人在那个岁月里的沉默，无言地写出那个时代暗淡的一页。

1976年，我在大连郊外插队的时候，作为知青也参加了对于鲁迅译文的注释工作，开始系统阅读鲁迅的作品。因为基础薄弱，对于鲁迅文本解之不深。那一年韦君宜到大连出差，对于以运动方式研究鲁迅不以为然。在她看来，出版《鲁迅全集》，是专家的事情，普及是学校老师的工作，人文社要做的工作与传统的治学关系密切。对于大量的古籍文献和译文，以及杂文里的古语，没有相当的学识，就不能梳理出其间的本意。人文社众多编辑考虑的编校的精良和注释的准确，其实是大量的学术对话。我们看孙用那本《鲁迅全集正误表》，对于鲁迅与域外文学的复杂关系，作了细致的勾勒。而一些编校的细节，都非专家不能为之。聂绀弩、朱正等人的尺牍，涉及鲁迅研究的话题，都有很深的学究气，这也显示了这工作的难度。在那样的语境里谈论专业思想，其实是不会被接受的。

相比"中鲁"，"西鲁"出现的时间要迟一些年。1956年，鲁迅博物馆成立。1976年，李何林先生创建的鲁迅研究室，不久合并于鲁迅博物馆，队伍扩大了。"东鲁"成立的时间最晚，是周扬建议组建的，在对于20世纪30年代左翼文化的看法上，与"西鲁"有很大的区别。"西鲁"在思想倾向上与"中鲁"比较接近，看重史料，从文本出发讨论问题。李何林组建研究室时聘请了八大顾问，"中鲁"的杨霁云、孙用、林辰都在名单中。李何林的指导思想里，就有配合《鲁迅全集》新版的意思。他说：

> 研究室的任务是：（1）编辑鲁迅书信手稿，由文物出版社影印出版；（2）协助人民文学出版社鲁迅著作编辑室组织领导的新版《鲁迅全集》注释的定稿工作……（《李何林全集》第一卷，第329页）

不过，新版的全集应当以何面目出现在世人面前，"中鲁"受制于外部一些因素，自己并不能都做主。1976年5月，国家出版局在山东召开"鲁迅著作注释工作座谈会"，推动了相关工作的开展。人们在1958年版本的注释和1978年《征求意见本》的基础上开展了新的工作（《李何林全集》第一卷，第117页）。由于知识结构的不同，以及意识形态的差异，如何客观准确地注释鲁迅文本，众人看法不一。1981年新版《鲁迅全

集》问世，韦君宜对此颇为兴奋，但李何林看见删去了征求意
见稿里的题解，有些遗憾，以为对于普及鲁迅思想不利（《李
何林全集》第一卷，第117页）。这些属于学术上的讨论，实属
自然。不过在一些争论性的事件里，"西鲁"的观念是获得聂
绀弩、杨霁云、孙用、林辰等人的支持的。在对于"两个口号
之争"态度上，"中鲁"与"西鲁"的意见基本一致，没有早
期"东鲁"的意识形态色调。1979年，"西鲁"与"东鲁"围
绕"两个口号"问题出现冲突，《新文学史料》拒绝单独刊发
夏衍关于冯雪峰的一篇长文，以为要有刊发的话，也应同时有
李何林反驳的文章在。聂绀弩在致友人信中透露了一些信息：

> 鲁迅研究室李何林派与文研所沙荒派（指沙汀、
> 陈荒煤——引者注）一直对立，鲁研室拥某种不利于
> 文研所的材料，《现代文学史料》牛汀也不同意沙
> 荒，也拥某些材料，奚如写的就在牛手。沙荒等人起
> 初想拥周公再起，活动了一阵后，见形势不甚理想，
> 似有倦意。（《聂绀弩全集》第九卷，第185页）

"中鲁"有一个很好的学术传统，冯雪峰、聂绀弩、孙
用、杨霁云、林辰、王仰晨等，都是深得鲁迅风骨的人。我在

博物馆偶尔听到王得后、姚锡佩谈及冯雪峰、聂绀弩、杨霁云时的语态，都可以知道他们的精神交叉之多。我记得陈漱渝、王世家有时提到林辰，敬佩至极，以为他的考据文字，有朴学之风。不妨说，鲁迅博物馆的人，除了深受李何林、王瑶、唐弢的影响外，"中鲁"的一些前辈，都可说是治学的引路人。

"中鲁"延续了鲁迅晚年的某些风气，其中多人都与鲁迅相识。鲁迅博物馆的姚锡佩与聂绀弩有过一些交往，1981年，她在编辑《鲁迅诞辰百年纪念集》时，收到了聂绀弩的信，那内容体现出对鲁迅的感情之深：

　　锡佩同志：

　　我想写一两首有关鲁迅故居，未就。

　　今奉上《题〈药〉兼悼秋瑾》（七绝）一首，放在《题歌庵》三首之后，《赠鲁迅》之前。诗曰：

　　轩亭口畔夕阳斜，

　　颈血能教百病差。（此句意胜，似未经人道过）

　　全泄古今天地秘，

　　瑜儿坟上一圈花。

　　末句表人类有希望，意似晦，且不管它，鲁迅原意实亦如此。

祝好，烦您再三乃至七八，真歉！

（《聂绀弩全集》第九卷，第196页）

姚锡佩《风定落花》一书专门谈及聂绀弩的为人与为文，很有久经沧海的悲慨，作者写晚年的聂绀弩，勾勒出其坦率、无伪的性情。聂绀弩年轻时期受过鲁迅的批评，他后来都能真诚地解剖自己的缺点，对于鲁迅充满了感激。姚锡佩写道：

尽管由于鲁迅和冯雪峰在公开信中批评了绀弩，使他后来在《鲁迅全集》的注释中，在一些研究两个口号之争的文章中，成了1930年代宗派主义的代表人物，绀弩不免有点委屈，但他始终认为雪峰在建立文艺界抗日战争统一战线方面功不可没。所以，当他和笔者谈到当年"两个口号论争"的旧案时，毫无怨言地说："那时，大家都年轻，都想证明自己是对的。鲁迅批评了我，我还想写文章反驳；但胡风告诉我，鲁迅希望我们不要再写了，我也就接受了这个意见。为了平息论争，团结抗日，个人委屈又何足道哉？"

（《风定落花》，第253页）

上述的文字看出人文社老一代人与鲁迅特殊的关系，也看出鲁迅后来对于那一代人的深刻的影响力。与鲁迅有过交往的还有楼适夷，他晚年对于鲁迅的阐释，都有意味深长的地方。1989年5月，纪念五四运动七十周年的会议在博物馆举行，那天人文社多位先生也在会场。楼适夷讲起话来慷慨激昂，强调现在最需要的是鲁迅精神。他稀疏而又长的头发随着肢体动作摆动着，颇有古风。我过去读过他翻译的芥川龙之介的作品，还有一些散文，都很喜欢。后来读他与黄源的通信集，才知道对于鲁迅，别有心解。楼先生偶尔给"西鲁"的《鲁迅研究动态》写点东西。他的堂弟楼子春在香港，也研究鲁迅，有一点托派倾向。王世家和他们沟通得很好，一些私下的讨论，都很有意思。他生前和"中鲁"的前辈有许多通信，可惜还没有整理出来。叶淑穗、王得后、李允经、陈漱渝、姚锡佩等许多博物馆的研究者与人文社的交往，有的甚至牵扯到时代的神经。这些话题的重要，当代的鲁迅研究者们还没有注意到。

和楼适夷这样有激情的人比，林辰是一个寡言的人，他讲话声音不大，是贵州的方言，但句句有力。先生对于鲁迅的理解，也是有特别的视角的。林辰差不多是"中鲁"里国学修养最好的人，他在版本的新注、补注、订正方面的心得，如今看来有不小的学术价值。因工作原因，我与林辰先生有过一些接触，多次去过他在东中街的宿舍。林先生是藏书家，对于民国的文献十分熟悉。他的古文功底好，鲁迅辑校古籍的整理，因为他的编辑，保证了质量。我自己关于鲁迅与国故的研究，是从他的研究著述里获得诸多启发的。比如他对于《会稽郡故书杂集》的分析，对于《古小说钩沉》的梳理，以及对《中国小说史略》的发微，都非一般人能够企及。先生善于考据，从一些线索里发现了过去文本收错的文章，也订正了一些误传。他批评郭沫若论述鲁迅时的疏忽，言之成理，行文博雅，看出对于历史顿悟之深。林辰不仅关注古代文学与历史的文献，对于鲁迅同代人的著述也十分留意。他去世前，答应将自己的藏书捐献给鲁迅博物馆，我后来整理他的遗物，发现了诸多珍贵的版本，除了鲁迅早期著作版本，还有章太炎、胡适、刘半农、苏曼殊、柳亚子、林纾、夏曾佑、刘师培、谢六逸、赵景琛、郑振铎、郁达夫、许寿裳、许广平、周作人、唐弢、范文澜、施蛰存、孙用、冯雪峰、沈从文、丁玲等人的资料。读他的藏书，一是可以看出先生知识谱系，二是感到注释鲁迅的著作花费的力气之大。"鲁迅学"是建立在广博的学识中的，耐住寂寞才可能取得成绩。1985年，他自己就曾说：

　　我原来从事教育工作，在大中学任教多年，但在新中国成立后不久，即转入出版界，参加鲁迅著作的注释工作，而且从《鲁迅全集》十卷本到十六卷本，持续了将近三十年的时间。"《尔雅》注虫鱼，定非磊落人"，从来就有不少人对于注释工作不屑一顾，而我却在这一工作中消磨了如许岁月！今已垂垂老矣，我难忘那一段生活和与我共过事的朋友们。

（《林辰文集》第二卷，第323页）

鲁迅博物馆的工作人员与林辰的感情很深，大家其实已经把他看成自己的队伍里的一员。1992年，博物馆召开了"林辰从事学术活动五十周年座谈会"，众多学者到会，陈漱渝作了热情的发言，表达了众人的敬意。这是一次难忘的雅聚，林辰也是颇为高兴的。他去世时，正赶上北京出现"非典"，送别的人寥寥无几。鲁迅研究室的王世家、张杰与其家人亲自送先生于八宝山，帮助料理后事，如今想起来这些都是感人的往事。而那本《林辰纪念集》，也是鲁迅博物馆资助出版的。

与林辰先生一起的同事，也各有自己的专长。有的虽然不在鲁迅编辑室，但对于鲁迅与五四文化的研究亦非同寻常。比如曾在人文社工作过的舒芜，对于文章学、《红楼梦》、周作人的研究，是被学界公认的。1997年，我写的《鲁迅与周作人》出版，他看后写了一封长长的信，指出其中的一些问题，让我很是感动。与舒芜交往的日子虽然不多，但他的治学方法对我们青年人很有启示。我写过一篇《寂寞心境好读书》谈过对于他的印象，被他作为序言收入《我思，谁在？》一书。此文问世后引起我的一位老师的不满，觉得不该写舒芜这类人，认为他身上是有污点的。但我觉得对于一个人的看法，不能过于简单，至少，读舒芜的文章，要比看那些正襟危坐的"正确的废话"要好得多。他晚年对于周氏兄弟的研究，总有别人不及的地方。

我主持鲁迅博物馆工作的时候，对于"中鲁"周围的老人有了进一步的认识，这个重要的资源，对于学术研究都是难得的。许多重要活动，我们都邀请过人文社的专家出席。有一年馆里召开"纪念阿垅百年诞辰"的会议，牛汉、绿原等前辈都来了。牛汉憨厚、正直，没有丝毫伪态。他回忆胡风与阿垅，语带感情，耿介之气飘动。绿原先生温和而有趣，他的声调不高，像个老教授，谈吐多博雅的调子。那次会议不久，我收到《绿原文集》，这已经成了我后来教书的参考书籍。他是有世界眼光的人，集诗人、翻译家、批评家于一身。他译介的《浮士德》和里尔克的诗，都有不俗的韵致。那些关于阿垅、路翎的评论文字，有奇思漫卷，审美的感觉与时风也是不同的。这几位老人与林辰、王士菁一样，是很有涵养的。

人文社是有五四遗风的地方。尊鲁迅，已经成为传统。所出版的胡风、阿垅、路翎、韦君宜、穆旦等人的作品，都有个性的。许多编辑的思想，都深受鲁迅的影响。老友王培元，也是鲁迅的研究者，他编辑了许多鲁迅研究者的文章，像王富仁、王乾坤重要的学术著作，都有他的心血。而且选题往往与时风很远，注重思想性与学术性。我们虽然很熟，但在原则问题上，他是坚持己见、不去附和别人的。2013年，我的《周作人和他的苦雨斋》经由他之手出版。问世不久后，他就在报纸上写文章，批评我的书中的观点，以为对于周作人的态度有些温吞。这在出版界大概是一个奇事，自己批评自己编辑的图书，看得出为人、为文的不同之处。王培元是愤世嫉俗的人，不会俯就时风。这种精神一方面来自鲁迅，另一方面未尝不染有人文社的固有的色调，让人想起冯雪峰、聂绀弩的某些风度。他退休前，出版了《鲁迅手稿丛编》，似乎完成了一大心愿。他一生坚守在鲁迅的世界里，其乐在己，无论外面有什么风向流转，都未能改变其固有的颜色。

"中鲁"对于鲁迅作品的推广、普及，其功德之大，无论怎么夸赞都不算过。不同时期的《鲁迅全集》，都克服了重重困难，编辑付出的心血之多，这些都非外人能知。那本《鲁迅大辞典》，也是国内许多学者通力合作的结晶。现在国内的许多鲁迅的书籍，多依据"中鲁"的版本，连注释也是从《鲁迅全集》中克隆过来的。进入新时期后，人文社加快了新版全集的编校进度，我多次出席过相关的座谈会，聆听到诸多学者的意见和建议，遂感到编撰全集乃是一个编写百科全书般的工作。虽然自己没有加入过注释的队伍，但从人文社的编辑与学者们交流过程可以看到，每一卷书的校勘、注释都来之不易。没有学识与认真的精神，是难以完成相关的任务的。

2005年，人文社推出了最新版的《鲁迅全集》，记得新闻发布会在人民大会堂里举行。作为鲁迅博物馆的代表，我在会议上有个简短的发言。看到新版的全集，想起几代人默默地劳作，眼前晃动着无数熟悉和不熟悉的人影。历史风潮卷走了尘土，留下的却是无法撼动的精品。从"西鲁"看"中鲁"，隐约感到学术史的脉息，鲁迅研究的成果如何进入文本的解析里，都刻在其间。"中鲁"是一个开阔的天地，吸纳了无数学子劳作于此，也保留了知识分子的气象和文化的血脉。它是一本大书，一旦打开，文学史里的动人之景，都会一一浮现出来。

这是不错的，人文社之于我，是一个特殊的存在。三十余年来，我与几代编辑都有不浅的交情。近年还与《新文学史料》有过合作，真的与有荣焉。人文社邀请我主编的《新文化运动史料丛编》，恰好在五四运动百年的那一年出版，也算是向无数前辈们的致敬的工作。朝内大街166号，在我看来已经有了文物的价值。那里楼不高，院落也小，但走在那里，像进入历史的长卷，有着一种纵深的感觉。除了鲁迅著作，古今中外许多作家作品都在这里走向世间，可谓人类文明的聚光地。我的藏书，许多来自人文社，无论是现代文学版本还是古代文学版本，对我的教益都非一两句话可以说清。我至今还记得在那里得到《诗经》《红楼梦》《白鹿原》《活动变人形》《应物兄》《北鸢》《晚熟的人》时的快慰。这些书的品相之好，是世人公认的。如今，北京许多地方都起了高楼，但它依然像半个多世纪前一样，静静地立在那个地方。时光一页页翻过，人换了一批又一批，而冯雪峰那代人的精神却保留了下来。天下诸事皆变，惟静者独难。这就对了，以不变应万变，喧闹里的默想，昏暗里的微明，才有世间的本色。

2020年11月25日

顾随的眼光

有一次和友人闲聊，言及顾随时，都不禁扼腕，觉得对这样天才的艺术鉴赏家，知道得太晚了。几年前曾拜访过叶嘉莹先生，那一次谈话，得知她的学识，有许多是来自顾随的暗示，这才留心到这位已逝的前辈。后来陆续读到张中行、周汝昌、史树青怀念顾随的文章，便隐隐感受到了一个特别的精神存在。一个人死去几十年后，仍被不断提及，便也证明了一种力量。可惜，许久以来，他的文字在书界早已难觅了。

直到《顾随文集》问世的时候，才得以窥见他的风采。那真是一个诱人的存在，他的为诗、为文，以及为人，都有着别人难及的地方。顾随不仅艺术天分高，能写很漂亮的诗话，重要的是他的见识不俗，常言他人难言之语，于迷津之中，道出玄机，给人豁然开朗的惊喜。这样的学人，在今天，已难以见到了。

顾随是京派学人，与周作人那个圈子里的人很熟悉，但他看人看事，并不以权威眼里的是非为是非，是有特立独行的一面的。他早年毕业于北京大学，在苦雨斋里也执弟子之礼。周氏的学生们对老师恭恭敬敬，像俞平伯、沈启无，甚至对周作人有崇拜感。顾随呢，则以平常目光视之，对苦雨斋主人的短长颇为清楚。虽然在学问上，多少受到周作人的影响，但在那个圈子里，顾氏应该说是个"鲁迅党"的一员，虽然他和鲁迅并无什么交往。

就才气而言，顾随的文字，并不亚于废名，其鉴赏力之高，还在废名之上。他的古典诗词研究，水准远远高于俞平伯、沈启无。沈启无1933年编校《人间词及人间词话》的时候，就请顾随作过序文，可见顾氏在京派圈子的影响力。他毕生从事教书工作，但对创作又别有情怀，一直关注文坛的动态，自己也写过小说、散文，而尤以古诗词多见功力。冯至先生说他"多才多艺，写诗、填词、作曲，都创有新的境界；小说、信札，也独具风格；教学、研究、书法，无一不取得优越的成就；只是他有一时期说禅论道，我与此无缘，不敢妄置一词。但除此以外，他偶尔也写点幽默文字、调侃辞章，既讽世，也自嘲"。记得曾看过张中行、启功、史树青诸人写过的追忆顾随的文章，便依稀感到，在京派文人中，顾随的影响力不可低估，他的思想和学识，对认识苦雨斋这个知识群落，有着特别的参照。

顾随生于1897年，河北人，字羡季，笔名苦水，晚年号驼庵。他在北大读书时，大概就认识了周作人。不过，那时候他对周氏的印象，远不及鲁迅。看他的书信、日记以及学术文章，言及鲁迅处多多，对周氏很少提及。偶涉苦雨斋主人，还略带批评，看法是很奇特的。20世纪20年代后期，当他涉足周作人的圈子里时，对诸位的感觉，很有分寸，不像废名、俞平伯那么醉心。他的书信，多次写有对钱玄同、周作人的感受，这些，已成了珍贵的资料。1929年12月3日致卢伯屏的信中，谈及了与周氏的相逢，内容颇为有趣：

> 今日上午得晤周启明。此老新丧爱女，然颇能把持得住，——说句笑话：足见涵养工深。马季明邀弟同启明至其家午餐。进门方坐定，疑古玄同先生即闯然而入。季明介弟与之一点头后，疑古先生即打开话匣子。蓝青官话说得又急又快，加之弟又重听，十才可懂得五六。于是吃饭，饭后漱口，吃茶，这之间，此老并不曾住口。不独弟无从插嘴，即健谈如马、周，亦难得挽言之机会。上课时间到，弟又伴三人同出，路上玄同的话亦未曾间断。且与季明科诨打趣。

弟午后无课，至办公楼前即作别而归。路上自思：玄同健谈如此，乃闻其上课必迟到廿分钟始到堂，真不可解。

到寓后，又得启明书一通，笺上印朱色阳文印章曰："若子纪念"。信用文言，系答弟上次吊唁之信。中有警句云："年逾不惑，不愿因此影响于思想及工作，日日以此警惕，此则颇可以告慰者也。"可见此老秉性，亦颇刚毅，惟不似鲁迅先生之泼辣耳。

昨晚有学生谓弟曰："鲁迅得男，见世界日报新闻栏。"因报告启明事，并以附闻。

寥寥数语，苦雨斋内外环境便已现出，真是不可多得的妙笔。顾随的审美情调与治学方式，与周作人圈子的风格，略微相同。比如都深恶八股，为文与为人，以诚信为本，此其一；看书精而杂，喜欢人生哲学，其谈禅的文章，我以为超出废名、俞平伯，有大智存焉，此其二；他谈艺论文，与周作人思想，时有暗合之处，如主张"诗人必须精神有闲"等，不为功利所累，此其三。但顾氏在根底上，又是位诗人，对为学术而学术，或说以学术而自恋的生活，不以为然。虽身在北平，但心却神往上海的鲁迅，以为鲁夫子的世界，才是知识人应有的情怀。自20世纪20年代起，他便有意搜集鲁迅的作品，无论创作还是译作，都很喜欢，有时甚至达到崇仰的地步，并以大师视之。顾随谈及周氏兄弟，佩服的是周作人的读书之多，敬仰的是鲁迅的精神状态，以为后者的超迈，虽可望而不可即也。1927年11月22日，在致友人信中就说："契霍甫有云：人，谁也不是托尔斯泰呀！若在中国，则又当云：人才一作文，谁也不能立刻成为鲁迅先生也。"鲁迅那时在知识界的分量，有如此之重，对后人研究关于他的传播史，殊有意义。顾随的心态便有意味，说京派学人仅会玩玩古董、弄弄风月，那是不确的。

从顾随的遗文里看他的世界，可得出诸多的印象。求知方面，他与周作人心绪多有交叉，而就精神本色而言，却紧靠着鲁迅，虚无感和挣扎感那么强地流溢着。顾随大抵是个诗人，对学术看得较轻。他一生一直以创作为重，然而因生计之故，不得不以教书度日，写下的大多是读书札记之类的东西。但这些札记，我们可以当美文来读，既无教授腔，又非作家式的漫谈，常常是诗化的学识，激情融入见解，见解里又蕴含哲思，古老的文本在他面前，常常被激活了，或现实化了。若说什么是艺术鉴赏，倘读一读他的《稼轩词说》《东坡词说》《揣籥录》等，那才叫神清气爽呢。

　　周作人生前，与顾随的交往止于一般友人的礼仪，并非像对废名、江绍原那么热情。不过顾随有困难的时候，也多次求助于先生，比如20世纪40年代，其弟失业时，顾随就找过周氏，希望在教育界，能为其谋得一职。他们的交往，多以谈学识为主，且颇有滋有味。如顾随致周氏的一封信曾云：

　　　　晚饭后得吾师手书，又语章三章，如大热得美荫，积困为之一苏。题王君画及题弘一法师书二章已见过，但师跋语中鱼沫相喣一语，弟子所感实深。一体苦住，故能感受。但道有浅深，吾师出语，雍雍穆穆。若弟子则不免有浮气躁气，至少亦有愁苦气也。星期日上午拟晋谒，余俟面详，不一一。

　　愁苦之气，与雍雍穆穆，哪一个好呢？见仁见智，不可求同。但顾氏之苦也真，难说不敌静穆之气。周作人晚年谈鲁迅的家事、掌故，沉静得连一点感情也没有，就有点过于无情，不见人的性情了。20世纪50年代初，顾随就对周氏已多有微词，在致友人信中说：

　　　　来津以后得见知堂老人所作《鲁迅的故家》一

书，署名周遐寿，一九五三年上海出版公司出版。其中文字去年曾继续于上海日报登出，如今汇集印成一集。日前天暑无事，曾借得一部读一过。文笔松松懈懈，仍是启老本来面目，惟所写太琐屑，读后除去记得许多闲事而外，很难说到得什么好处。即启老自序亦谓"鸡零狗碎"矣。深恐最近之将来不免有人要批评一通，弟曾见此书否？如无事可以一看，否则不过目，亦不甚可惜耳。

但他读鲁迅著作，就是另一种状态。1942年，翻阅鲁迅的译作《译丛补》时，就感动不已，说出这样的感慨：

《译丛补》自携来之后，每晚灯下读之，觉大师精神面貌仍然奕奕如在目前。底页上那方图章，刀法之秀润，颜色之鲜明，也与十几年前读作者所著他书时所看见的一样。然而大师的墓上是已有宿草了。自古皆有死，在大师那样地努力过而死，大师虽未必（而且也决不）觉得满足，但是后一辈的我们，还能再向他作更奢的要求吗？想到这里，再环顾四周，真有说不出的悲哀与惭愧。

　　我相信顾随的感觉是真实的。他对周氏兄弟的判断，十分到位，是跳出了苦雨斋的高人。顾氏生活于学人的圈子，能悟出其中的冷暖，看到己身的不足，这就很有几分哲人气。我们读俞平伯、沈启无、江绍原的文章，都无顾随那样的悲凉气，而顾氏于平淡中又能生出奇拔的超逸情怀，与喜欢鲁迅不无关系。顾随的文章，每每被后人提及，且喜好者甚多，那是见解的不俗所致，至少比起周作人的诸多弟子的文章，是有可咏叹者在的。

孙犁：寂寞的碑文

孙犁的死，引起了人们的诸多感慨。前几年读他的《曲终集》，便有不祥之兆，以为他是为自己刨的墓穴，似乎生命的脚步，到此终止了。这些年他自动封笔，不著一字，就那么平静地等待着死亡。我以为他一生最耐人寻味的，大概是封笔后那段苦苦的日子，那无字的书写，有着更大的哀凉，有谁能读懂他呢？

在什么地方看过一篇文章，大意是，孙犁不通世故，有文人的本色，这是对的。许多年来，孙犁一直是我喜爱的作家，大凡他出的书，都曾读过，常常为之感动。孙犁在我们这个时代，是个特别的人物，早年参加革命，后从事新闻工作，小说、散文、读书札记都写得迥异他人，与时代的流行色格格不入。他晚年的书，尤为精致、幽远，好像渗有鲁迅的苦味和佛家的岑寂，内心是孤苦的。若说文字的高与妙，他是屈指可数的人物之一。在人们狂躁的时候，他却留下了一片清幽的园地，而这园地里的语言与智慧，给人带来的是人性的清爽和美丽。

早期孙犁的作品清秀淳朴，像潺潺的山泉流着泥土气与淡淡的甜意。他的小说都很简单，没有什么杂色。《白洋淀纪事》《山地回忆》写得静穆而灵动，透着乡野的清香。在战争的年代，他偏偏远离了残酷，写了人性的美，这与那些仇恨文学，形成了对比，他内心的纯净给了人们以深切的记忆。人到中年后，国难与心病交加，一度搁笔，在文坛上消失了。到了晚年，再度挥毫，然而已没了冲淡和微笑，处处是抑郁和冷寂，与"时文"的距离很远了。孙犁一生，卷到时代主潮里却又置于漩涡之外，他听命于自己的良知，写的都是小山小水小人物，然而却精魂凝练，古文的精华与鲁迅的精华，多少留在他的文字里。他和同龄的作家比，应当说是一个异类。

从战争里成长起来的那代作家，有许多躺在功劳簿上，停滞不前了。孙犁不是这样的人，他自认是一个失败的人，忧郁、焦虑一直伴随着他，文章也日渐深邃、迷茫，有着不可言说的痛楚。他把己身的苦和周围的生活连在了一起，诉说了人生的不可捉摸性和悲剧性。记得在读那本《书衣文录》时，我便想，他分明已像一个苦行僧，吟哦的正是人间的谶语："黄卷青灯，寂寥有加，长进无尺寸可谈，愧当如何？"这里既无士大夫气，又无军人的野气，孙犁让我们感受到了精神煎熬的哀苦和人的失去故园的怅惘。《书衣文录》写出了无望中的渴望，在后来，世间还会出现如此精善秀雅的忧思之文，确是一个奇迹。一个从乡野里走出来的军人，能写出与史学大师媲美的文字，在先前是很少见到的。

孙犁的文章，气脉上直追鲁迅，而章法上得益于明清笔记，间杂野史平话的余绪，自成一体。他精于小说，又深味理论，所以创作也来得讲究又精到。有时二者浑然一体，文章给人以久久的回味。1949年进城之后，他一直处在厌烦和不安之中，对都市颇不适应。孙犁以为，自己更适宜去写乡村，生活于乡村，而都市则把自己的性灵磨光了。所以，到了晚年，除了写一点乡村记忆的文字，主要的工作是读旧书，看古董，沉浸在时光的旧迹中。他按照鲁迅的书账目录去购书，经史子集、金石美术、农桑畜牧，能得到的都通读一过，并把感想写到文中。以作家的身份走进学术，又以学术的眼光从事写作，于是便有了诗人的性情与史家风范的交融，文字日趋老到，太史公的苍冷与鲁夫子的苛刻深染于身，读之如置身荒野，有空旷寒冷的感觉。孙犁写村妇之美是文坛一绝，而言谈历史掌故，臧否人物，亦多妙笔。《书衣文录》里谈士大夫著述，多反讽之词，旁敲之意，然又不故弄玄虚，通篇是溅血的文字。我每读他的著作，就觉得作者走的是野狐禅的路子。他涉猎甚广，又不累于一家，用一颗寂寞的心，参透了历史，也激活了历史。看他的读书笔记和藏书目录，很让人感动。比如读书吧，不喜欢正襟危坐，亦拒绝学院式的雅态，《野味读书》云：

我一生买书的经验是：

一、进大书店，不如进小书铺，进小书铺，不如逛书摊，逛书摊，不如偶然遇上。

二、青年店员不如老年店员；女店员不如男店员。

我曾寒酸地买过书：节省几个铜板，买一本旧书，少吃一碗烩饼。也曾阔气地买过书：面对书架，只看书名，不看价目，随手抽出，交给店员，然后结账。经验是：寒酸时买的书，都记得住。阔气时买的书，读得不认真。读书必须在寒窗前坐冷板凳……

所以，我对野味的读书，印象特深，乐趣也最大。文化生活和物质生活一样，大富大贵，说穿了，意思并不大。山林高卧，一卷在手，只要惠风和畅，没有雷阵雨，那滋味倒是不错的。

孙犁读书如此，写作也是如此，晚年所作《晚华集》《秀露集》《澹定集》《尺泽集》《远道集》《老荒集》《陌巷集》《无为集》《曲终集》，乍明乍暗，亦寒亦暖，如野叟讯语，将世间的冷暖说破，沉静得让人敬慕。通览其书，文字中有大的悲悯，他的几近化境的文字，创造了老人写作的佳境。每读其文，如饮甘泉，清冷中透着美意。王静庵说，文学有"造境""写境"之分，孙犁于"造境"里近自然，于"写境"里多真气，人们喜读他的著作，不是没有原因的。

我以为孙犁的价值，在于发现了苦难中的美，将乡野里的生活单纯化了，这有《风云初记》等为例；另一方面，又近于大彻大悟，将人的无奈感性化，给人以决心自食的惊异，《书衣文录》《曲终集》等是其代表。孙犁的晚年，远离闹市，拒绝市侩，常说些逆耳之言。然而又不盛气凌人，自对寒窗，苦心自省，是很有些鲁迅风采的。《曲终集》的后记说：

> 人生舞台，曲不终，而人已不见；或曲已终，而仍见人。此非人事所能，乃天命也。孔子曰：天厌之。天如不厌，虽千人所指，万人诅咒，其曲终能再奏，其人则仍能舞文弄墨，指点江山。细菌之传染，

虮虱之痒痛，固无碍于战士之生存也。

这里有美的隐含，又多斗士的性情，朗朗然有荡魂之气。孙犁至死，保持了洁净，人间的苦乐亦系于一身，真真是纯正的作家。我们这些俗人要做到此点，是大不易的。

记得有位朋友访问孙犁后告诉我，先生是有洁癖的。他的书放得整整齐齐，不爱借人。凡是新书，要用旧信封纸包装，颇为干净。这让我想起鲁迅，也是如此的。曾看过鲁迅博物馆里的藏书，每一本都干干净净，一些残书修理得很洁整，那种珍视爱物的心，既是审美观使然，又带有人生的态度。在我们这个国度，有一种精神上的洁癖，殊为难得。容不得一粒沙子、喜好纯粹的人，曾被讥为怪人，但恰恰是这类怪人，书写了我们人间的隐秘。那文字像立在丛葬里的碑文，警示着后来的人们。你在那里，读不出人间的本色？

海婴先生

年轻的时候对周海婴有种神秘感，鲁迅之子，会是什么样子呢？在没有见到他之前，有许多关于他的传说，都有点消极。比如其学习平平，缺乏才气，曾受到学校老师的批评等等。那些传说都有点惋惜的口吻，言外之意是鲁迅的后代已不复周家当年的气象了。

其实我们用打量鲁迅的眼光来看他的后人，可能有点问题。孔子的后人能有大才者亦不多，苏轼家族后代，还有谁能泼墨为文，世人大概也不知道的。思想和艺术很难遗传，这个现象不知道医学怎样解释。周海婴自应有他的路，逃不出父亲的光环，有时不是他的问题，而是我们舆论的问题。

我在20世纪80年代认识周海婴先生。第一次见面是一个下午，他开着一辆很小的卧车到鲁迅博物馆来。门卫的老大爷不认识他，将其拦住。海婴很生气，说这是我的家，怎么不让进呢。我便前去解释，彼此方得以释然。看到他高高的个子，一身笔挺的西装，觉得有点港台人的气质。那时候大多数大陆人的着装很土，而鲁迅之子的悠然、贵族气，显然呈现着他和常人的距离。

后来总是在会议上见面。他与李何林、唐弢、王瑶常常坐在主席台上。但那些关于鲁迅的会议，他从不发言。他自己手里带着相机，不时在会场走动，倒仿佛是个专业的摄影师。他的游离于学界和文坛，反显得轻松、自如。筹备鲁迅的会议，人们首先想起的是请他出席，这是基于对鲁迅血脉的尊重，也有对气场的期待。有海婴在，似乎有着历史现场感的。

我真正与他有了接触，是做了鲁迅博物馆馆长之后。上任不久，第一个要拜见的，首先是他们一家。周先生住在木樨地，家里的摆设很文气，书房里多是与鲁迅相关的书籍。各类木雕、铜像，还有书法作品，显得古雅。他对鲁迅博物馆的现状很关心，提出许多意见和建议。在我的印象里，他似乎把博物馆当成了自己的家。慢慢地，我和他们一家人也渐渐亲近起来。

他在谈天的时候，偶然说些笑话，幽默的语句不时出来。他说话把别人逗笑了，自己并不笑。据前人回忆鲁迅，也有类似的感受，那么这是父亲的遗传也说不定。他是很直截了当的人，快言快语，也常得罪人，说话偶尔带刺。有时候不高兴了，马上红脸，愤愤的样子。许多年间，他为了维护鲁迅的版权和多家出版社发生纠纷，官司不断。我总觉得出版社和他沟通不够，有着隔阂在。有人因此说海婴看重金钱，批评也偶尔出现过。但他认准了，就坚持，有时甚至写文论争。这种韧性，似乎也有鲁老夫子的痕迹，在坚守自己立场的方面，他许多时候让我想起鲁迅的性格来。

2003年，我和海婴夫妇一起去香港参加鲁迅节的活动。这个活动是我与浸会大学一同策划的。因为是民间性的，把他们夫妇安排在学生宿舍里。他一点不觉得简陋，每天高兴得很。后来令飞兄从台湾赶来，不忍父母住的条件，才硬性把他们安排到一个宾馆里了。这事情，看出他的简朴的一面。在港人面前他并不摆架子，那些学生都很喜欢他，在演讲的时候，他用粤语，一下子拉近了与众人的距离，而且妙趣迭出，颇有意味。他也能说英文，语调是平缓和滑稽的。这是他才气的一面，与他越近，越能觉出他的好玩。

周海婴对鲁迅文本几乎不能说些什么。父亲去世时他才七岁，但他对母亲是感情极深的。他在母亲那里，得到了最美的爱，风雨之间，一同走过了童年。晚年他的一件心事，是出版母亲的文集，特别是那些被删改的集子。关于许广平的资料，还要一点点整理。他组织朋友帮忙，花费了许多心血。我每次去他家，他讲得最多的是他母亲的事情。比如许广平当年捐献文物之事，比如一些研究史料中关于母亲评价的问题。他对自己的母亲当年处境里的困难的选择，一直感到有陈述的冲动。我能够理解他的苦心，周围的一些朋友对此也是深为同情的。

他有时没有把我当作外人，给我的工作也有许多指教。有一年他到我的办公室看到我忙碌的样子，就说，不要事必躬亲，和上面打交道，要常写报告，单位的事情，要定规则，各司其职。我听后有种温暖的感觉，觉得他看似漫不在心，其实颇懂体制内的规则。鲁迅博物馆有些棘手的工作，他是帮助出力的，有时会约见上面的领导，谈自己的思路，这些对我来说，是莫大的帮助。多年来，我们合作得很好，但彼此之间也有观点相左的时候。比如怎样对待别人批评鲁迅，我觉得研究者不必持有保卫鲁迅的态度，人们有理由从自己的立场阐释鲁迅。可是他无法接受，当看见那些践踏鲁迅的言论出现的时候，总是激愤的。对于八道湾与周作人，他和我也有不一样的看法，可是他并不强求我也站在他的立场上。作为鲁迅之子，他的切身的感受外人未必晓得，每代人的体味都有其理由，我对于此，是后来才慢慢理解的。

若说他与鲁迅最大的差异，是没有像父亲那样沉浸在思想与文学的思考里。可是鲁迅希望青年的那样轻松的合理的度日的状态，他是有的。他享受了鲁迅给他带来的各种荣誉，也自如无伪地度过了一生。这是鲁迅精神的果实呢，还是一种偏离，都颇可思量。从鲁迅到周海婴，有两代人反差极大的空间。中国文化的流变和生存状况的流变，均于此折射出来。

没有创作经验的周海婴，在晚年最大的事情是出版了《鲁迅与我七十年》。这本有争议的著作，给文坛带来了许多话题。鲁迅与他的生命历程，与现代中国，乃至鲁迅传播史等，都于此有所体现。这本书披露的史料很是珍贵，有的是有分量的。一个儿子眼里的父亲，及社会变迁史，总让我们有新奇的感觉。他在书中首次谈到了"鲁迅活到今天会怎样"的话题，提到了鲁迅手稿丢失的旧事，文坛鲜为人知的一面也曝光了。鲁迅死后的风风雨雨，都在书中有所揭示。他的书一问世，就受到一些质疑，引起不小的风波。我读这本书，觉得基本是本于史料的，都是自己心得的外化。自然，文中有些片段可能有主观的色调，有的地方也值得商榷，但研究鲁迅的传播史，是不能不读它的。

海婴先生生前给我写过许多信，对社会与学界多有臧否。他总有操不完的心：鲁迅藏品保护问题、版权问题、子女问题。我们觉得他有诸多未了的希冀。他对自己评价不高，觉得不过常人而已。有一次偶然知道，他藏有很多底片，都是20世纪三四十年代留下的，才发现其摄影家的天分被埋没了。在他八十岁的时候，令飞邀我一起为海婴策划了摄影展，一时颇有影响。他很小就学会照相，从上海到香港，到北京，留下诸多历史的镜头。他喜欢捕捉风俗，对人物肖像亦有研究。20世纪40年代上海难民的片段，他拍得很真实，人物传神的地方历历在目。最有文献价值的是1948年从香港到大连的一组照片，记录了民主人士准备政协会议的片段。沈钧儒、郭沫若、黄炎培等人在船上共议国家大事之举，都被他记录下来。海婴那时候还是个孩子，还没有记者的理念。但他无意中留下的底片，填补了那段知识分子活动研究的空白。他自己的生命融入那段历史里，也成了那道风景的一员。

那次展览后，朋友为他做八十大寿的活动。作为主持人，我和上百名朋友分享了他的快乐。萧军的后人、胡风的后人、冯雪峰的后人等，都参加了祝寿活动。我那天很是兴奋，觉得大家对他有着深切的感情。那一切都是民间的，没有官方的痕迹。而且他晚年和历经苦难的鲁迅友人的后代来往甚多。这一点，是有鲁迅的脾气的。鲁迅属于民间，他也活跃于民间。作为一个历史人物，许多从奴隶之路走来的人，在他那里继续了一个故事。

2011年4月7日，我到广州参加鲁迅生平展的活动。一下飞

机，便得到海婴去世的消息，心里很难过。那天在暨南大学的
演讲会上，我开头就说，今天，海婴去世了，自己很是感伤。
在周先生那里，我们看到了鲁迅精神的片段。这是一个家族生
命的延续，在多难而复杂的八十余年的生活里，他恪守了鲁迅
希望的"不做空头文学家"的原则，没有偏离父亲的遗嘱，一
直真实地活着。仅此，作为鲁迅之子，已经无憾矣。

2011年4月10日

汪曾祺散记

1

我认识汪曾祺先生是在20世纪90年代初。那时候做记者，有一年春节的时候，文艺部搞联欢，决定把汪先生请来。我与汪先生是邻居，去送请柬后才开始有些交往。其后，偶有信件和电话联系，直到他去世，时间不长，也只是五年的光景。

他去世时，我在报社连夜发出了报道。那次经历给我深深的刺激，因为在不久前我们还见过面，谈了些趣事。他还帮助过一个下岗的女工，为其文约来的几篇评论文字，都发表在我编的版上。我很感动于他的悲悯之情，对人的爱怜态度，只能用真来形容这个人。老一代的温暖感，在他那里都有一些，可谓是古风吧。那时候经常接触一些有名的文人，我得到的只是一些乏味。可是他的存在，似乎与整个环境无关，完全是别样的。在我看来，他是灰蒙蒙天底下的一湾清泉，走到哪里，哪里的晦气就消失了。

当时文坛吸引我的人只有孙犁、张中行和汪先生三人。与孙先生无缘见面；张先生和他给我的印象之深，是永难忘记的。那时候人们说他是个士大夫式的人物，可是我却在他那里感到了一丝孤独的东西在内心流露。我们谈天的时候随意而快慰，自己在这个老人面前很放松。我觉得他身上有着迷人的东西在流溢着。声音、神态都像林风眠的绘画一样透着东方的静谧。不时对时弊的讥讽，都自然无伪，很有趣的。

他的住所在晚年变动了两次。一次是在蒲黄榆，后来搬到虎坊桥，与邵燕祥先生很近。他家里普通得不能再普通，没有奢华的装裱，也见不到大量的藏书，可是很有味道。汪先生对来客很热情，从没有拒人千里的感觉。我与他相处像和自己的父亲相处一样随意，觉得他是个值得信任的人。直到他去世很久，大约十周年时候，我和友人为他举办了生平展览，内心依然保留着那份眷恋和敬意。他对汉语的贡献是我们这些后来的人所难以企及的。

20世纪80年代的文学如果没有他的存在，我们的文坛将大为逊色。我在他那里读出了废名、沈从文以来的文学传统。汉语的个体感觉在他那里精妙地呈现着。那时候的青年喜欢创新，可是他们的文体都有些生硬，觉得不那么自在。汪老的作品不是这样，一读就觉出很中国的样子，而且那么成熟，是我们躯体的一部分。我也正是通过他的小说，发现了现代以来一个消失许久的传统的隐秘。

汪曾祺的人缘好，他像自己的文字一样被许多人喜爱。他好像没有等级观念，与人相处很随和，身上有种温润的东西，我们从中能呼吸到南国般的柔风。废名的古朴、沈从文的清秀，在他那里都有些。重要的是他的文字后有着欧美文学的悲凉的况味，这是一般人所没有的。较之于他的父辈，他似乎更好地把文学个人化处理着。在人们还在讨论人道主义与异化的问题时，他却无声地回答了诸多的难题。而且，就精神的色彩而言，他总要比别人多一些什么。

现在我决定用一段时间回望这个老人。我知道这只是一次寻找，许多片段已散失到历史的空洞里，但瞭望他的时候也是对我自己生命的一次自省。和他对话，发现自己缺少许多精神的准备，有的东西是从来就没有的，是先天的贫血。有时候私下想想，也许，我的喜欢他，是源于未曾有过那样的生命体验吧。是他把我们这些俗人从喧嚷里隔离开来，稍微体味到静穆的味道。而且，在相当长的时间里，我是没有过静观的快乐的。也恰恰是他，在粗糙的时代，贡献了精巧的珍品。汉语的写作魅力，无法抵挡地在我们的身边蠕活了。

2

在汪曾祺去世后很久，我才读到他早期的文字。那些都是20世纪40年代的作品，在风格上完全是现代青年的那种唯美的东西。我相信他受到毛姆、纪德的影响，连伍尔芙的影子也是有些的。当然，那都是译文体，他得到了启发，模仿着谈吐，把色彩、韵律变得神秘而无序，现代主义的因素是浓厚的。

有趣的是那时候的文章都没有一点左翼文学的痕迹，是社会边缘人的倾吐。作者的情趣在自然和历史旧迹之间，没有清晰的理念的排列，完全是意识流动的碎片，有感而发，绝不矫情。在阅读他的作品时，总是感到有种忧郁的东西在里面流着。我想，他内心的感伤一定是无法排走才那样抒情地发泄吧。屠格涅夫在写到山川河谷的时候，自己就有着淡淡的哀伤。那是与生俱来的呢，还是环境使然，不太清楚。汪曾祺的文字倒像是先天的沉郁，好像在内心深处一直淌着苦楚，虽然是轻轻的和漠漠的。

在20世纪40年代的几篇文章里，透露出他和废名、沈从文相近的爱好。文字是安静的。即便有焦虑的地方，可还是生命内省时的焦虑，那些时髦的观念在他那里几乎没有反映，好像在另外一个时代里。在回忆儿时的文章中闪现的是对童真的诗意的描摹。那是没有成年理念的精神涂抹，在随意点染里看出他对童真的兴趣。那里对乡俗的敏感、神秘的猜想，我们在废名的文字里未尝没有看到。同样是花草、云雨、河谷，各自神姿摇曳，宋词般倾泻着天地人的美意。他对鸟虫、林木的眷恋几乎是童话般的美丽，那些失去家园的惆怅似乎也有鲁迅的痕迹在，只是他显得更为单纯些罢了。而他运用文字时，毫无模仿的痕迹，自己的心绪自然地流露着，以致我们不知道是从别人的文体那里受到暗示呢，还是别的什么影响了他。总之，读他的文字，是成熟的秋意，色彩里反射着生命的一部分。他的向内在世界延伸的渴念，与雨果、屠格涅夫的笔触偶然重合了。

但是他的目光没有在废名式的寂寞里久站，很快就闪现出现代绘画般的凌乱、无序及思想的紧张。在《背东西的兽物》《礼拜天的早晨》中，我看到了梵·高的诱人的色彩。画面朦胧而多致，甚至有波德莱尔的痉挛。他一定是欣赏着现代主义的艺术，那些冲荡而迷惘的颤音我们在其字里行间是彻骨地感受到的。《礼拜天的早晨》写到疯子：

> 我走着走着。……树把我覆盖了四步，——又是树。秋天了。紫色的野茉莉，印花布。累累的枣子，

三轮车鱼似的一摆尾，沉着得劲地一脚蹬下去，平滑地展出一条路。……啊，从今以后我经常在这条路上走，算是这条路上的一个经常的过客了。是的，这条路跟我有关系，我一定要把它弄得很熟的，秋天了，树叶子就快往下掉了。接着是冬天。我还没有经历北方的雪。我有点累——什么事？

在这些伫立的脚下树停止住了。路不把我往前带。车水马龙之间，眼前突然划出了没有时间的一段。我的惰性消失了。人都没有动作，本来不同的都朝着一个方向。我看到一个一个背，服从他们前面的眼睛摆成一种姿势。几个散学的孩子。他们向后的身躯中留了一笔往前的趋势。他们的书包还没有完全跟过去，为他们的左脚反射上来的一个力量摆在他们的胯骨上。一把小刀系在链子上从中指垂下来，刚刚停止荡动，一条狗竖着耳朵，站得笔直。

"疯子。"

这一声解出了这一群雕像，各人寻回自己从底板上分离。有了中心反而失去了中心。不过仍旧凝滞，举步的意念在胫髁之间徘徊。秋天了，树叶子不那么富有弹性了——疯子为什么可怕呢？这种恐惧是与生俱来的还是只是一种教育？惧怕疯狂与惧怕黑暗，孤独，时间，蛇或者软体动物其原始的程度，强烈的程度有什么不同？在某一点上是否相通的？它们是直接又深刻的撼荡人的最初的生命意识吗？

完全是絮语、低吟，光线的凌乱与场景的倒置，和毕加索的绘画呼应着。晚年回忆自己的写作时，他承认曾受到现代主义的影响。因为生活的复杂，用程式化的语言是无法还原社会的，于是从逆反的语序和晦涩的句子里隐曲地释放幽思。这样的描写是一种快慰。但汪曾祺年轻时候的尝试只是短暂的一闪，他还在摸索的途中，运笔并不入化，对比鲁迅的《野草》，就能见出其间的距离。好像只是意识到这种写法的价值，但背后的东西稀少，只是后来才有所领悟，随着年龄的增长，才从形式的展示向内心出发了。

在最初的作品里，他的画面感是好的。这显示出他的高超的技能。清寂的江南的雨，北京街市的风土，灰蒙蒙的人群，都刺激了他的苦梦。张爱玲也描述过南国街巷里的微雨和古道，那是贵族式的流盼，冷冷的目光里是台阁间的冰意，我们只能远远地看着。汪曾祺不是这样，他的苦楚似乎是幼稚的孩童的旋转，根底还是单纯的。他的画面是水彩的写意，西洋的与东洋的光泽都有一些。他不愿意把画面搞得一本正经，自己喜欢从视觉上有奇异的东西卷来，沈从文不就是向陌生感挑战的人吗？

他用自己的画面要证明的是，好的散文不像散文，好的小说也不该像小说。智巧的东西才是作家要留意的存在，我们的一些写家似乎不注意这些了。尤其那些相信外在理念的人，把文字搞得狰狞无味，在他眼里是殊无价值的垃圾。文学要有清静之地，他觉得自己要找寻的就是这个吧。所以文章之道不是个伦理的问题，而是趣味的问题，非社会的传声筒，而是自己的个体的智慧的延伸，别的低语都没有太多的意思。自己向着自己的空间展开，与神秘中的那个存在对话才是真的。汪曾祺注意的就是与自己的对话。这一点，他与周作人、废名真是接近得很。

很有意思的是，他那时候的审美观念与毕加索、梵·高很像。在《短篇小说的本质》里说出这样的话：

> 毕加索给我们举了一个例。他用同一"对象"画了三张画，第一张人像个人，狗像条狗；第二张不顶像了，不过还大体认得出来；第三张，简直不知道是什么东西了。人应当最能从第三张得到"快乐"，不过常识每每把人谋害在第一张之前。

　　明显得很，他对那时候的写实文学是不满的，镜子般地反射生活似乎不能满足他的需求。不满于写实主义的大概有下列的人：一是浪漫的人，他们以为那些拘泥于生活的人太粗俗了，殊不可取；一种是逃逸现实的人，他们总觉得在某种环境里才可以有种美的陶冶，想象对人来说是多么重要。还有的乃以智性的攀缘，在审美的冒险里承受沉重，以洒脱的精神游弋于此岸与彼岸之际。汪曾祺显然是后者一类的。这在20世纪40年代是被左翼颇为蔑视的群落，可是他却觉得中国那时候缺少的恰恰是这样的艺术。在与纪德、伍尔芙的相遇里，他很快就意识到了这一点。

　　有着这个梦想的他，在那时候得到的一定是孤独的反应，因为在民不聊生的时候，类似的声音往往是微弱的。而且只有唯美主义或先锋主义者才可以意识到这一点的价值。20世纪40年代的中国遭遇着巨变。汪曾祺也盼着艺术的内在转型。他转了，而时代未转。精神的天却越发灰暗起来。

3

　　20世纪50年代后，他的文风突然被一种力量所止，不再向前滑动。他编辑《说说唱唱》，流放到河北的坝上，回城后参加样板戏创作等，心性多少还是有所扭曲。但那时候他学会了逃逸，自知不会做宏大叙事，便在沈从文、废名那里停下脚步。前者是他的恩师，后者对其有审美的引领意味。而且随着年龄的增长，禅风略多，先前的现代主义的痕迹竟渐渐消失了。

直到20世纪80年代，他才被人们所注意。他的出现，在他自己看来不过是一种风格的延续，并非创新者，他也自觉把自己归入废名的传统里。在为何立伟的小说作序时，汪曾祺说到了废名。后来讲到阿城的作品，也提及了废名的创作。汪氏喜欢废名，是有道理的。他是沈从文的学生，沈氏在20世纪20年代就欣赏废名的作品，自己的文字，也受到一些熏陶。湘西的发现，说不定就有废名的暗示。至少远离闹市的清俊、淡泊之美，和《柚子》《浣衣女》《桃院》《文公庙》在韵律上是一致的。显然，从废名到汪曾祺，有一个精神的承传。这还不仅是技术层面的问题，而是精神气质的连通。当代书写的圆滑世故之风很盛，救这种思想的病，废名这类人的价值是不可小视的。20世纪80年代汪曾祺推荐废名之功，当时还没有多少人真正意识到。

汪曾祺的文字无论从哪个层面讲，和废名都距离甚远。但他的儒雅的平民的眼光，和废名那些人有深切的关联。五四高潮之后，文学的社会功用被渐渐放大，独自内省、深入个体盘诘的语体日稀。艺术是要向陌生的领域挺进的，可那时以及后来的创作，却向无趣的领域延伸。汪曾祺和他的老师沈从文都不喜欢过于载道的文字，趣味与心性的温润的表达，对他们而言意义是重大的。其实细细分析，在思想和审美的姿态上，以知堂为首的"苦雨斋"群落的写作，是汪曾祺意识的源头之一。汪氏在经历了磨难之后，猛然意识到，回到知堂和废名当年的写作状态，是今人的选择之一。在面对传统的时候，他觉得取神与得意，然后自成一家风格，是重要的事情。

废名的妙处是，意象上是高古、青涩的，精神却是现代人的。他写老路、野村、山麓、清水，除却禅的因素外，还有道家的古风。这来自知堂的关于古希腊文明的描述，以非功利的冲动，融己身于天地之间，才合乎生命之路。汪曾祺六十岁后的写作，越发有"苦雨斋"的痕迹，山林、庙宇、水乡、古店，都有谣俗的意味。你看他《受戒》《大淖记事》里的韵致，和《竹林的故事》《枣》《墓》《河上柳》何其接近，而气象上又别开一路，和当下的精神生活碰撞在一起了。明清的文人曾在此方面有不小的建树，张岱、徐渭都有好的诗文作品，呈现了类似的景观。不过古人的意识里没有现代哲学的黑暗感受和荒凉意象。汪曾祺和废名一样，多的是这种东西。李白、韩愈那类人的诗文很大气，但学不好可能徒做高论，空言无益。汪先生以为与其学李白、韩愈，不如读陶潜、张岱。因为小的、自我的、主观的存在，可能符合自己的表达与个性的伸张。左翼文学后来陷于假的空洞的死路，就是因为无我的意识的扩张，汪氏要颠覆的恰是这样的扩张。

由废名而沈从文而汪曾祺，是一条向高的智性和幽深的趣味伸展的路。这让人易联想起陶潜和李贺的合流、契诃夫与迦尔洵的杂糅。当汪曾祺看到何立伟、阿城的作品时，唤起了他的这一记忆。他那么认可两位青年的创作，其实是对自己内心追求的一种呼应。他晚年关于文学理论的文字，一直强调着这一点。而这些，比那些宏大的文学理论的演说，似乎更贴近艺术的本真。对比一下20世纪80年代的文学理论和汪氏的言说，后者在今天的亲切感，依然是强烈的。

废名从来没有流行过，汪曾祺也是这样。这就对了。那么说他们是没有世俗意识和担当感的人吗？也不是的。其实废名也好，汪曾祺也好，对人的洞悉有火一般的热力，只不过不愿渲染这些，内敛着激情，以从容的步履自行其路而已。乡野里的抒怀，意在人间情怀的另一种表达，炽热的地方，我们何曾不能感到呢？中国固然需要史诗，而其实也离不开小的性灵化的叙事。后者与人的距离似乎更近。他的文章适合屋下灯前慢慢地读，悠然地体味，和热烈的街市上的人是没有关系的。

4

谈到汪先生的文章好，那是人人承认的。但好的原因是什么，就不那么好说了。他的家里，书不多，绘画的东西倒不少。和他谈天，不怎么讲文学，倒是对民俗、戏曲、县志一类的东西感兴趣。这在他的文章里能体现到。他同代的人写文章，都太端着架子，好像被职业化了。汪曾祺没有这些。他在一定程度上是个杂家，精于文字之趣，熟于杂学之道，境界就不同于凡人了。

晚清后的文人，多通杂学。周氏兄弟、郑振铎、阿英等人都有这些本领。20世纪50年代后，大凡文章很妙的，也有类似的特点。唐弢、黄裳就是这样的。汪曾祺的杂学，不是研究家的那一套，他缺乏训练，对一些东西的了解也不系统，可以说是蜻蜓点水、浮光掠影般的。但因为是审美的意识含在其间，每每能发现今人可用的妙处，就把古典的杂学激活了。我想，和周作人那样的人不同，他在阅读野史札记时，想的是如何把其间的美意嫁接到今人的文字里，所以文章在引用古人的典故时，有化为自己身体一部分的感觉，不像周作人，自己是自己，别人是别人，彼此有着距离。汪曾祺尽力和他喜欢的杂学融在一起，其文章通体明亮，是混合的东西。

他的阅读量不算太大，和黄裳那样的人比，好像简单得很。可是他读得精，也用心，民谣、俗语、笔记闲趣，都暗含在文字里，真是好玩极了。他喜欢的无非是《梦溪笔谈》《容斋随笔》《聊斋志异》一类的东西。对岁时、风土、传说都有感情。较之于过去学人江绍原、吴文藻等，他不太了解域外的民俗理论，对新的社会学史料也知之甚少。这使他的作品不及苦雨斋群落的作家那么驳杂，见解也非惊世骇俗的。但他借鉴了那些学问，从中找到自己需要的东西。尤其是中土的文明，对他颇为有意义。在创作里，离开这些，对他等于水里没有了茶叶，缺少味道了。

现代的杂学，都是读书人闲暇时的乐趣。鲁迅辑校古籍、收藏文物、关照考古等，对其写作都有帮助。那是一种把玩的乐趣，在乡间文化里大有真意的存在。周作人阅读野史，为的是找非正宗文化的脉息，希望看到人性之美吧。连俞平伯、废名这样的人，都离不了乡邦文献的支撑，在士大夫的不得志的文本里，能看到无数美丽的东西，倒可填补道德化作品的空白。中国有些作家没有杂学，文字就过于简单。多是流畅的欧化句式，是青春的写作，优点是没有暮气，但缺的是古朴的悠远的乡情与泥土味。茅盾先生是有杂学准备的，可是他把写作与治学分开来，未能深入开掘文字的潜能，只能是遗憾了。汪曾祺是没有作家腔调的人，他比较自觉地从纷纭错杂的文本里找东西，互印在文字里，真的开笔不俗，20世纪80年代后能读到博识闲淡的文字，是那个时代的福气。

有人说他的作品有风俗的美，那是对的。他自己在《风俗画》一文就说：

我很爱看风俗画的。十七世纪荷兰学派的画，日本的浮世绘，我都爱看。中国的风俗画的传统很久远了。汉代的很多像石刻、画像砖都画（刻）了迎宾、饮宴、耍杂技——倒立、弄丸、弄飞刀……有名的说书俑，滑稽中带点愚昧，憨态可掬，看了使人不忘。晋唐的画以宗教画、宫廷画为大宗。但这当中也不是没有风俗画，敦煌壁画中的杰作《张义潮出巡图》就是。墓葬中的笔致粗率天真的壁画，也多涉及当时的风俗。宋代风俗画似乎特别的流行，《清明上河图》是一个突出的例子。我看这幅画，能够一看看半天。我很想在清明那天到汴河上去玩玩，那一定是非常好玩的。南宋的画家也多画风俗。我从马远的《踏歌图》知道"踏歌"是怎么回事，从而增加了对"桃花潭水深千尺，不及汪伦送我情"的理解。这种"踏歌"的遗风，似乎现在朝鲜还有。我也很爱李嵩、苏汉臣的《货郎图》，它让我知道南宋的货郎担上有那么多卖给小孩子们的玩意，真是琳琅满目，都蛮有意思。元明的风俗画我所知甚少。清朝罗两峰的《鬼趣图》可以算是风俗画。杨柳青、桃花坞的年画大部分都是风俗画，连不画人物只画动物的也都是，如《老虎嫁女》。我很喜欢这张画，如鲁迅先生所说，所有俨然穿着人的衣冠的鼠类，都尖头尖脑的非常有趣。陈师曾等人都画过北京市井的生活。风俗画的雕塑大师是泥人张。他的《钟馗嫁妹》《大出丧》，是近代风俗画的不朽的名作。

从他的审美习惯看，应当是属于陈师曾那类的文人情调，和丰子恺的禅风略有差异。汪氏的入世与出世，都和佛家的境界不同，也就谈不上神秘的调子。他的文风是明儒气的，杂学自然也和那些旧文人相似。他说：

> 我也爱看讲风俗的书。从《荆楚岁时记》直到清朝人的《一岁货声》之类的书都爱翻看。还有上初中时候，一年暑假，我在祖父的尘封的书架上发现了一套巾箱本木本活字聚珍版的丛书，里面有一册《岭表录异》，我就很感兴趣地看起来，后来又看了《岭外代答》。从此就对讲地理的书、游记，产生了一种嗜好。不过我最有兴趣的是讲风俗民情的部分，其次是物产，尤其是吃食。对山川疆域，我看不进去，也记不住。宋元人笔记中有许多是记风俗的，《梦溪笔谈》《容斋随笔》里有不少条记各地民俗，都写得很有趣。明末的张岱特长于记述风物节令，如记西湖七月半、泰山进香，以及为祈雨而赛水浒人物，都极生动。虽然难免有鲁迅先生所说的夸张之处，但是绘形绘声，详细而不琐碎，实在很叫人向往。我也很爱读

各地的竹枝词，尤其爱读作者自己在题目下面或句间
所加的注解。这些注解常比本文更有情致。我放在手
边经常看的一本书是古典文学出版社出版的《东京梦
华录》（外四种——《都城纪胜》《西湖老人繁胜
录》《梦粱录》《武林旧事》），这样把记两宋风俗
的书汇为一册，于翻检上极便，是值得感谢的。

我读这一段话就想起周氏兄弟的爱好，他和这两人的相似
的一面还是有的，尤其是与周作人的口味极为接近，彼此共鸣
的地方很多。只是他不是从学问的角度看它们，而是以趣味入
手，自己得到的也是趣味的享受，后来无意间把此也融进了自
己的文字中。20世纪80年代，汪曾祺红火的时候，许多人去
模仿他，都不太像，原因是不知道那文字后还有着不少的暗功
夫。这是日积月累的结果，汪氏自己也未必注意。我们梳理近
代以来读书人的个性，这个民俗里的杂趣与艺术间的关系太
大，是不能不注意的。

从汪氏的爱好里，我也想起中国画家的个性。许多有洋学
问的人，后来也关注民间的艺术，从中吸取经验。林风眠、吴
冠中都这样。连张仃的画，最好的是毕加索与门神的结合，谣

俗里的意象可让人久久回味的。杂学的东西，是精神的代偿，我们可以由此知道艺术的深未必是单一的咏叹，而往往有杂取种种的提炼。这个现象很值得回味。没有杂识与多维的视野，思想的表达也该是简单无疑。

像他这样从民国里走来的人，读书经验未必与学院里的东西有关，而是从文化的原态里体悟什么。这样的书就读活了，而非死读书那类迂腐的东西。比如他到一个地方，很喜欢了解乡间沿革里的东西，对语言方式、音调都有兴趣。人们怎样生存、凡俗的乐趣在哪里，都想知道些。他说自己喜欢《东京梦华录》一类的作品，就因为从中能读出更丰富的人情美与风俗美。

风俗美是对士大夫文化无趣的历史的嘲弄。我们中国的旧文化最要命的东西是皇权的意识与儒家的说教，把本来丰富的人生弄得没有意思了。行文张扬，大话与空话过多，似乎要布道或显示什么。张仃厌恶红色的符号，遂去搞焦墨山水画，在黑白间找思想找感觉。汪先生其实也是这样的吧。他的作品有童谣的因素，也带点市井里的东西。色调都不是流行的那一套。在民风里实在有些有趣的存在。比如赵树理的小说，迷人的地方是写了乡里的人情，汪曾祺就十分佩服。沈从文的动人还不是写了神异的湘西？汪曾祺的阅读习惯与审美习惯，其实就是在边缘的地方找流行里没有的东西。他自己知道，士大夫文化没有生命力的原因，是与人间烟火过远的缘故。

过去读书人涉猎杂学，多与笔记体文字有关。笔记是小品的一种，可以任意东西，五湖四海，不一定深，浅尝辄止。士大夫写八股文，多无趣味，但在一些笔记里，能看到点真性情的影子。笔记有秘本、抄本等不同样式，汪曾祺看的多是通行的本子，没有秘籍，也鲜奇货。有些人看到笔记体的书籍，注意的是版本里的东西。黄裳、唐弢都是这样。他们的杂学也都不错，文字亦佳，有目录学家的气象。但孙犁这样的作家，就与他们不同，倒和汪曾祺很像，只注意内容，不顾及版本。因为喜欢随便翻翻，不做专门研究，眼光自然不同。孙犁在《谈笔记小说》中也讲到了汪曾祺喜欢的那些作品，看法有些特点：

> 笔记以记载史实，一代文献典故为主，如宋之《东斋记事》《国老谈苑》《渑水燕谈录》，所记史料翔实，为人称道。如《梦溪笔谈》《容斋随笔》，则以科学研究成绩，及作者之见解修养为人重视。

笔记，常常也有所谓秘本、抄本的新发现，然不一定都有多大价值。有价值之书，按一般规律，应该早有刊刻，已经广为流传，虽遭禁止，亦不能遏其通行。迟迟无刻本，只有抄本，自有其行之不远的原因。我向来对什么秘籍、孤本、抄本，兴趣不大。过去涵芬楼陆续印行之秘籍，实无多少佳作。

或许都是因为出身于小说家，对杂学的兴趣也都止于内容的接受，采其手法，接其神气，化为己用而已。好的作家对野史与笔记间的东西有情趣，或许是那里的不正规的文气与心理让人喜欢？笔记里的谈鬼怪之作与民间传说，多灿烂的想象，思路与一般人迥异。汉语书写易走进套路，唯野性的思维可让人飞将起来。且那里知识庞杂，多不正经之音，或让人一笑，或有惊异感叹。对于汪曾祺而言，早期是西洋现代小说开启了其思想，晚年则为野史笔记引路前行，遂有了一种脱俗之象。考察晚清以来文章好的人，在这一点上，多少是一样的。

5

我有时候看他的书，尤其是小说，就觉得他仿佛是个远离恩怨的讲述者，把烟火气滤掉，把痛感钝化掉，一切都归于平淡了。可是那平淡后面是无疆之爱，就那么缓缓地流着。汪曾祺喜欢单色调纯情的事物，那是不错的。可是他看人的眼光则不那么简单。他知道人的价值不是好坏的概念可以涵盖的。许多作品对人的描述，有点沈从文式的中立的态度，不去简单地价值判断。在《詹大胖子》里，他描绘了此人如何的世俗，如何的庸常，在学校靠自己的特殊职位推销高价货物，赚了许多钱财，笔触里对其不乏温和的讽刺。学校的校长有作风问题，他清清楚楚，善恶分明。但在有坏人整校长的关键时刻，他却保护了校长，没有使悲剧产生。保护校长，与他的私利有关，因为他可以照常那样生活，可要是恶人来的话，就要经历大苦楚，那是更坏的结局。这样的选择，是复杂的因素所致，结局是保持了生活的宁静。他写这个俗人，真的是充满人间烟火气。人物的神态、举止都很生动，觉得颇为有趣和好玩。人生的本真不过如此，但在他笔下却有了诗意的风景。对这样的人物，他并非欣赏，也不批判，他觉得生活就是这样，不是崇高和矮小可以涵盖的。有良知的人未必伟岸，而伟岸者的背后也有可笑的矮小。似乎很像聊斋的笔法，在悠然的词语里，读出了俗画里的冷暖。《金冬心》写人间的世故，入木三分，显得极为老到和从容。金冬心是画家，遭到袁枚的冷落，却无意间在吹捧别人中得到好处。他小看袁枚的世俗，自己未必不俗。简单几笔，活画出士大夫的本相。汪曾祺写俗像，笔触却是反俗的，没有一点庸俗画的低媚气。他在高贵的笔触里，刺激着芸芸众生的一切，词语的背后跳着洗练的音符。这里有他的人生观，颇值得玩味。许多人模仿他而不像，大约是没有这样的世界观所致。而这，和流行了几十年的思想是没有关系的。

他端详各色人物时，都是有些俯看的欣然，自己并不燃烧其间。沈从文说写小说要贴着人物去写，这是汪曾祺认可的。可是他并非都是贴着人物，有时是扫描的笔法，自己并不仿着人物，距离感是强烈的。小说是回忆，这是不错的。他在回忆里把世间万象寓言化，我们感到一种快慰。一切恩怨都消散于此间，生命不过是一个过程，在这个过程里，有什么想不开呢？

像左翼作家的创作，他是不太喜欢的，原因是燃烧得过多，没有距离感。况且作家是审美地打量人生，不是简单的价值判断。他在《陈小手》里写人性的恶，感情是控制的，很含蓄，又不流溢自己的情感，但震撼力是那么的强烈。作者在风俗里写人，风俗有亮的，也有暗的，这里暗示着善恶问题、美丑问题，却又不是道德化的写法，而是审美里的渗透。汪曾祺了解行帮的黑暗，也知道民生之苦。人是可怜的存在，大家都在命定里存活。但反人性的东西怎么可以饶恕呢？对此也只能怒而视之。不过即使这样，你在他的作品里感到的依然是平静的气息，不是火气很盛的存在。许多人活过，许多人死了。活过的人生前的好与坏，不过过眼烟云，那些荒诞的故事，都可以饶恕吗？在阅读汪曾祺的时候，我们会想得很多很多。

人生本来平凡，没有什么大起大落。他写的人也普通得很。小人物，小故事。但人间本色的东西都在。《讲用》里的郝有才，一个在剧院里打杂的工人，平平凡凡地过日子，工作也很积极。他有点爱占小便宜，后来被批斗。批斗会上的发言，十分正经也十分可笑，搞得大家莫名其妙。而后来偶然做了好事，又被捧上了天。郝有才以幽默的语调让人忍俊不禁。小说写这样的人物时，我觉得作者是怀着反讽的心来看生活的。他厌恶人们把人分成三六九等，也拒绝对人性进行简单的归类。在汪曾祺看来，人有私欲，乃平常之事。有爱心，也是心性的一种。妖魔化与圣化都有问题。所以他的世界观，是介于妖魔化与圣化之间的日常化的写真。但这写真里有诗，有悲悯与淡淡的寂寞。在日常生活里发现精神的美，给他自己还是带来了诸多乐趣的。

《云致秋行状》写的故事，都为烦琐的小事，像是人物记事。主人公云致秋不过是剧团的一个小干部。其为人处世都不错，工作一心一意，自然也有一般京城人的奴性。他有一套旧京城人的处世逻辑，有一种维持心理平衡的方法。靠着这个法子，他活得游刃有余，自由自在。可是革命来了，旧的一套不行了。人要活，就得有新的维持自我的逻辑。所以也做了三件平时绝做不了的事情。一是去随大溜批判领导；二是把记录单位安全秘密包括人事机密的材料交上去；三是写了大量揭发材料。这个一向热心的人，突然在古怪的时代随着古怪起来。后来，他又恢复了日常的生活。照样是热心，照样是刻苦，以致去世后引起那么多的人的怀念。在作者眼里，人是社会的动物，好人与坏人的概念，不能简单为之。人世间的一切，比书本里写的要复杂。这里就消解了神圣，消解了意识形态的东西。社会是一本大书，人不过是个过客。帝力之大，而人力甚微，只能被环境所囿。汪曾祺不喜欢客观环境对人的挤压，想得多是人性不变的东西。人有没有常恒的存在呢？还是有的吧。那是恻隐之心，天然之态。可是现在我们被异化在其间，只能在笼子里远眺着天际，想一想。这一想，就有诗，有爱。

汪曾祺使我们返回到人的原我，返回到内心。他眼光里的恩怨，与世俗的那些东西毕竟是不同的。

阅世深者，倘有爱意，总有点逆俗的因子。汪曾祺喜欢从别样的眼光里看人，不都是自然主义的思路。他常常在悖论里读人，对美的理解完全是自我的体验。《瑞云》里那段传奇的故事，我们读了，不禁感伤。最美丽的不易得到，受损的反而易近。小说像是童话，实则为寓言，美妙得像普希金的《渔夫的故事》。他描绘的少女如天仙般美妙，可是却在毁灭里才能得到爱情。一旦美质得到还原，爱情却被阴影所罩。作者这样写世道人心，内心一定是难过的。他把淡淡的哀伤点染给读者，我们读了，内心不禁生出苦楚。在宁静里还会生出回肠荡气的气韵，那才是高人的妙处。

在许多作品里，他写的都是日常生活，没有什么宏大的场景。人物呢，也都以平凡者居多。这些人有个特点，就是会一点手艺，或画家、医生、教员、卖艺者。氛围中透着书香，或是民俗的情调。他也写了些五毒俱全的江湖人物，其间不乏怪异者。《故里三陈》有点黑白相间，《八千岁》是市井的昏暗，底层社会的起伏之状历历在目。《王四海的黄昏》是江湖人的善意的闪光，可是世风的浊气你感觉不到？作者写这些人物的命运时，像一幅幅风俗画，江南水乡、小镇的音色活灵活现。不错，这些图画都有点老气，我们在鲁迅、钱锺书的笔下见过一些。汪先生写这些，流水般自然，就那么汩汩地流着。琴棋书画、礼仪习惯，如诗般地涌动着，内在的风致清澈洗人。在写这样的故事时，他其实很少悠然与恬淡，我倒读出了他的忧戚的心。那么多美妙的人生的消失，乃大的悲凉。他陷在这样的悲凉之中。1991年，他的自选集再版的时候，他曾写下这样一段话：

重读一些我的作品，发现：我是很悲哀的。我觉得，悲哀是美的。当然，在我的作品里可以发现对生活的欣喜。弘一法师临终的偈语："悲欣交集"，我觉得，我对这样的心境，是可以领悟的。

如果不了解这样的心境，对他也许是真的隔膜吧？他的忧患常常被士大夫般的散淡所掩，其实自己的惆怅，比同代的作家并不差多少。他喜欢孙犁、贾平凹这样的作家，其实是内心与他们共鸣的地方很多。因为不愿意呼天抢地，这样的诗情就散失在平淡的文字间了。人生大苦，我们无法超越。而文人可做的，又何其的寥落。不过是用记忆与诗，点缀着日常的枯燥，继续活在这怪诞的世界。文人无用，古人就说过，现在也是如此，有什么办法呢？

许多次，他说自己爱读《聊斋志异》，翻看最多的是《容斋随笔》。那些作品就是俯瞰人间的寓言，把一切彻骨的体验平淡地过滤着。蒲松龄那样的人，对人间万物的理解是含有隐喻的，以空幻与变形的笔法直面世间。他有无尽的情思、无尽的爱恨，可是并不直说，而是借着图像与幻影为之。其间是智慧里的诗，有诸多快慰。在汪曾祺这样的人看来，人表达思想的时候，倘能在诗意与智慧的层面进行，那是心灵的最高境界的舞蹈。许久以来，中国文学流于直白的记录，在庸俗的现实主义理论下创作，那与人的想象力与思想的攀缘是远的。小说是讲故事的，但并非直录，要有点神来之笔。即在平淡里见出奇异来，说出人人心有笔下却无的东西。这个是硬功夫，不那么易掌握。但作家的任务是向陌生挺进，躺在旧床上的默想，怎么能飞起来呢？

这让我想起巴别尔的作品，总是有弦外之音。生活不按人们的想象进行，也不按流行的理念进行，它运转的方式与人的理念无关，是命定与宇宙规律的一部分。好的作家总是发现新的视角，但又是个生活本然的存在。尼采写世界的表象，是采用颠倒的方式的。鲁迅总在悖论里发现世界。作家的任务是从人的世界发现理念无法概括的存在。废名做到了此点，沈从文做到了此点，汪曾祺也做到了此点。

6

越到晚年，他越爱写乡间的旧事，故土的那一切在笔下活起来了。我们在汪曾祺那里看到了乡土的美，有的让人想起山水诗和乡土艺术。在泥土与水乡的炊烟里，他给了我们一个安宁的世界。

可是这个乡土过于宁静，似乎过滤了诸多暗影。

沈从文之后，写乡情美的作品很多。但大多有一点单纯。孙犁单纯，刘绍棠单纯，高晓声也单纯。

但汪曾祺还是多了点难言的苦涩，虽然是淡淡的。

汪曾祺在世风里看到了灰色的存在，对人性的诡秘也有所反映。他善于在揭示丑陋的时候来表现美。所以他的文字就比许多以乡土自居的人清醒，还是有话外之音的。

说他的小说里有乡土气，那是对的。比如他喜欢点染岁时、习俗、礼节，对乡间的画匠、工匠、水手的生活细节颇为敏感。作品里不忘江湖里的东西，却非黑暗的留念，而是诗意的打量，在枯燥里看到了丝丝趣味。整个自然乡村，不是冷若冰霜的存在，而是美丑的互动、黑白的对照，而底色里的纯情的美流溢其间，真的洗人心肺。沈从文也写过乡情的美，但没有汪氏内在的苦楚和对世俗拒绝时的老辣。他其实通世故，故写人的俗气入木三分。可是他点缀着江湖的昏暗时又颠覆了昏暗。那里隐隐闪着智性的灯，照着昏暗里的世界，使我们这些在俗气里久泡的人窥见了人性的美意。于是清爽了许多，为之击节不已。

一篇《受戒》，写得清澈、纯情，童心所在，俗谛渐远，性灵渐近，人间美意，生活丽影，在无声之中悠然托出。此种手笔，百年之中，仅寥寥数人耳。而《大淖记事》写女性之美，几近圣母，但又极中国，可谓神妙至家。民国间许多人写过乡土，佳作亦多。可是汪氏在气韵上绝不亚于前人，在神采上甚至还超过了前人。自从《受戒》《大淖记事》发表后，一时倾倒众人。模仿者很多。我读过许多模仿汪氏的文字，形似而韵不似，相差很远。他对乡俗的理解，和一般人总有些距离。在精神深处，他的暗功夫是一时难以被看到的。那些自以为找到了汪曾祺密码的人，其实不知道乡土的隐秘是什么，乡土表现的弱化，乃精神单一的缘故。

乡土文学是个有趣的概念。现在人们讲它的兴衰，为之感念不已，说明了其精神的内在意味的价值。我觉得认识它的历史，需从发生的源头讲起，这才能看清一些问题。

谁都知道，乡土文学的发生来自鲁迅。这里，周氏兄弟的翻译实践起了很大的作用。在1918年，周作人写过一篇文章《日本近三十年小说之发达》，谈到了日本作品的民俗价值。他觉得日本人借用域外的小说形式，成功地表达了东洋人的苦乐，将表达本土化，是个成功的例证。于是他感叹道，这样的文学，我们至今没有，言外是对中国文化有种苦苦的期盼。不久周氏兄弟出版了《现代日本小说集》，所译的一些作品，就有很东方味道的存在。这些对鲁迅自己，显然有些启发。他对绍兴的乡土的发现与这些日本小说难说没有关系。而这本译著，后来影响了许多人。废名、沈从文等人都从此感到了谣俗之美，他们自己就是坚持谣俗的表现的。而鲁迅的翻译和实践的确成了精神的先导。

鲁迅小说在形式上有西洋作品的痕迹，尤其是俄国人的忧郁与紧张感。他的一部分作品带有安德烈夫的阴冷。可是当写到乡村社会的时候，日本人的经验起了作用，不再是个体化的经验的外射，而是民俗学的因子进来了。周作人从学理上呼唤这样的东西，以为颇为重要。鲁迅赞成学理层面的理解，但更重要的是从生命体验里发现了它，将乡村社会的本色原态地昭示出来。所以，乡土文学的产生，有一个翻译的背景和学理的背景，鲁迅以鲜活的姿态，激活了这个话题。那个精神的高度在一开始就是众人仰视的。

鲁迅认识乡土社会的时候，不仅有民俗学的参照，还有着尼采和克尔凯郭尔式的忧郁与无畏前行的意识。这种超人意识观照下的文化视野，就闪现着文化批评与乡愁的多种意念。他认为中国的乡间、民间文化，在明清以后，基本上就消失了。那些古老的存在早就被士大夫化了。民间的戏曲，本来表现原始初民的那种具有强烈的生命意识的东西，可是士大夫们把儒家的观点或者是泛道德的东西参与进来，文本就出现了问题。鲁迅讨厌京剧，就因为京剧艺术不断被雅化，本来是原生态的东西，后来到了宫廷就远离了本我，这是对我们民族文化的伤害。他晚年写了《女吊》，对初民创造的人鬼神交织的魅力世界的礼赞，乃是对非主流的文化的一种青睐，中国文化有趣的地方，在那个未被污染的地方。

20世纪50年代后，民间文化渐渐消失。20世纪70年代，我在辽南文化馆搞创作，都是些实用的口号，我们写的东西全是道德化的，借用民间小调却完全扫荡了民间小调。我们已经没有了自己的民间。但在鲁迅那个时代，他接触的日本艺术里，是有与官方意识形态不同的东西的。日本人对民俗文化的特别的因素是保持着的。早在江户时代，日本民间就保持了和宫廷里不同的东西，宫廷里讲的东西和民间的某些艺术是两套存在。

所以，我们中国的民间，其实已经把独立的思维的东西，能够生长智慧的东西慢慢蚕食掉了。鲁迅在小说里发现了中国的乡村，发现了我们民族文化的一些可贵而又灰暗的元素。借着西方与日本的多种参照，出现了我们今天所讲的乡土文学。沈从文写过一篇《学鲁迅》的文章，是佩服他的乡土笔法的。他早期跟鲁迅关系并不好，但是鲁迅的这一点，他不能不敬重。鲁夫子智性里散发出的审美的东西，对当时的作家影响非常之大。但是我觉得后来写乡土文学的作家，缺乏类似于鲁迅的这样一种东西。鲁迅的复杂与多维的视野，在后来的作家那里是很难看到的。

我们看汪曾祺，没有鲁迅的驳杂，缺乏多维的思维，可是他描述乡下的生命，是存在多种感受的，绝不像人们想象得那么单纯。比如《大淖记事》，恶霸刘号长的出现，使故事变得惨烈不安。照一般左翼作品的思路，要靠流血的方式解决问题。可是汪曾祺采取的诗意的笔法，从风情的美里寻找出口。作者不忍美的陨落，而是将美好的结局介绍给大家，在紧张里让人喘上一口气来。格局自然没有鲁迅博大，但内在的复杂还是可感可叹的。

在六十岁后，汪曾祺才开始真正意义上的乡土写作。他有着半个世纪的苦楚的经验，自然和前人不同。他不是故意美化什么，也非去讲什么乡愁，只是从世间的嘈杂里寻一份宁静，打捞些美的片段。那里有老人的不灭的记忆，他厌恶周围的俗气扰扰的群落，于是寄情于乡土，从混沌里滤出清醇的东西。这个与鲁迅的状态很远，可是也丰富了乡土的写作。

刘绍棠写运河，有的很美，也很有意思。可是失之于简单，是牧歌式的咏叹，和真的人生较远。但汪曾祺的笔触有沧桑的意味，在最为空幻的地方也能感到是对现实的另一种投射，未尝不是历史的隐喻。只是心底过于柔软，不忍将笔触直指残酷的面影，有些温和罢了。可是这样的乡土，倒让我们觉得真实，是风俗画与人格图。士大夫的那一套消失了，野曲的那些存在也消失了，诞生的是个性化的禅意的世界。鲁迅、废名、沈从文之后，汪曾祺无疑是个重要的存在，他把走向单一化的乡土写作，变得有趣和丰满了。

黄裳先生

黄裳先生去世后，看到许多怀念文章，一个感觉是，读者对他的敬佩之深，是他在生前也未必意料到的。黄先生一生只写小品，没有巨著，但在文体上自成一格，为许多作家所弗及。他这样的报人，在现在的新闻界，几乎看不到了。

注意到黄裳的文章很久了，我读他的文章，就感到一股真气，老到、沉稳，散着清淡的书香。他从二十几岁开始发表文章，一直保持了高的水准，直到九十岁高龄，文字依然楚楚动人，厚重里不乏诗意，那些关于文史的小品，是延续了周氏兄弟的气韵的。

他很早就做了记者，去过印度，有过一些译作，记者生涯里有许多珍贵的记忆。采访过梅兰芳、知堂，那些笔记在文坛成了精品。在文章的风格上，模仿了知堂，题材与情调几乎都在一个韵律里。但生性又喜欢鲁迅那样的峻急，常与人争辩，左翼的传统清晰可见。所以，在他那里，士大夫的学问、五四的热情、现代报人的趣味都有，是个难得的杂家。笔墨就在几个领域流动，文字所含的幽隐之调，慢慢是可以品味出来的。

唐弢当年给他的书写序，说其喜欢谈谈掌故，欣赏文史，文章颇有品格，那原也不错。就学问说，他比一般人驳杂，戏剧、文学、历史、哲学都有所涉猎。不过最给人惊喜的，是他谈版本目录的文章，对明清刻本的喜爱、研究，非一般人可及。他觉得中国文化里，诸多学科的存在都有审美的价值。所以一生往来于许多学科之间，以诗情之笔，去写那些文化的碎片，吉光片羽间，美的灵思款款而来，把五四后的小品文的传统延续了下来。

我有一本他给我寄来的签名本，是谈明清版本的书，历数往事，在各类书籍中找到历史的旧迹，讲述背后的故事，每每有灵光闪来，会心的笑意是有的。他讲明代文人，批评的时候居多，不是附会那些人的文本，这笔致大约受到了鲁迅的影响。因为他知道，在专制社会，文人者也，有天然的痼疾，不指出它们来是不行的。所以那些关于钱牧斋、陈子龙的文章，好像也在说今天的事，古今的梦未曾中断，便也是一个证明。至于涉及晚清文人的逸闻轶事，也多史家之叹，但表达的方式上却是诗的，像文人的咏史小品，含蓄着沧桑。这样的文章，不是人人得来，钱锺书致信说，带有知堂的笔法，应当说是对的。

他接触的学者和作家很多，喜欢收藏他们的墨宝。废名、俞平伯、朱自清、闻一多的信札均有，每一幅字都很珍贵。那些信札，多是他求来的。因为是记者出身，自然知道记录他人形迹的重要。他把玩它们，觉得有生命的温度在，由字及人，再及历史与文化，那是一种文化的放大，乐于其中，有自审的快慰。我们读他介绍墨宝的文章，能够感到别人所没有的发现。

黄裳也写游记，但那所记所思，则非一般作家的观感，乃学者的阅史阅人之乐。在风情与遗迹间，能找到的是一种思想与诗情的存在，且在打量中糅进一种现代人的心境，古今之变中的沧桑感像浸了油的宣纸，慢慢变色，多了几许异样的色泽。这些文字，有他的历史观和审美寄托，在他看来，如此书写，是升华生命感受的过程，文章的趣味与境界，也就飘然而出了。

让我意外的是，这样的人一般应沉潜在古董里，不谙世故才对，但他似乎不是这样。在晚年，他喜欢与人论战，写了许多锐利的文章。与柯灵、张中行都有过辩论，有些观点很偏激，舍我其谁的口气浓浓。这些，都是受到左翼文化影响之故，显得激进甚或不近情理。可是，其间也有论辩的智慧在，那些辞章非书斋里可以写出，六朝与五四对他的影响，是可以看出来的。

恰是这一特点，他身上的士大夫气就非传统的调子了，有了现代的意味。在上海，他大概是最会写文章的人，也是偶存争议的人。小品散文能够浸在士大夫气里又脱离士大夫气，乃因为有现实的情怀和批评家的修养。因为所读之书颇多，阅人无数，又出进文坛内外，故能体贴历史语境，又可远远瞭望之，保持一种批判的态度。那文字就脱离了老朽气，焕然有清新之感。在文字日益粗鄙的时代，散文的学理与智慧，加之东方人的诗意，殊为难得。黄裳的笔墨，真的成了五四小品文的当代遗响。

我们说当代的文人多不懂文章的章法，那是与古风隔膜所致。黄裳对生活的认识，是从古今的对比中进行的。今天的一切，历史的旧迹里也有，那么看古人，其实也是解析今人，在历史的河流里看潮起潮落，自是一番快慰。他的历史观的基调，从五四那里来，加上一点左翼的传统。不像曹聚仁那样想超越左右翼的思想，做历史的看客。黄裳的价值观是明显的，虽然审美上是古典的余音，看人看事，不免道德的话语，有时甚或不近情理。可是我们不觉得是一种矫情，那是骨子里的本色，青年人要模仿他，是不易像的。

像唐弢、阿英、郑振铎这样的人，也写一手好的书话，但总体的成就，不如黄裳大。这原因有多种：一是黄裳懂得版本、目录之学，且持之以恒；二是黄裳一直在读社会这本大书，没有脱离当下的语境。黄裳的现实感，吹走了文章里的暮气，新鲜的空气是流动的。我们看俞平伯、沈启无的文章，则觉得是在象牙塔里的摆设，真的像个小物件。而黄裳的作品却既有匕首的威力，又带古埙般的神韵，与生活息息相关的。比如他谈戏的文章，是有舞台的感觉和新闻的视角的，而落脚点却在学术的脉络里。讲明朝的文人，情感在民国的经验，对气节、道德操守就看得很重。这样的文章，介于记者与学者之间，采其优长而得之，又避开了各自的短处。活文章与死文章，用他的遗著一衡量就看出来了。

六十年来，中国文人的职业分割越来越细，彼此渐生隔膜，互不通气。文章呢，也越发单调。记者写的文字是一种八股，学者的文字也是八股，而作家仅仅会讲一点故事，文气则远矣尽矣。汪曾祺、孙犁都批评过这个现状，而作家中能如贾平凹那样通透、博雅、朴实者，寥寥无几。我有时翻阅黄裳这样的人写下的文章，就觉得温润里的暖意，便觉得汉语的魅力。虽然并不都赞佩他的观点，但那潇洒的文字，则足以抵挡我们日益粗糙的生活，觉得表达的快意，我们能做到的还是太少了。

十七年前，我帮助姜德明编辑一套书话丛书，内有黄裳的一本。书要出版前，出版社要求在书的背面写一段评语，我不揣冒昧写下了一段感慨的话。书出版以后，与黄裳先生通过许多次信，他从未提过我写的那段吹捧的话。也许是不屑一谈，也许是回避。我知道，他对我评价他的观点，并不都赞同，可能还有一些分歧。但我对他的敬佩一直保持至今。有时写文章前，翻翻他的书，借来一点仙气，真的是一种快意。对他的感激之情，永存在心。

看不见的诗文

　　我本想在陈言先生八十岁的时候赶到沈阳一聚，但却把时间错过了。忙碌的建法兄也因种种原因没来得及操办他的生日宴会，据说陈言拒绝了祝寿的安排，不太赞成这样的热闹。事后想起来这些事情，成了朋友们的一大憾事。

　　现在，农历的新年将到，我在故土的一间小房子里写着关于他的文字，有着难言的感伤。时光悄悄地流逝着，许多熟知的形影隐没在远去的暮霭里，包括那些一个个往事，那是怎样的无奈。想起他，好似失去了一面精神的墙，内心一时是空寂的。

　　他是辽宁作协老一代的编辑，也是《当代作家评论》的创始人之一。我们现在讲这本杂志，不能不提到他的名字。这本杂志经历了两个阶段，一是他与思基先生创业时期，一是林建法主持工作的二十余年。前者时间不长，但很重要，打下了一个基础。后者乃蓬勃发展壮大的时期，洋洋兮有江河气象了。

作为当代文学史的见证，这其间的故事，本身就是一本可深读的书。从陈言到林建法，都保持了格调的一致性，在东北，这本立足于当下、面向世界华文写作与理性思考的园地，一直扮演着文学史重要的角色。

我认识陈言是在1984年左右。省作协召集几个青年写评论的人聚会，于是熟悉了。见面的时候，他的古怪的乡音我几乎没有听懂，靠朋友的翻译才略知其意。那次见面谈得很愉快，才知道他与我的父母是大学同学，这自然成了后来亲近的理由。我们的代沟也因这特殊的关系不再成为什么问题。

他一口江苏盐城的口音，许多沈阳人听不懂他的方言；加之性格孤傲，在作协一定是寂寞的。20世纪40年代，他在新四军从事宣传工作，与许多政要、文人熟悉，但他几乎和那些人没有什么来往。辽宁作协的工作人员有许多来自延安鲁艺，有的乃过去华北大学的学员，还有的像陈言一样有过军旅的经验。他在20世纪50年代初和我的父母都从部队考入大学，后来回到文艺界。在那些人中，他见多识广，年轻的时候就有着沧桑的面容了。我父亲生前谈到这位老同学时，说他清高，在大学时候鲜与人言谈，给人神秘的感觉。不过他的鉴赏力的确高于同班同学，偶言及文学作品，总要有些与众不同的感觉。可惜20世纪50年代的文学讨论，都不太正常，他的许多高见被抑制到冷寂中。那个年代的大学文化很"左"，出身不好的学生常常变成挨整的对象。我的父母在那时都是受到政治监控的人物，日子过得很苦。陈言在支部里很少发言表态，也许是经历很多的缘故，他的低调与远离群体的态度，使他自己反而显得超脱，似乎没有招致什么风。比起我父母后来的落难，他有些幸运。我曾经暗自地想，或许，他有着别人没有的世故，在极度紧张的岁月，有着自保的本领吧。

可是我们接触长了，觉得完全不是这样。他其实很简单，因为资历老，鲜写文章，加之讲话没有几个人能够听懂，才成了作协的局外人。诸多风雨也只是和他擦肩而过。这也是古人所说"无为者"亦有妙处的效应。在那样的时代，真有点不可思议。

他的工作极其认真，一丝不苟，也常常抗上，不通人情。在一些敏感的时期，他的出格的举动也惹怒了一些上司。可是因他的特殊的身份和资格，只是没有被开除，不过始终做一个普通的编辑而已。而这，对他也并没有什么不好，安于平淡反而拥有了一份尊严。

我知道他一直从事编辑工作，最早接触的他的书籍，是其编辑的《形象思维》。这是本特殊的资料的汇编，很有分量。理论兴趣和知识的跨度都在此书流露出来。那前后他参与了许多报刊的编辑，对文艺界的情况十分熟悉，可是自己绝不写任何作品。我曾经问过他何以如此，回答很简单，表达的空间太沉闷了。我才知道，我的父辈们，过去"没法写作"，后来是"写作没法"。他们沉默中的苦楚，现在的青年大抵不太知道了。

《形象思维》问世于1979年，辽宁人民出版社内部发行。此书信息量很大，讨论的都是些文学本体论的东西。那正是文坛拨乱反正的时期，他和同人们在中外文学史料里发现了许多有趣的资料，将其一一钩稽出来。这一本书在当年深深地影响了我，那些文字不都是理论的教条，和流行的观点毕竟有些区别，有相当的深度。书中涉及古希腊的审美话题和文艺复兴的思潮，及五四的思想运动，可谓色彩多样。钱锺书的《管锥编》就有点这样的连缀方式，陈言似乎很喜欢这样的结构，以致他的上百万字的读书笔记，也保持了这个风格，是实在值得注意的现象。

在杂学中思考问题的他，比那时候的许多大学教授要高明许多。他厌恶学院派的教条，对作协系统的赶时髦的风气亦多微词。他在那时候主持《当代作家评论》，实在是最合适的人选。在组稿的时候，一些出格的理念也暗自藏在其间，那也是刊物有虎虎生气的原因。

　　我在20世纪80年代的许多想法，都受到了他的影响。读研究生时我的外语并不好，却也试着搞一点俄文翻译，他看到我选择的对象，持反对的态度，以为问题很多，价值不大，并说有些斯大林时代的印记，我便放弃了。他自己属于左翼出身的人，但对内中的问题看得很清。我们在一起谈论最多的是左翼作家的悖论，涉及茅盾、丁玲等人的难题，王实味之死，等等。从创造社开始讲起，对郭沫若、阿英等人的谈论很热烈。自然，我们的看法不太一致，可是我自己思想的转向的确是从与他的谈话开始的。我那时候便决心研究鲁迅的文本，可是因为学识浅薄，一直不敢落笔。是他鼓励了我，我才有了到鲁迅博物馆工作的选择。

　　他在20世纪80年代多次强调，要走出文坛的误区，必须从梳理创造社、太阳社的文学观念开始，对左联和解放区的文艺也要深入地检讨。涉猎此类话题时，并非是历史虚无主义的态度，而是拷问文艺上的排他主义何以形成，文艺的表达为何单一化了。这些让我眼界一开，似乎发现了自己的知识结构的问题。陈言在那时候主张对黑格尔和康德对读，也并非没有道理。我知道他对哲学有兴趣，不大看得起流行的批评家。他也说，自己那些关于哲学的话题，都是皮毛的东西，不成规格。可是他主张寻找黑格尔与康德的差异，在学术理念上意义很大。李泽厚、王元化当时也考虑到相关的问题，我相信这两个人对陈言的启发也不可小视的。后来一些人对中国文化的问题归结于五四新文化运动，陈言大不以为然。在他看来，五四的价值不可低估，而五四的问题属于后来的政治文化的对其叙述的投影过多所致，而真正的问题，要从1927年开始。这个想法，他多次讲过，我以为是对的。

虽然他搞的是当代文学批评的编辑工作，可是却那么钟情于现代文学。后来又移情于晚清思想运动，精神是活跃的。他在20世纪80年代的选择，在我看来都有一种价值的自觉。他认为要恢复的是五四的语境，如果还在泛意识形态的话语里讨论问题，是大有问题的。理解中国近代以来思想的变迁与艺术的变迁，要清理晚清的一些现象之谜。自然，也要讨论五四的基本精神何以中断的问题。泛道德话语是对五四传统的背叛，批评应当有另一种话语。在他看来，从事文学批评的人，要勇于回到五四的基点才是对的。黑格尔式的三段式与斯大林时代以来的理论逻辑，都要重新审视，文学一旦进入教条之境，那就存在一种内在的危险。

1986年他和《上海文学》的周介人一起发起"新时期文学十周年"学术研讨会，地点在旅顺。那一次来了许多人，王晓明、吴亮、朱大可、李庆西、南帆、程德培、李劼、刘齐、李黎、贺绍俊、李兆忠等，会议很热闹，争论亦多。我记得在会上他和周介人表现出宽容大度的气质，对青年批评家的奇思异想是欣赏的态度。而且《当代作家评论》在那时已经展现出锐意来，对新出现的作品和思潮的追踪，是与那时候的《文学评论》《当代文艺思潮》难分伯仲的。《当代作家评论》喜欢刊登有挑战性的文章，作者以海派居多，文风鲜活而有趣，时常是给人刺激的话题。翻看那时候的杂志，有诸多动人的文章，20世纪80年代批评的佳作大多刊登在这个园地里。难忘的是那些灵动的文字。刘再复主编的《文学评论》趋于理论的构建，陈言主持的《当代作家评论》则多文本的解析，不同的风格，对批评文风的改变，都起到了潜移默化的作用。

他很大胆，不拘小节。那时候关于朦胧诗，关于探索小说，比如先锋派、言情派的作品，争论很大，他都积极支持刊登讨论的文字，态度是包容的。对于新出现的学者作家，鼓励的时候居多。比如刘再复的理论引起争论的时候，他就组织文章予以支持。辽宁那时候冒出了孙慧芬，他找我来谈，能否写一篇述评，于是便把作者推到讨论的平台上。我的印象他是个很会设计杂志的人，和北京、上海的朋友一起策划了许多选题。林建法到沈阳后，编辑部更为活跃，他才慢慢退居二线。直到退休前几年，都亲自跑印刷厂，沉甸甸的杂志就这样一本本印出来了。

那时候我上学的地方与他只一墙之隔，便常常到他那里去，于是成了他家的常客。

我们谈天的时候，从来是随意的，没有老少区别。他对我的文章从来苛刻，挑毛病的时候多，有时干脆毙掉。记得他说我的评论太温吞，没有棱角，这个毛病今天还存在着，是没有办法的。对我的硕士论文的选题，他谈了许多看法，把偏激的思路校正过来。我记得他说过，现代文学的问题很多，一定不要用仰视的眼光看待前人。新文学是在问题里一点点走过来的。而且这些基本的问题，一直没有真正地解决过。

陈言的文学观与理论观都有针对性，他是现当代文学史的在场者。一面亲临这个话语场，一面不属于它，能够比较超脱地凝视那个世界。他默默无闻地参与到新时期文学的思考与争论中，为一些自由的精神鼓气，那是当年许多从事批评的人都感受到的。

20世纪80年代对我是一个成长的年月，那十年我有一多半时间是在沈阳度过的。那个启蒙时期美好憧憬的建立，除了大学的校园的赐予外，多与他的鼓励有关。这是一个纯粹的人，在他忧郁的目光里我读到了我们文化史别样的风采。是他启示了我要告别当时的话语方式，在他看来，不从凝固的教条走出来，可能依然看不清我们的问题。

1989年年初他到北京来，在鲁迅博物馆与我有过一次深谈。主要是鲁迅研究的问题。那时候文坛的交锋激烈，他很忧虑。说他们那代人基本过时了，主要是知识结构的问题。而要出离困境，需要有非意识形态化的理念。他劝我多了解鲁迅的知识结构的生成，了解章太炎以来的知识群落的差异，要潜下心来面对历史。我被他的真诚所打动。可是那时候年轻气盛，喜欢时髦，一些劝告没有都消化。现在想来，这个较真的老人所说都是对的。

后来我从北京偶尔回到沈阳，见到他是最大的快乐。他和我聊的多是晚清的事情。他看的书籍很多，几乎被晚清与民国的史料淹没了。他是个带着问题读书的老人，而且写下了几十本读书笔记，他去世后，我和张洪兄到他的书房，发现了那么多的笔记本，不禁感慨万端。那是要整理发表么？还是自娱自乐？好像都不是。笔记本的字迹工整，条理很清。有点像郑逸梅式的史料钩沉，亦如文载道的小品，都是一种精神的漫游，可谓博矣深矣。我无法分清哪些是他摘录的，哪些是自己的心得，就那么浑然地交织在一起。思考，无功利的思考是一种快乐。他在简朴的书本上的涂涂抹抹，乃一种内心欲求的释放。与无数远逝的灵魂纠葛在一起，亦可洗刷自己的灵魂。我在他的遗墨里，读出了他内心最本然的存在。

一个从炮火里走出来的老战士，晚年竟变成一个孤独的思想者，且保持了精神的圣洁性，这对我们这些书斋里的人，都是一面镜子。那些久住象牙塔的人，当虚无地面对历史，或者奴态地解释历史的时候，和陈言这样的人生比，自然苍白了许多。他知道近代革命的必然，也深味内中的问题。而文化不是都要论述必然性，重要的是直面问题。离开了问题而谈论历史的逻辑，大概是个歧路。我自己没有解决好它，现在还被困惑着。问题是我们怎样出离这样的困惑，陈言没有找到，我们这代人找到了么？想起来也未必乐观的。

陈言的选择不是一个极端之例。那个年代从革命中走出来的人，有的晚年走的是类似的路。江苏的辛丰年、山东的侯井天、北京的冯学惠都有类似的特点。这些人或苦苦著译，或默默独思，把本可以有的官的气味都洗刷掉了。我记得张中行晚年身边有几个有趣的朋友，都是部队资深的干部，他们的思想却是五四的自由精神。联想起南京大学的老校长董健、人民大学的老校长谢韬、中组部的老部长李锐，都没有官僚气，保持了一种精神的纯洁。这个现象值得研究，那些年月，从革命的激流中走过的人的生命体验，如果还有真与善的光泽的话，一定是美的。这要比那些书斋里的盲目涂改历史的人要更真实和动人。他们写的是无言的诗文，在转变的时代里歌唱了自由。仅此，就使那些酸腐的文人失去了分量。

罗素说："一个蠢人复述一个聪明人所说的话时，总是不会精确的，因为他会无意中把他听到的话翻译成他能理解的语言。"我自己在回忆陈言的时候，不免有这样的尴尬，误读的地方也是有的。我们这个世界表演的人太多，而真的人却沉默着。那些寡言者的世界，我们知道了多少呢？沉默也是一种述说，我们精神生活中原本的存在，大概在那个世界里。在这个物欲的世上，还有他这样的人，便让人感到人间的暖意。在暗淡的夜幕下，每每提起笔，偶忆及年轻时代听到的那难辨的盐城话，便有着一种激励，警惕自己不要麻木地活着。世间上最美的存在，有时候不在漂亮的言辞里，活出来的境界乃有看不见的诗文，它构成了思想史的另一种美。文化史中动人的篇什，有时也在这无词的言语中。孔子、苏格拉底都没有留下自写的文字，却影响了我们的生活。自然，陈言不是大人物，亦非高深的思想家，而他在我一生的师长中，却那么地有分量。这不仅对青年时代的我，对《当代作家评论》及评论界的许多人，都是难以抹去的记忆。

2011年1月28日

邵燕祥点滴

　　世人言及邵燕祥先生，觉得杂文第一，诗次之，这都不无道理。他的文、诗之好，当源于文史的修养。就其晚年写作来看，学问家的一面也时有表露。他对于一些学说是下过功夫的，熟悉近代哲学、俄苏文学史，对于野史有浓厚的兴趣。而他的书话、旧体诗，也独步文坛，辞章里有着京派学人的某些气质。

　　记得二十多年前，他从虎坊桥的寓所打来电话，告诉我马上要搬家了，一些旧书可能对我有用。我到了他那里，发现许多学术著作，便搬回了几箱。先生给我多是珍贵的版本，大概是影响了其知识结构也说不定。有些对于我后来的工作，是难得的参照。如今翻看其间的版本，似乎感受到他与学术史的某种联系。

　　那时候我在编副刊，先生也写来一些杂文，犀利、深切，带着诗人的灵气。但我们见面的时候，很少谈文学，多是思想界的话题，他似乎更关注史学界的动向，对于近代史与共产主义运动史尤有兴趣。他的杂文写作，谈论历史的篇目很多，寻常之处，亦有亮点，臧否人物，往往出语惊人。多年间，写过多篇《夜读抄》，让人联想起傅山的《霜红龛集》和鲁迅的《准风月谈》，一些笔触也有知堂《药堂语录》的遗风。但他又不掉书袋，警惕"苦雨斋"式的沉闷与孤僻，那些谈孔子、孟子、曹雪芹、鲁迅的文字，都在故纸堆泡过，却又从中跳出，沐浴在现代的朗日下，见不到一丝迂腐之气。邵先生的学识，非学院派式，乃野性生长的那一种。

先生和许多学人的交往都值得一提。20世纪80年代，正是思想活跃的时期，许多学人的新作，都吸引着他，从交往里看出彼此的读书趣味。他的藏书里夹有一些学者往来信件。1982年7月4日，赵瑞蕻先生致信他，言及无锡召开的法国文学年会，顺便提及翻译印象派诗人兰波的事，看出彼此的互动之深。古代文学专家林辰也是他的好友。1986年8月发信于他，对于鲁迅研究的感慨，也恰是邵燕祥最为关心的。有趣的是，他与施蛰存、周有光、季羡林的交往，都隐含不少的故事。比如施蛰存晚年的诗文趣味和思想境界，世人知之甚少，但他在20世纪80年代寄给邵先生的诗，则流露出气质的另一面，邵先生对此颇多心解。1998年秋，季羡林先生出版了新作，他通知我一同参加燕园的一个活动。那天北大的校园里来人甚多，算是一次有趣的聚会。会上他与季先生的神聊，看得出彼此的快慰。邵燕祥对许多学问家抱有敬意，他还与周有光先生有些信件往来，其中有一封讨论的是"双文化"的难题，彼此的心语很深，言谈间对于学问之道多有灼见。如此着迷一些学术话题，与其说对于知识论有兴趣，不如说欣赏的是一些学人的人生境界。国内最有深度的学者，他都曾留意过，有的交情不浅。王元化晚年思想广博而通透，邵先生于此受益良多。有一次言及王元化，他深情地写道：

> 又是槐花飘香时节，忽忆去年5月9日听到王元化先生噩耗时，虽不无精神准备，仍怆神久久。夜读掩卷，细数自1988年与先生相识后，每去上海，必往聆教，二十年间先生新见迭出，是一息尚存，反思精进不止。熄灯冥想，似尤见先生双眸炯炯，听先生侃然而谈，出口成文，偶有语病，必纠正之，由此言谈习惯，可见学风之严谨也。

先生欣赏的人，都有一点个性和趣味的，多年间，身边有不少学者朋友，高莽、蓝英年、李慎之、王得后、赵园、章诒和、钱理群等，都在一些领域多有建树的。他对于民间学者，亦颇为尊重，和朱正、林贤治、丁东等人的交往，也有不同的思想碰撞。那本与朱正编写的《重读鲁迅》，一些解析鲁迅文本的文字，卓荦通灵，细读里的智慧，以及思想表达的清澈，毫不亚于吃鲁迅饭的人。

邵燕祥早年写诗，作品在明快中略有忧郁的调子。20世纪50年代曾一时被人关注，20世纪70年代末，写作有过井喷期。因为朦胧诗出现，他的诗作显得后滞，不太被青年注意。但他在杂文中找到了个体生命的表达方式。那些时文，因为针砭时弊，每每有鲁迅之风在，被人看成良心之作者多多。他的读书札记和学术随笔，与一般作家不同。这些随笔，韵致直逼唐弢、黄裳等这样的杂家，有时候文笔颇带儒风，不同的是有野外霜天的爽意。《夜读抄·管窥〈管锥编〉》云：

> 钱锺书《管锥编》，人们都知道是学术专著，旁征博引，豁然贯通，高屋建瓴，洞烛幽微，确是学养深厚，非常人所能企及。
>
> 其《一四五，全晋文卷一一一》中论到《文选》眼光时说："昭明《文选》于陶（渊明）文只录此《（归去来）辞》，亦征具眼；人每讥昭明之不解

《闲情赋》而未尝称其能赏《归去来》，又记过而不
录功，世态之常矣。"一句"记过而不录功"，抵得
世人评说功过千万语，岂仅太子萧统可以无憾了呢。

其《一四七，全晋文卷一一三》，末句"强词终
难夺理"，发人遐想。倘有人于古今文论或政论中集
纳"强词夺理"若干则，对照其终于不能夺理的史
实，或当大有益于世道人心。

这样文字很多，是其杂感中最为特别的部分。虽然都是读
书笔记，但趣味不都是雅态的悠然，还有精神的拷问。思想者
的情趣历历在目。邵燕祥的随感，古今对话的时候居多，由微
致广，往来自如，直指问题核心，且幽思缭绕，有爱意于斯。
他借古喻今，又能以今释古。有时候带有《日知录》的笔意，
从历史深处打捞被遗忘的旧迹，那些沉睡的灵思被一一召唤出
来。这样时候，看得出他读人之深，敏于辞章，通乎世道，真
的是"凛凛有清介气"。

邵燕祥的学问还体现在他的旧诗的写作上。他与杨宪益、
黄苗子的打油诗，多自嘲、游戏之作，神思涌动，纵横曲折，
俗词翻成雅意，谐语亦见忧患。其间不乏鲁迅夫子的旷远之
思，又含聂绀弩的奇气。有时候暗用典故，隐语中幽思种种。

他与友人唱和中，偶有戏谑之语，但回转间，奇韵顿生。而追思前辈学人的诗句，亦有一丝民国文人趣味。那首《为台北叶国威先生题所藏俞平伯手书诗卷》，就很有深意：

> 旧时月色去无哗，瞬息沧桑忆故家。
> 再走老君堂外路，安能重见马缨花？

这一首诗是从俞平伯几十年前旧作中点化而来，俞先生的原诗是：

> 先人书室我移家，憔悴新来改鬓华。
> 屋角斜晖应似旧，隔墙犹见马缨花。

对比两诗，都有寄托，邵先生的内觉，打通两个时代的壁垒，看似简约，却含有史的意味，深的隐喻也是有的。检索他的作品，对于陈寅恪、张中行等前辈多有誉词，一些诗文也呼应了他们的思想，读其文字，对于学人的敬意，满溢纸上。今天的作家，能如此泼墨为诗者，已经不多了。

邵先生虽有许多学界的朋友，但对于现今的大学的风气，是有微词的。他曾对我说，你们写论文的，常常想把话说满、说圆，反而没有余地了。想起来，这是一种善意的提醒吧。邵先生的笔墨之趣里，是没有这样的痼疾的。学院派里的八股文过多，文字不及有学问的作家好看。此已积弊甚久，而今余风愈烈。每读先生之文，便觉这才是知识人应有的表达，可惜我们这些俗人少的就是这样的风骨。不迷信于概念，超越知识论的场域，便会灵思飞扬。这是一个好的传统，凡走此路者，多有建树的。证之于当代文坛，聂绀弩如此，汪曾祺如此，邵燕祥亦复如此。

2020年8月3日邵先生火化之日

心忧书

在青岛开会，遇到了阎庆生。他交给我一册小书，是新逝世的卫俊秀先生的日记。卫先生是有名的书法家，曾在友人处见过其字，真真有荡人心魄之感。还影影绰绰地知道先生是鲁迅研究专家，可惜他的书未曾寓目，知之甚少。这一册日记写于1971年至1979年，正是中国风云多变之际，也是作者六十岁到七十岁时历史的留影，内容的别致是另一类著作所不及的。

按年龄上算，卫先生属于"五四"后的那一代人。出生于1909年，原籍山西襄汾县。1955年因在胡风主持的"泥土社"出版过一册《鲁迅〈野草〉探索》，竟遭到株连，先是入狱四年，后从西安被逐回原籍，蒙难达二十四年之久。在乡间岁月，他以读鲁迅著作苦苦支撑自己，留下了悲苦的一页。读这一册日记，心像被什么烫了一样，久久不能平静，先前在孙犁、聂绀弩的文字中感受过类似语境。近来读学人的书卖弄者很多。有的似乎是从《越缦堂日记》那里走出来的。卫俊秀绝无那样的悠然与沉静，文中乃心性的坦露，有大的哀凉与悲苦于斯，真真是绝望者挣扎的文本，每一页均热浪袭人，有鲁迅的傲骨在。若说鲁迅的知音，他算是一个。与那些贵族般地吃鲁迅饭的人比，卫俊秀不属于今天的学界。

世间喜读鲁迅者，有以学术之语出之，得教授之誉者多；有以言行暗仿者出之，默默存活于乡间市井，活得清白中正。卫俊秀自然属于后者，一生清寂，于苦海中忍痛搏击，像个真正的汉子。柴建国在《写在昨天的豪迈与苍凉》中介绍了卫氏蒙难的历史，写得千回百转，记录了老人在逆境中的片段。1971年至1979年，卫先生已在七十岁卜下的年龄，全无落魄死灭之态，怎样的吃苦、饮恨、自励，均于日记中闪现。有一段时间，先生每日均在日记中写下"鲁迅先生"四字，用于慰藉孤苦的心。那时他远离妻子儿女，一人于山西的一个村中度日，上受压迫，旁遭冷讥，其状之惨已非外人可以感到。1975年2月12日日记云：

> 日写"鲁迅先生"四字，用以自勉，虽未能至，
> 心向往之。能把先生的政治、思想、治学、写作、
> 革命精神、平生作风、道德品格，备于一身，无私
> 无畏，大步前去，亦足豪矣！日月之行，灿烂大观，

顶天立地，岂不伟哉！得此气魄，光我魂灵，千钧自重，唯念生民，狗类鄙细，曷庸伤神。心田既适，年寿高隆。善于养大，是为大人。写在动气之后。晨。

莫伤力，不损神，冲淡百福臻。强人多害力，暴躁大坏神。识透物理，看破世事，终归何有？土尘！自扰一生，闷闷。快活需自寻。

陶渊明不易学。

1976年6月25日又写道：

鲁迅先生是怎样个人，就做怎样个人。不能含糊！认得真，化得开。

开始写字，仍快，不太放得开。

像鲁迅先生那样的人物，对于一切还有什么介意之处？可笑事颇多，也就不足奇矣。

那一年7月14日的日记又云：

秋收后竟功，改辙，专事养怡之功以延年，足矣。

亦功亦傲，行素远俗，高而大之。廿年有限日月，何得周容卑退，下得可怜，奴得取厌，廉价贱售，趋炎如适之一流，可耻也。

鲁迅先生哪肯如此？

先生不可须臾离者也，慎之，敬之，笃行之。

在几日后又这样写道：

鲁迅脾气难改，无可奈何，"得罪就得罪吧"。有甚关系。

私淑大诗人、大哲人学者行径，不能离，至情也。雍容而开朗，自有天地，别具气宇。高节，时有之，非己高，人低也。主见。"人云亦云"为马氏最不容忍。

鲁迅先生。

……

一个在绝境的老人，写下了这样的文字，是惊动鬼神的吧？日记几乎都是与鲁迅的对白，在荒凉的乡间衰破的小房里，一个孤苦的魂灵因为与鲁迅相逢而不再沉沦，心绪的广阔与爱憎的起落在交织着一首首诗。考察鲁迅身后的知识分子史，我们是不该忽略这样的文本的。卫俊秀是个大学者，对先秦两汉尤有研究。他的书法大气淋漓，似于古人又出于古人。从远古至今，千百年的文人墨客甚多，先生唯取庄子与鲁迅，身上深染其风。其书法遒劲秀美，与己身修炼有关。我想鲁迅的影响大概也是有的。卫俊秀晚年常读鲁迅手稿，甚爱其圆润有力、不疾不徐的美质。又喜读黄山谷、文天祥、傅山、康南海诸人之字，于是书法与文章都很有气象，不像市井里的叫卖者，神貌是奇异的。世间的书家有形无神者多，而文人的作品多有肉无骨。卫俊秀不是这样。他通乎古今之变，明于乡野之情，有书卷中的古风，又含山林野气，人与文都别于流俗，是有大境界的人。这样的人生前多历风雨，并不以文字耀世，但无意之间，臻于绝唱，遂成勇者。古人云苦难成诗人，想一想是对的。

我在年轻时曾口放狂言，以为当世已不再能见到奇文奇字，英雄时代远矣，不复有大的气象。近年读王小波诸人著述，方觉先前的话是失当的，谬以千里。茫茫中国，默默劳作如卫俊秀者，也许还有许多，只是今人很少发现罢了。人间的俊杰，大抵在无人问津的边缘地带，与这样的人相逢，我们会变得比过去聪明些吧？

坏孩子王小波

　　远东兄有一次谈到我的短处，是不喜欢王小波。当时听了只是一笑，觉得好恶之事，乃难齐一的，如果这也算一个毛病，那我的病症可谓多矣。后来渐渐接触王小波的作品，每每也见出诸多妙处，对其看法也相应地改变了。我最初看王氏小说，觉得闹神闹鬼，过于玩笑。友人中有几位欣赏王小波者，每每会心地谈到那作品的诡谲、高远，慢慢接受了一些观点。遂想，远东兄的批评也许是对的。我这样的人在沉郁的气氛中待得太久，不会放肆与逍遥。古人所云迂腐之士，或许正是指我这一类人的。

　　王小波是我们这个时代的坏孩子。他在一个呆板、单调的世界里，找到了个人的语码。看他嬉笑怒骂、独往独来的样子，觉得我们是生活在地洞里，他却驰骋在旷野间。中国的读书人，每每遇挫则三呼痛杀人也，每饭不忘恩怨，抑郁之气满绕乾坤。屈子之行吟，少陵之肠断，走的就是这条道路。魏晋文人多了狂放之音，至"五四"这遗风大振，但狂放之后又多独霸的气焰，此后便是凄风惨雨，所得的又是屈原、杜甫式的苦诉。新文化之后，唯有鲁迅跳出了旧巢，遂有现代文明之独舞。鲁迅之后，在小说、杂感中独抒性灵，远别先贤，近异"五四"者，唯王小波而已。王氏死后，我才注意此人，经友人开导，方悟出其非同寻常之处，也有相见恨晚的心情。认识一个独异的人，也真不容易。

李银河是王小波的爱妻，对丈夫生前的精神了解很深。近读二人的情书集《爱你就像爱生命》，对王小波的性格有了更深的感受。比之于《两地书》这样的文本，李银河、王小波的通信更有现代人的洒脱，不像鲁迅、许广平当年那么沉重。我读王小波的情书，常常要笑，文字里跳出一个汉子，自称是个坏种，说些不正经的话。但句句真情，戏谑中把一个枯燥的世界神灵化了。中国文人传统中，不太易出现王小波这样的人物，他的呼吸投足都不像士大夫，有一点拉伯雷、罗素的狂放，荒诞之余，让人的心受到洗礼。看出王氏的调皮捣蛋的用意，大概才能觉出他的可爱。他的情书写于20世纪70年代，那时全国上下，是一种色调和一种声音，我记得自己那时写诗作文，用的就是颂圣的笔法。王氏全然没有这个。他的文字大概受到欧洲人的暗示，全然没有苏俄文学的影子。他在写给李银河的信中有这样的一段话：

> 我极端地痛恨把肉麻当有趣。我有时听到收音机里放几句河南坠子，油腔滑调的不成个东西，恨不得在地上扒个坑把头埋进去。还有一次规模宏大的把肉麻当有趣，就是六八、六九年闹林彪的时候。肉麻的成分是无所不在的，就连名家的作品（如狄更斯、歌德等等）里也有一点。可是有人何等地喜欢肉麻！

> 肉麻是什么呢？肉麻就是人们不得不接受降低人格行为时的感觉。有人喜爱肉麻是因为什么呢？是因为他们太爱卑贱，就把肉麻当成了美。肉麻还和现在文学作品中的简单粗糙不同，它挺能吸引人呢。所谓肉麻的最好注脚就是才子佳人派小说，它就是本身不肉麻，也是迎合肉麻心理的。鲁迅是最痛恨肉麻的，我的这个思想也是从他老人家那里批发来的。

> 你有一次诧异我为什么痛恨激情，其实我是痛恨肉麻呀！我们是中国人，生活在北京城里，过了二十六年的平庸生活。天天有人咂着嘴赞美肉麻，你焉能不被影响？你激情澎湃的时候做出的事情，谁敢打保票不是肉麻的？

　　我有点害怕自己，怕我也是百分之三十的肉麻人物，所以只有头脑清醒时才敢提笔。这样是不成的。这样达不到美的高度，人家说我没有什么革命意识。说得多对呀。

　　你也知道了幽冥和肉麻全都不合我的心意。还有什么呢？我看我不要废话了。别人知道了要笑话的：王先生给李银河写情书，胡扯又八道，又是幽冥，又是肉麻。这不是一件太可笑的事实吗？就此打住，祝你愉快。

信写于一个处处是激情的年代，逆耳的地方也恰是他最特别的地方。讨厌激情带来的肉麻，那是隐含着严明的理性和尊严的。我疑心那时他没有细读过罗素的书，许多看法是心性使然的。王小波嘲弄了周围的环境，也嘲弄了自己，读罢此文，心被猛地刺了一下，好像也是对我这一类人而说的。慷慨激昂、气宇轩昂的人，有时自认是代表了真理，忘掉的恰恰是自己的出丑。人都是残缺的存在，在精神的跋涉中，我们占的空间仅仅是一小部分。知堂先生嘲笑动辄革别人命的人，也有一点这个意思。不过王氏说得直接，知堂过于委婉。前者不认为自己是知识分子，爱讲怪话，那力度自然很大；后者过于温吞，是象牙塔里独语，能窥其真意者，大抵有限的。中国有些思想隐于书斋之中，文人说它时闪烁其词。如有几个捣蛋的孩子大喊出来，知道的人就多了，童言无忌，许多妙语，是坏孩子喊将出来的。我们总算有了呼喊乱叫的王小波，虽然他早早回到了天国，可那声音，却至今仍觉新鲜不已。那些文坛大人物的滔滔讲演，倘与王小波对照起来，天地间的黑黑白白，自然清楚了。

莫言小记

莫言还没有出名的时候，就被孙犁发现了。孙犁从其文字里，感到了有趣的东西，便说了一些好话。我猜想那是作家之间的特殊感受，在基本的情调上，他们确有相通的地方。或者说，在精神气质上，他们重叠的部分也是有的。

但莫言没有走孙犁那样的路，虽然写了乡土里迷人的存在，却把视野放在了更为广阔的天地，与同代人的文学有别了。这里，有鲁迅的一丝影子，西洋现代主义的因素也内化其间，由此得以摆脱了旧影的纠缠。他对历史的记忆的梳理，有杂色的因素，从故土经验里升腾出另类的意象。不再仅仅是乡土的静静的裸露，而是将那奇气汇入上苍，有了天地之气的缭绕。先前的乡下生活的作品是单一的调子居多，除了田园气便是寂寞的苦气，多声部的大地的作品尚未出现。自莫言走来，才有了轰鸣与绚烂的画面感和交响的流动。这些在民国的文学也有，但还是零星点点的存在。莫言的规模和气象，已超过了民国许多作家，可以说是自成一路的摸索者。

他的选择，在20世纪80年代是一个亮点，既保留了左翼传统的因素，也颠覆了旧的模式。以布衣之躯，写天下众生，不是布道，不是为百姓写作，而是作为百姓的写作，于是就沉浸在泥土的深处，大地的精魂与地狱的苦难，都在其作品里以雄放的姿色出现了。

若是回想三十年间的文学，莫言的探索有意味深长的所在。这段时期的文学一方面是回归五四，一方面是向西方学习。莫言是二者兼得，择其所长而用之。最初的时候，许多批评家对其并不认可。如今读当年那些小说评论，当看出批评界的滞后。小说家的思维是没有固定的模式的。莫言很早就意识到流行的文学理念的问题，文学本来可以有另类的表达。他早期的小说就显示了一种从单一性进入复杂性的特点。《白狗秋千架》《大风》《断手》《红高粱》《透明的红萝卜》等作品于混浊、零乱里依然有素朴的美。那种对人性的珍贵的元素的点化，在维度上已与传统的乡土小说有别了。他最初的语言很质朴，是带着七彩的光泽的。后来发生变化，节奏也快了。意象的密度也越来越大，雄浑的场景和无边的幽怨，在文字间荡来荡去。这使他一度缺少了节制，作品的暗影有些漫溢。他对恶的存在的描述，显得耐心和从容，以致让一些读者无法忍受。不过，恰是这种对审美禁区的突围，一个辽阔的世界在他笔下诞生了。《丰乳肥臀》《檀香刑》，就有诸多的醉笔，不羁之情的放逐里是回音的流转，乡间的逍遥的史笔，催生了一部快意的交响。这个特点在近年的《生死疲劳》里依然能够看到，一个亲近泥土而又远离泥土的莫言，给读者带来的是一种审美的快意。

我以为莫言的出人意料的笔触，是把时空浓缩在一个小的范围里。中国社会本来一盘散沙，村民是分散居住者多。莫言把战争、革命、城乡都置于一个调色板里，浓缩了几代人的感受，差异性与对立性浑然于一体。这达到了一种多维文化记忆的效果。略萨写秘鲁的生活，就是各类文化符号的组合。马尔克斯笔下的哥伦比亚，其实存在着多种语言文化的汇聚之所，零乱得如梦一般，神语与人语在一个空间。拉丁美洲的文化是混血的，于是有奇异的存在出来。那些混杂着宿命与企盼之火的村落、小镇，就有了神奇的意味。中国的乡下，是空旷死寂者多，无数灵魂的不安与期待的焦虑都散失到历史的空洞里了。而莫言却把那些零散的灵魂召唤在同一个天底下，让其舞之蹈之，有了合唱的可能。《红高粱》《金发婴儿》《酒国》等文本那些轰鸣的多声部的交响，表面上与域外文学的某种情态是接近，但实际上多了中国乡下的独特的精神逻辑。

这种审美的自觉，其形成是复杂的。他的敏感和执着，时时把自己从流俗里拉出，与模式化的表达距离遥遥。这里不能不谈到他的阅读兴趣。莫言喜欢鲁迅和俄国的巴别尔，这能够提供我们认识他审美特点的线索。鲁迅与巴别尔的小说，就是繁复的存在居多，绝不单一地呈现生活。巴别尔的作品，在画面背后里有多重意象，鲁迅也是如此。在莫言看来，好的小说家，在日常里能够看见灵魂里的隐秘，那些没有被表现和没有被召唤出来的存在，才是小说家要捕捉的东西。小说除了生活细节的清晰之外，还要有那些不确切性的隐含。巴别尔在《骑兵军》《敖德萨故事》里所讲的一切，都是多民族、多风俗背景下的朴素的生活，但历史的复杂记忆在那个世界隐隐地闪动着。鲁迅其实颇欣赏巴别尔式的智慧，莫言也心以为然。他在一言多意的表达里，接近的恰是这样的传统。这个传统在思维方式与诗意的表达上，是与感知的惰性对立的。它不断挑战我们的认知极限，在跨越极限的瞬间，艺术女神的足音才能被人听到。

五四后的小说写到乡下的生活，平面者居多。要么是死灭的如鲁彦，要么是岑寂的如废名。唯有鲁迅写出了深度。莫言知道鲁迅的意义，他在精神深处衔接了鲁迅的思想，把生的与死的，地下与地上的生灵都唤起来了，沉睡的眼睛电光般地照着漫漫的长夜。《红高粱》《天堂蒜薹之歌》《酒国》《丰乳肥臀》无不如此，到了《檀香刑》《生死疲劳》已达到佳境。恢宏得如汉代的辞赋，高蹈于江湖之上，行走于神路之间。洋洋兮如江海涌动，灿灿然似初日朗照。白话小说的宏阔之气，自茅盾起初见规模，而到了莫言这里，则蔚为大观了。

我喜欢他对故土的那种多色的把握。他的幽默和超然的笔意并不遗漏苦楚的现状。他对不幸的生活的描绘颇为耐心，有时残酷到我们难以接受的程度，但他却从这苦痛里跳将出来，把国人庸常的触觉路径改变了，直指灵魂的深处。他在叙述故事的时候，既投入又疏离，制造了悲凉的画面后，自己又坦然地笑对一切，把沉重的话语引入空无的时间之维，我们的心也被拽向苍茫之所。

越到后来，他的小说的乡土元素越多，而且在残酷的拷问里，悲悯的情感越浓。有时候，仿佛醉心于去描述那些灰暗和丑陋的遗存，但在混杂之中，在精神的多种因子的碰撞中，伟岸的力量和不屈的生命激情依在，在翻滚摇曳的咏叹里，人间的爱意汩汩地流动着。

他在《捍卫长篇小说的尊严》里说过这样一段话，可以引证他的审美态度：

　　《圣经》是悲悯的经典，但那里边不乏血肉模糊的场面。佛教是大悲悯之教，但那里也有地狱和令人发指的酷刑。如果悲悯是把人类的邪恶和丑陋掩盖起来，那这样的悲悯和伪善是一回事。《金瓶梅》素负恶名，但有见地的批评家却说那是一部悲悯之书。这才是中国式的悲悯，这才是建立在中国哲学、宗教基础上的悲悯，而不是建立在西方哲学和西方宗教基础上的悲悯。

　　我以为这里有他的生命哲学和审美的趣味。理解此话很是重要。我们过去的文学，过于强调纯粹，忽略的恰是在多语境里呈现的碰撞的东西。只有在复杂的时空里，才有立体的人与精神。莫言的创作就是在这种多元的因素里保持着赤子之心。他知道，一个经历了苦难的民族，展示他们的过去，暧昧的眼光是不能搜索到本质的。只有像鲁迅那样地直面，才可能出污泥中而不染，从血腥的存在里找到美丽的闪光点。从《红高粱》到《蛙》，一个个精神围墙被突破了。那种力量感所升腾的浑厚的气韵，在百年小说间的确是一个奇迹。

　　莫言被域外读者所关注，与中国的文化形象有关。他让世界看到了被遮蔽的精神绿地。记得日本的学者丸山升对我说，最早听京剧，柔美的东西很多，被深深吸引。他以为中国艺术里唯有旦角的演唱最为美丽。有一次他在中国听袁世海的演出，被雄浑的旋律和咏叹所征服。原来京剧最震撼人心的还有花脸的艺术，这给了他一个刺激，遂发现了中国艺术最迷人的一隅。我觉得莫言的写作，有点京剧的花脸的意味，是奔放、遒劲、大气之所。中国人的作品，柔美者偏多，浑厚、刚健、敢于笑对群雄的朗然精神殊少。莫言的文字，击碎了萎缩与暧昧之维，令人想起汉唐诗文里的"如决大川，如奔骐骥"的气象。在回望近代以来的历史的时候，他于血色与悲剧里，唤回了消失的尊严与梦想，他的厚重感所昭示的哲学，让人读出了中国文化生生不息的隐秘。在这个层面认识他，或许能见到他奇特的价值。

2012年10月9日

关于陈丹青

　　陈师曾谈文人画时，说好的绘画要有文人气的，即对诗文有深的感受。在他看来，好的画家，如诗文的功底强，则画一定高明，这是自古以来的传统。但多年以后，此风甚微，几近灭绝。我后来偶读吴冠中、陈丹青的文章，忽觉得有些旧文人的气象，有回归旧时风气的味道。他们的身上，有的恰是陈师曾所喜爱的古风。而这样的人，现在实在是少的。

　　我觉得当代中年画家的文章最妙者，当是陈丹青。《纽约琐记》《多余的素材》《退步集》等书，都颇有余味，比流行的作家的文笔都好。关于他的画，因为是外行，不敢乱言。但他的文章却是清脱的，野性里有文雅的东西，那是文坛所没有的样式，一般文人的文章，久矣没有类似的风骨了。

　　他写的东西涉猎范围很广，绘画、音乐、文学都有一些。文字有内涵，是安静的，含着历史厚度。那些片段，是只有画家才能写出来的，又有一点民国的遗风，就显得格外引人。他的文章，以感受性的文字起笔，背后有审美的哲学在。但那哲学，不是经院的，略有匪气和儒雅精神掺和，不是一本正经地铺陈，而是句句切中要害，是很妙的谈吐。语句看似漫不经心，其实有营造，是带智性的表达，和当代文学里的套路，不在一个世界。

陈丹青曾插队多年，后来在美院读书，以西藏组画而名震画坛。他在美国漂泊过，所获甚多。在纽约时，遇见木心，曾随其读西方文学史，于是视野大开，词语的表达发生变化，风格渐渐回到民国，连绘画的理念也变了。因为在域外接触到新潮，遂知道国内艺术欠缺的东西，看事看人就一针见血，点到穴位；又因为对故国有思恋之情，便以民国为参照，复原消失的文明，就有了复古的梦想的出现。不过他的复古，乃回到五四，以鲁迅为参照，去写精神世界残酷的一页，精神的厚度渐出，文风一时被读者所爱。他关于鲁迅的几次演讲，成了一时的轰动之作。

他对民国文人的好感，与域外的经验有关。在西方，看见知识界的优雅的作品，他感到一种羞愧，而过去的中国未尝没有类似的艺术。比如鲁迅那代人的精神气象，与西洋一流艺术家比毫不逊色。鲁迅的驳杂和丰富，让他意识到知识界的使命是什么，而当下中国几乎将此都丧失掉了。基于此，他把目光投向民初的知识阶级，特别是鲁迅，其描述性的文字比那些专业鲁迅研究者丝毫不差。

鲁迅的美在什么地方，过去有人谈过。但不久就被专业学者的枯燥的谈吐遮蔽了。他们不再谈鲁迅审美中灵动的存在，而是一再讲内在的意义。陈丹青不是这样，他在文章里讲到鲁迅的好看与好玩，用的是另类思维，感觉中的色彩和线条，凸现出鲁夫子内在世界那个迷人的一隅。这种感觉，是对鲁迅艺术的一种唤取，把其动人的原因点缀出来了。有趣的是他的行文方式，完全没有近六十年流行的样子，文体受木心的影响，从容老到，在感性的谈吐里有幽思的跳跃，思想的力量撞击着破碎的精神之墙。我读他的文章，觉得是艺术家的鲜活体验的流露，从根本点跨过陈词滥调的世界，直逼人性的隐秘之所。其间有作者的渴望与焦虑，还藏着深深的情思，调子是优雅、明快的，但也能够感受到他的斗士的一面，决不屈服，以爱意的光照着灰暗的路，像是耶稣的门徒，走在暗夜而怀揣着期冀。那些学院派的高头讲章和他的文字比，真有点苍白无力。

陈丹青真的喜欢美的气质的人与事，但不是绵软的象牙塔的趣味，而是直面世界的冷思。他幽默而又咄咄逼人，完全是另一种姿态。这受到了鲁迅的暗示。但行文的风格有其老师木心的影子，在峻急之间有唯美的痕迹。他的老师还离泥土的世界有些距离，而他直接站在旷野里面对苍生了。这和鲁迅的感情是重叠在一起的。他在鲁迅那里吸取的养分超过了木心是无疑的。但也由于木心，他知道了鲁迅那代人的价值。木心身上的一切，唤起了他对鲁迅那代人的神往，残存在木心身上的鲁迅遗风，有文坛的隐秘在。可是能解其玄奥者，已经不多。

木心晚年在美国颇为寂寞，陈丹青将其接回来，安排在乌镇，且推出其系列作品。他对老师的爱，是子与父式的，有孝道的因素在。这和他金刚怒目的一面殊异，是最为柔软的美。他曾用一年的精力整理木心的讲课笔记，出版后名之为《文学回忆录》。看得出来师生之间的关系。木心的作品是有唯美主义的因素的，他苦难的经历在文章里几乎没有痕迹，心是阔大的，有着人类之爱。那种近乎苛刻的审美眼光，乃精神的超越的舞蹈，其实是亵渎着世俗社会的一切。陈丹青的内心，保持了这个传统，他推介老师的作品，其实也希望的是播种绿色的种子，其痴情的一面，露出另一种风采。

在鲁迅与木心之间，有现代中国文学里痛感的存在，智慧的喷吐不都是悠然之心使然，那背后不能脱离的恰是民族的挣扎的经验。越是苦痛，越知道美的存在多么重要。聪明的文人，知道如何与那些不幸周旋，在周旋里拓出精神的绿地。生命如果说还有意义，大概就在这里吧。陈丹青知道这里的奥秘，他自己深染其间，在绘画与散文里又跳将出来，文风与前人不同，真的是自己的路了。

鲁迅与木心在思想上都没有体系。特别是木心，文章多是感觉的碎片，是俳句与箴言体的。这个表达乃东方固有的特质，与欧化的白话文是颇相反对的。木心谈欧洲文学与中国古代哲学，用的是这样的思维，妙语迭出，感觉特别。这些思想的光点撕破了流行的词语逻辑，精神别有洞天。陈丹青的起点大概就在这里，他回答今天的文化难题，用的就是这样的方式。思维方式，也是人格的形态方式。我们在这里看到了创造的独特。恰如托尔斯泰所说，艺术不发现真理，而是创造真理。木心的创造的快慰，刺激了陈丹青的思考，他由此回溯历史，才知道自己这一代人遗失的东西太多。这些年他的所言所行，多有些不合时宜，画界和文坛的专家似乎与其多有隔膜，而民间却认可之。我由此想到，说他是流失岁月的守夜人，也许并不为过。

从画家到散文家，他是随性而为的，都不刻意。在诸多作品里，他召唤着五四的幽魂，笔触是学理与诗意重叠的，用的是谈天式的笔法。文字里冷峻的常见，温润的也多。他臧否人物，毫不温吞，直截了当，而句子通脱飘逸，有余韵的缭绕。一些文字看似漫不经心，其实也有经营和组织，修辞的技巧是有苦心所在的。作者为文，不是拘泥在小情调里，而是直面后的追问，批判意识流动着。洒脱之间，毫无温吞，就那么打量世间的什物，毫不在意的样子，趣味却一点点出来了。

懂得美的人，如果通晓诗文与画家的内在的一致性，那文字也一定不错。陈师曾、齐白石、丰子恺、吴冠中无不如此。他们画也来得，诗文也漂亮，真真是诗画不隔的。对线条、文字的敏感，则不易被流行色所同化，捍卫艺术的纯洁精神，对他们来说是性命攸关的事情。陈丹青天性里有鲁迅、木心的遗风，那个中断的文人传统，在他那里是衔接起来的。民国文人的习气后来在文坛渐热，与他这类的文人的增多不无关系。

2012年12月19日于慕尼黑

第二辑

尺牍之热

民国学者的尺牍现在热起来了，最受青睐的大约是《新青年》同人的遗墨，它们成了一些收藏者寻觅的对象。文物界向来有公藏与私藏之说，二者近些年都很活跃，诸多鲜见的藏品渐渐走进人们的视线，一时成为话题。我过去在博物馆系统工作，接触最多的是周氏兄弟的遗稿，偶然遇见钱玄同、胡适、刘半农的旧物，受益的地方都很多。那时候也很留意其他新文人的遗迹，但苦于没有门径。一些私藏秘而不宣，交流的空间有限，也抑制了学术研究。民国的知识人，旧学的基础好，又多是翻译家，词语被域外思潮冲洗过，交叉着古今之音。这些人的形迹，得之不易，这也从另一方面说明，从文物角度来研究文化史，比从文本到文本思考问题，要有一定的难度。

自从许广平先生将鲁迅遗物捐给国家，五四时期思想者的手稿有了真正意义上的公藏。鲁迅藏品中也能够看到章太炎、胡适、周作人、许寿裳的手迹，看得出清末民初一些文化旧影。此后各大博物馆也开始重视民初的资料搜集整理工作，许多文物有了流通的渠道。大约2003年，新文化运动纪念馆从钱玄同家人那里征集到了一批文物，共计2485件，诸多珍贵的资料面世，让世人看见了《新青年》同人多彩的一面。也是那个时期，江小蕙先生向鲁迅博物馆捐出父亲江绍原的藏品，内中包含鲁迅、胡适、周作人、蔡元培、林语堂、郑振铎、郭沫若等20人的159封通信。博物馆将其编辑出来，问世后引起了学界的注意。书中有江小蕙写的研究心得，历史的细节变成了活的风景。不过，在多年的文物征集中，很少见到陈独秀、李大钊的旧物，这是一个大的遗憾，研究那个时期的文物文献，没有这两位前辈的资料，就缺少了整体性。而寻找工作，多少年来一直没有停止过。

2009年春，从美国转来一批胡适藏品，主要是陈独秀与梁启超的尺牍。受有关部门委托，我参加了这批文物的鉴定工作。记得地点在北大的赛克勒考古与艺术博物馆，到场的人都有一点兴奋，如此多的陈独秀遗物，让在场人大饱眼福。这些胡适保存的珍品，字迹的美不必说，就思想内容的丰富而言，非一两篇文章可以说清。资料牵扯出新文化史重要的事件，也透出彼时文化的风气。有趣的是，胡适的这些藏品后来均被中国人民大学博物馆所收藏。我自己也亲历了拍卖、转手和入藏的过程。

陈独秀的遗墨，在世间留下的很少。据我所知，除了周作人保存了一点外，台北的台静农也有一些，北京的方继孝藏有陈氏《甲戌随笔》原稿，余者见之不多。由此看来，这批新收藏的陈独秀墨迹，显得十分难得。陈氏的字灵动而飘逸，精熟至极，古风习习中，难掩冲荡之气。他与友人谈翻译，讲国故，说文风，都能看出不凡情怀。陈独秀是新文化运动领袖，也是共产党创始人之一，他何以左转，与同人交往的方式怎样，于此皆可看出线索来。

胡适藏的文献远不止这些，后来嘉德拍卖公司拍卖的另一部分藏品，内容也十分特别，不久均被香港的翰墨轩所收藏。这些本是同时期的文献，与中国人民大学博物馆的藏品放在一起，就有了完整性的感觉。翰墨轩收藏的文物，最难得是李大钊写给胡适的十页信，其温和的笔触和毅然的态度，有教科书里难见的风采。李大钊去世过早，文字多散失了，他在新文化运动中起到的作用，自有特别之处。鲁迅对于他与陈独秀的印象都很好，虽然彼此交流有限，可总有些相通的地方。《新青年》同人在对传统的看法与对新文学的态度上，没有多少分歧，但如何面对现实，知识人走怎样的道路，就思路有别了。这些都影响了后来风气的转变，细细思量，连当事人自己，也未必预料到那选择对于后来的震动之大。

　　《新青年》同人内部的分歧，不像后人想象的那么剧烈，同样，他们与保守学人的关系，也非有些教科书写得那么紧张。论辩是有的，但私下的交往，有时甚至有点热烈。梁启超与胡适的通信，就别有滋味，他与朋友谈诗的口吻，全无隔膜之感。关于时局的认识，能够和而不同。新文化人的文章观念和审美趣味，有些是以超越梁启超为起点的，但在学问上彼此也有交叉的地方。如陈独秀、鲁迅和梁启超一样，都欣赏墨子，从墨学中得趣多多，而反思国民性格，词语都很接近。梁启超虽然不满意胡适的学术观，但在对于旧诗写作方面，多有沟通。这是学术史中的趣事，对于了解彼时学界风气，都有补充作用。

　　中国人民大学博物馆与香港翰墨轩所藏的胡适藏品终于编辑成集了，分散于南北的文物聚在一起，十分难得。在张丁等先生努力下，为读者提供了阅览与研究的方便。收藏文献的目的是保持原貌，而全彩影印出版则有流布世间的善意。公藏与私藏，完全可以相得益彰，这是有趣的合作，它背后的故事，说起来也值得感怀。有薪火的传递者在，精神的热度是不会消失的。

　　看百年前人的文字，有时感到词语背后陌生的逻辑，表达中交织着复杂的背景，政治元素与审美元素彼此纠葛，能够觉得有六朝的气韵袭来，那直面社会的目光，力透俗界。而有时候面对彼时思想者的尺牍，深感于他们的率真与有趣，这是我们在旧式士大夫的笔墨中不易见到的。年轻的时候看前人的东西，思之甚少，待到过了中老年开始整理相关文献时，才知道要弄清其间的来龙去脉，需做许多功课。然而代际间的隔膜，也影响了有时的判断，走进前人世界，不像想象的那么容易。

前些年，我与朋友策划过一些作家手稿展，就笔墨功夫而言，清末民初那代人的修养，最为难得。像章太炎、马一浮、陈独秀、李大钊、周氏兄弟，都各臻其妙，他们的字好，源于学问之深。我曾经在张中行先生书房看过许多老北大学人的墨迹，阅之如沐春风，内中当可感到文化演进的波澜。我猜想，张先生的文章，有的灵感来自这些尺牍也说不定，好像辞章于此沐浴过，也染有了某些浑厚之气。读字也是读人，展卷揣摩之间，觉与识，神与趣均在，说起来，也是进入历史的方式。世人喜欢收藏五四那代人的尺牍，原因各异，但迷恋于旧岁的思想之光，大致是相似的。

2021年3月19日

在杜诗的回音里

新文学的出现，在体式上已经不同于古代诗文，彼此确乎不在一个空间，几千年的辞章经验便不幸断裂了。但细细看来，散文、随笔略好一点，在语体文中出现一些古文的句式，是自然的事。独有新诗，则怠慢了诗经以来的一些精义，与古人的距离越来越远。我年轻的时候也写过一些新诗，几乎无法转换古诗词的韵致，笔调多是还从译诗中启示过来的。新诗作者不再关心古诗词，已经被诟病过多年。至于克服此缺陷的办法，无论是诗人还是批评家，好似一直没有找到。

我们的古人是很重视诗文的承传的。比如宋代以后，文人暗接杜甫传统者甚多。苏轼、黄庭坚言及杜甫，都能够从意境与文体中得其妙处。但到了民国，新文人对于杜诗多留在学术层面思之，于新诗中延其文脉者寥寥。何以如此？诗人们好似没有深思于此。最近，师力斌先生著《杜甫与新诗》一书，直接回答了这个问题，本书不妨说是对于新诗史的一种总结，又能独辟蹊径，认为不仅就思想性而言，从技巧来说，新诗可以借鉴杜诗者的路不止一条。人们多年间的疑惑，也瞬间冰释。

师力斌认为，在某种意义上说，杜甫也是自由的诗人。古代的诗歌虽然有格律的要求，但那些形式对于杜甫都没有太多限制，其辞章与韵律都飞扬于语言之维的内外，汉语的潜能被一遍遍释放出来，形成不拘一格的体例。作者说："杜诗的好，不全来自对仗、平仄与押韵。杜诗丰富的技巧，可对应于新诗的字词、句法、结构等技巧，即使减却其韵律平仄，拿掉对仗，也不失诗意。"我们的作者在深读作品的时候发现，杜诗的变幻莫测之风，既有精神的幽深，也有表达的自如。"杜甫可谓诗歌散文化的先行者和倡导者，下开宋诗以议论为诗的先河。"他引用王力先生观点，从诗词内在结构出发，看到超越法度的可能性。应当说，对于有文体意识的人而言，这样的发现，开阔了审美的空间。

汉语的特点是字本位，字与字、词与词间，因了平仄不同，在搭配里有千变万化。自从人们重视佛经翻译的经验与方言的借用，文学的词语暗自生长，其内蕴深入到了广远之所，遂催生出新的艺术。六朝以后，诗文的起伏之韵，跳跃之思，流光透迤而灿烂。但这种气象，到了近代已经式微，除了极少数人，士大夫已经多无此种遗风。师力斌是有历史感的人，不像一般批评家那样静止地看待当代作品，有一个整体的文学观。从许多文本里能够跳将出来，古今对照，读出了作家写作中的问题。比如面对新诗，觉得好处是可以自如往来，不拘俗套，但炼字炼句的特征消失，意象也随之单薄起来，遂失去了古诗的某种悠远、神妙之趣。师力斌认为："只讲自由，不讲规矩，诗语失范，特别是口水诗的泛滥，给新诗带来恶劣影响，致使许多新诗读者大倒胃口。"这样的感叹，不懂文学史者是不会有的。

我年轻时读胡适的《尝试集》，觉得过于直白，可回味的意味殊少，于是不再有翻阅的欲望。只有艾青、穆旦的诗歌，唤起了我的一种内觉，仿佛看到了白话诗的潜能。汉语自身的特点，使其表述空间颇为辽阔。词语的组合、概念的对应、名词与动词的神接，都有不可思议的变化之径，但并非人人能够运用自如。郭沫若的《女神》乃情感的涌流，因为没有节制，审美的天平是倾斜的。冯至的《十四行集》固然有其佳处，却不及古诗的隽永之气，神思被词语所囿，未能出现大的气象。至于何其芳诗的平直，田间作品的单一，那就离美的境界很远了。

中国好的作家与诗人，文字里常带奇气。凡俗之间翻出新意，就打开了语言之门。我曾经说鲁迅的散文诗是"一腔多调，一影多形"，词语的迷宫里有幽玄的思想流溢。这与杜甫的辞章的运用有异曲同工之妙。师力斌将杜甫诗歌里的审美奥秘之一总结为"矛盾修辞"，看到了审美的核心之所。杜诗里常见对立情感的交织，对仗之中，悲欣互视；晦明之间，杂味悉生。新诗其实也可以很好借用类似的手法，师力斌在穆旦、海子等人的作品里，看到了这种可能，虽然新的诗人的摸索还带着稚气，但几代人的探索是重要的。从百年新诗发展中看来，翻译体的作品影响最大，好的诗人多是翻译家，他们有双语的经验。但旧学修养不足，是一个大的问题。难怪王家新说新诗的现代性是出了问题的现代性，这类感叹，无疑也带有危机意识。

艺术里的出新，其实是对于审美惯性的克服。里尔克在描述塞尚作品时，发现其画面的诱人在于存在着无色之色。"在他极度敏感的眼光下，灰色作为颜色是不存在的，他挖掘进去，发现紫色和蓝色、红色和绿色，尤其是紫色。"这与诗歌里的词外之词，可以说是一致的。中国古人很会运用这样的审美暗示，钱锺书讨论"通感"，其实也涉及类似的话题。古人的经验，在白话文里延伸起来较易，于新诗中生长起来则有些难度。我们看知堂的文章，明人的意味隐约飘动，古今的辞章天然一体，颇为老到。但他写的新诗，就失之简单，似乎被什么抑制住了。新诗的难度有时甚于散文、小说，故每有进步，都带着跋涉的艰辛。

木心先生说："读杜诗，要全面，不能单看他忧时、怀君、记事、刺史那几方面。他有抒情的，唯美的，甚至形式主义的很多面。"这是对的。杜甫与新诗的话题可做深思的地方多多，这里有思想境界的温习，也有感知方式的参悟，古人对此早有恰当之论。新诗从杜诗那里的确可以学到许多审美经验，如《杜甫与新诗》的作者所云，名词意象的运用，明喻、暗喻、借喻、博喻、倒喻的穿梭，音乐感的流动，都可刺激新诗作者寻找恰当的辞章之路。任何杰出的诗人，都多少拖着前人的形影，又走在无路之途的。打通古今，是人们常说的话，但在新诗方面却成绩不佳。不过，从杜诗的传统看文学的未来，以往的悲观也大可不必。年轻的诗人们，不会总在狭的笼中。

2020年4月5日

杭州小记

乙酉秋，女儿考取浙江大学，我与妻子去杭州，曾在西湖边小住。每天差不多都要去一家餐馆，几个友人同来聚饮，颇为兴奋。席间讲起美食，都称赞这里的佳肴，为南方一绝，不胜感念。后来每次来杭，都到那里谈天，那里成了一个歇脚的地方。西子湖畔，清静之地，来此的快慰，与聚饮之乐也是有关的。

我是北人，在北京生活了大半辈子，对美食一直缺乏研究。友人中是美食家的不少，汪曾祺、王得后、陈平原都很讲究美味。我不行，看到美味，分不清高低，似乎没有品尝的耐心。正如《中庸》所云："人莫不饮食也，鲜能知味也。"要知味，一是有趣味在，二要名师指点。可是这些与我的关系不大。不过事情就这样有缘，戊子春、孙春明、杜芳伦邀访杭州，承蒙知味观主人盛情，与诸多烹饪大师相识，请教了不少问题，对南国的烹饪艺术，总算有了点眉目。于是感叹：通晓茶酒饭菜之妙，也如诗书之乐，始于熏染，终于体味。我幼时在乡下，常常食不果腹，机缘是后于常人的。所以心里以为，谈论菜单之趣，也有点奢侈的。多年来，一直对此敬而远之。茶楼间事，与自己是没有关系的。

年轻时读《随园食单》，见袁枚以儒学口吻谈论菜点，颇有反感，以为是士大夫式的教化，有点做作的。穷苦的时候，没有余暇梦想宴席之美。近三十年生活大变，所谓生活的艺术化已不再被诟病，美食在读书人那里被津津乐道地谈论起来。也许因为年事增长，病渐袭扰，我近年才知道饮食乃大的学问，恍然觉得民间的俗语，和士大夫者流的谈论，也不无道理。常有人谈起养生之道，说一日三餐，不可不设计，不能胡吃海塞也。于是偶读食单之类的书，戒律亦多，小心翼翼的时候渐增，对袁枚的作品，却不敢说三道四了。

杭州乃诗化的地方，长堤、湖水、墓碑、庙宇，无不暗含幽情，使游人生出敬意。其中酒楼店铺间的故事，亦雅俗纷纭，几句话怎能说清？去杭州，才知道浙人善于精研烹饪之道，理趣之深与湖畔间的碑文庶几近之，都是对自然与人世之乐的体味。我在杭州的这几天，去知味观、味庄、味宅、奎元馆，觉得都像在博物馆里，鼻与口，目与耳，都有幽微的刺激。尤其知味观里的名点名菜，似乎背后都有故事，美味之外，还有相思的人与事，那是只有江南的酒家才有的韵致吧？

美味不可多用，是古训。那意思是世间要有禁忌的。南国的菜肴好，就是有它的禁忌在，不像我的故乡辽南那样随便。北方人在寒冷与枯寂里，没有选择的余地，也只能乱炖。南方人则不同了，菜食有浓淡之分，荤素有多寡之别。知味观里的菜谱，搭配与调剂都很讲究，连器皿的应用，都是独到的。杭州人的特点是精致，有小诗的委婉之美，像日本的俳律一样秀雅深静。那一天主人请众人饮酒，所上之菜，细腻柔婉，似园林中盆景，让人不忍下箸。仅菜名就很有趣：十味花碟、知味冻活鲍、菩提茶树菇、金牌蟹酿橙、花杯焙红虾、龙虾芙蓉蛋……友人车前子，见美食而眉飞色舞，挥毫助兴，对席间的作品颇有感慨。他是苏州人，自然知道杭州的风俗，近来他一直居于北京，也许这里的一切唤起了思乡之情也未可知的。

据说知味观有近百年的历史，创始者乃绍兴人。绍兴的饮食，天下闻名。杭州的许多古物，与绍兴关系很深。浙东人善能吃苦，自己并不奢望暴饮暴食，却创造了许多美味佳肴。不过就我的一点了解，绍兴的小吃与酒席，乡土的味道很浓。知堂谈会稽的食谱，没有看到精致华美之物，倒都是艾窝窝、麻糍、梅干菜、豆腐、山野菜之类。绍兴人向能吃苦，餐饮也有穷人式的简单与随便。知味观老店，民国间在那里很红火，想必是大众喜欢的缘故吧？店铺发展到杭州后，向着两个方向发展。一是大众的情调，少长咸宜，贫富均爱。我第一次去杭州，就在知味观的一楼大厅品茗，人多，熙熙攘攘，可是不失趣味。二是走精品的路，除小点外，菜肴和杭州的古风及文人情调相融，有雅化的趋向。这就和绍兴的谣俗气味略远，融到宋词与明清小品的路向里了。由乡村入都市，一变也；从山林近台阁，二变也。可是万变之中，有一个似乎没有变的，食单里的绿色味道，清秀之美还是主调，似乎并未雅到贵族气息里。你依然觉得它的亲切，不失江南的柔情的。

所以杭州的一切，都是吸纳百川渐成气候，并不排外的。杭菜里的学问是什么，我一直不太了解，但略为知道的是，不是拘泥在小情调里，时时走新奇的路。取绍兴的朴素，得苏州的淡雅，融宁波的浑厚。北人去杭州，吃到面食，就想起南宋的故事，其间流散的是北方的意味。四川人赴西湖，吃东坡肉如见亲人，因为信息里有故乡的情思。白居易、苏东坡都写过怀念苏杭的诗文，自然也每每不忘酒楼里的狂放之态，感谢江浙人当年对自己的接纳。我看过他们关于苏杭的文字，印象是孤苦的时候的回想，对西子湖畔的垂柳与酒肆，大有爱意。白居易讲起苏杭两地的饮食云："粽香筒竹嫩，炙脆子鹅鲜。水国多台榭，吴风尚管弦。每家皆有酒，无处不过船。"企羡的地方是有的。人生得意的时候不多，湖光山色之间，可以销魂是自然的了。西湖的美，是净化的选择，不都是自恋的一面。她也接纳了诸多狂士，将酣畅的东西留在了那里。古人不用说了，近代以来的鲁迅、陈独秀、马一浮都曾徜徉于此，谁能说没有冲荡的地方呢？

鲁迅在杭州工作过，他与许广平热恋的时候，还专门从上海赶到西湖边玩过一次。记得西子湖边还发生过一个故事。一个假冒鲁迅名字的人，竟在湖边题字留诗，骗起陌生之人。鲁迅不得不写声明，云彼鲁迅非此鲁迅也。可见在20世纪20年代初他在杭州的名气之大。但鲁迅不喜欢在杭州久住，以为是太奢华，易落入享乐的麻醉之地。所以1933年郁达夫移家杭州时，鲁迅竟写诗劝阻，希望老友不可沉迷其中。因为他知道世俗的力量对人的侵袭是大的。警惕落入享世文化之中，是对的。但不是所有的人都能被西子湖畔磨掉意志的。苏东坡在杭州，就依然保持了奇绝之气，刚硬的一面并未失掉。林语堂的《苏东坡传》专门谈到了这一点：

> 由文学掌故上来看，苏东坡在杭州颇与宗教与女人有关，也可以说与和尚和妓女有关，而和尚与妓女关系之深则远超于吾人想象之上。在苏东坡的看

法上，感官的生活与精神的生活，是一而二，二而一
的，在人生的诗歌与哲学的看法上，是并行不悖的。
因为他爱诗歌，他对人生热爱之强使他不能苦修做和
尚；又由于他爱哲学，他的智慧之高，使他不会沉湎
而不能自拔。他之不能忘情于女人、诗歌、猪肉、
酒，正如他之不能忘情于绿水青山，同时，他的慧根
之深，使他不会染上浅薄尖刻、纨绔子弟的习气。

苏东坡如此，鲁迅、陈独秀、马一浮何尝不是这样。记得
陈独秀在杭州教书时，曾专心于小学研究，心是静的。其间也
写出豪情万丈的作品。在灵隐寺里隐居的马一浮，面对湖光山
色于酒楼，心不为所动，谈到饮食时，强调素食之美，简朴的
作风依旧。这些人物，有的喜欢对酒言志，美丽的饭菜有时是
精神的陪伴，平添出诸多乐趣。我每到杭州，就不由得想起那
些旧的人物，在中国，人美、城美、山美、水美的地方不多，
西子湖畔，令我们联想的远不仅是诗词美味。

杭州的好，古人已说了千千万万。今人与后人想必也是不
止千千万万吧。中国曾经是穷国，不太被洋人瞧得起。据说赫
鲁晓夫第一次到西湖，惊叹山光水色之妙，对美食也赞不绝
口。我们汉民族，在衣食住行上的诗意，曾不被看重。其实是

大有深意的。袁枚当年写《随园食单》，是那一代人的情趣的表白，已成了珍贵的文献。我孤陋寡闻，不知今人可否有好看的食谱著作出版？店铺上的食谱书很多，大多都太讲实用，没有精神的灵动。我觉得要是有人写一本集民俗与美学于一体的食单，想必一定受欢迎的。以知味观为例，菜肴的背后的故事倘能一一展示，那就不仅是美食的话题，与精神的审美很密不可分了。当然，书要朴素大方，没有贵族态，那就更合读者的口味了。

2008年5月2日 于北京

旧京记忆

　　周氏兄弟之于北京，是个有趣的话题。不过二人不是专门研究北京文化的人，没有关于北京文化沿革的专门著作，所以他们的看法与观点多零零碎碎，不成系统。谈二十世纪北京文化的流变，鲁迅与周作人是个不能不谈的存在，他们的学术活动与创作对北京而言影响是巨大的。这不仅因了他们以教师、作家与学者的身份参与了北京新文化传统的建设，重要的还在于，北京的存在对二人成了一种参照，潜在地制约和丰富了他们对乡村中国的文化想象。倘若没有北京的生活经验，鲁迅的乡下小说图景或许不会那么浓地呈现出地域色彩。而周作人关于江南民俗的勾勒，自然也缺少了对比色。所以探讨周氏兄弟之于北京的关系，我更主要关心的是北京意象在二人写作中的位置，以及他们在现代北京人文传统中的分量。明确这两点，可以窥见现代思想者与地域文明复杂的文化纽结，现代意识的增长点，有时是与此种文化碰撞不无关联的。

1912年5月，鲁迅来到北京，五年之后，周作人亦在鲁迅推荐下进京谋职，他们先住在城南的绍兴会馆，后一同搬入西城区的八道湾。北京对二人而言，不过是谋生之地，对它的生活氛围、民俗情调都说不上十分喜欢。周氏兄弟对于北京，不像老舍那样有着血缘的联系，他们的语言几乎没有受到过胡同京韵的暗示，北京地域的色彩不过是一种陪衬，二人生活的世界与周围的人们是隔膜的。鲁迅在北京生活了十五年，但却没有一篇回忆和怀念帝京的文章。偶然谈起古城的旧迹，还有一种反讽的态度。作家林斤澜有一次说，鲁迅写到北京的胡同与人时，没有一点欣赏和羡慕的眼光，倒是多了一种嘲弄。我以为这看法是对的。邓云乡曾著有《鲁迅与北京风土》一书，用力甚勤，但也只是描绘些足迹所到，访书之地与喝茶的店铺，鲁迅与市民间的情感互动倒看不到什么，留下的大抵还是些空白。但周作人谈及北京时，仿佛也有许多话题，最主要的是一种参照，或是衬托。如谈到江南水乡时，就以北京为例，看到彼此的差距。《水乡怀旧》云：

　　住在北京很久了，对于北方风土已经习惯，不再怀念南方的故乡了，有时候只是提起来与北京对比，结果却总是相形见绌，没有一点夸示的意思。譬如说在冬天，民国初年在故乡住了几年，每年脚里必要生冻疮，到春天才脱一层皮，到北京反而不生了，但是脚后跟的斑痕四十年来还是存在。夏天受蚊子的围攻，在南京最是苦事，白天想写点东西只有在蚊烟的包围中，才能勉强成功，但也说不定还要被咬上几口，北京便是夜里我也不挂帐子的……

文章未涉及什么文化评价，只是岁时和天气而已。谈不到什么深奥的道理。鲁迅则大多都避而不讲居住的城市的优点，他对生活过的绍兴、南京、东京、仙台、北京、上海等地，均无深切的恋情，决然的东西很多。他的小说写绍兴者尤多，可是多是微词，批判的语调四溅，其性格中刚烈之色多多，要找到他的乡土恋情，并不容易。至于绍兴之外的都市，他礼赞得颇少，相比之下，对北京的看法略好于外省的地方，只不过怀念那里的学术环境罢了。可是北京最主要的文化景观，他都不太喜欢。比如长城、故宫都非有趣的所在，他甚至还著文讽刺过长城这类遗产。京剧他也反感，看了几次戏，并不舒服，讥讽之余，还有诅咒，后来遂与其永别了。北京人的油滑腔与奴才相，尤为鲁迅所憎恶，他在文章中提示国人的无持操，有时就是以北京人为特例的。看不到北京在鲁迅眼里的色调如何，大概也难以把握其都市观念的特点，这个问题的复杂性，学界大约是有着共识的。

鲁迅离开北京是出于无奈。他后来去上海，就有些后悔，以为就人的忠厚与学术环境而言，北京远远好于上海。周作人对北京的爱是不言而喻的。日本人来了，文化人纷纷逃到南方，他却守在苦雨斋里，在旧都里苦住，那里的原因固然复杂，可迷恋帝京的生活是不可否认的吧。描写周氏兄弟的一生，北京都是不能不谈的词汇。二人给这个都城带来的忧与喜、苦与乐，我们于今天的文化流脉中，亦常可感受到一二。

2

谁都知道，五四新文化运动中，周氏兄弟一直是重要的一对人物。他们在对人本主义的阐释上，观点相近或互补，许多灼见在新文化史上闪着光芒，为后人所敬佩。鲁迅与周作人对北京新的人文传统的出现，贡献颇大，他们二人那时写下的作品，至今仍有着不朽的价值。关于文学理念、译介思想、创作风格，前人已有诸多论述，这里暂且不提。他们在民俗文化的思考上独树一帜的精神，以及在北京文化史上留下的痕迹，则很有意味，是有着非同寻常的价值的。

鲁迅对京城文化沿革的注意远不及周作人，不过他的藏书中有关北京风土人情的，亦有多部。除了像故宫文物介绍之类的图书如《故宫物品点查报告》之外，还有类似于《旧都文物略》之类的资料，鲁迅的思考北京，常常将其作历史的一个点加以观照，并未隔离开来静观地看。但周作人却更愿意从民俗学中打量这个城市，北京社会灰色的影子，则在他笔下有了另外一种色泽，比起鲁迅的文本，有些另样了。关于北京，周氏的文章多多，如《北京的茶食》《燕京岁时记》《关于〈燕京岁时记〉译本》《北平的春天》《北平的好坏》《北京的风俗诗》《〈天桥志〉序》等，都写得有些趣味，有民俗学上的意义。至于旧籍中关于北京的记载，他也注意，对《帝京景物略》《日下旧闻》《燕京岁时记》《旧京琐记》等都有评述，看法与士大夫者流多多反对，不同于一般学者。周氏如此关注民俗学与笔记体中的边缘文化，大概是看到了其间民俗性的东西。而民俗性里，有一个民族本然的存在，可以嗅到真切的趣味。鲁迅对这一点一直首肯。他在文章中，不止一次地提到民风与信仰里，可以看到国民的性格。所以当江绍原潜心研究民俗学时，鲁迅就竭力支持，并将民俗学第一次在国内的大学中推出。不过在对民俗的看法上，鲁迅多注重野性的东西，周作人看重的是审美情调。鲁迅在小说中展示风俗中的人性史，周作人却从知识学的角度提炼思想。用意大抵是一致的，即都希望从非正宗的文化里，找到一种认识本民族性格的资源和视角，这里展开的精神意象，比士大夫一向看重的儒道释模式，要丰富得多。周作人在《风土志》中说：

> 假如另外有人，对于中国人的过去与将来颇为关心，便想请他把史学的兴趣放到低的广的方面来，从读杂书的时候起离开了廊庙朝廷，多注意田野坊巷的事，渐与田夫野老相接触，从事于国民生活之史的研究，虽是寂寞的学问，却与中国有重大的意义……我们在北京的人便就北京来说吧，燕云十六州的往事，若能存有记录，未始不是有意思的事，可惜没有什么留存，所以我们的话也只好从明朝说起。明末的《帝京景物略》是我所喜欢的一部书，即使后来有《日下旧闻》等，博雅精密可以超过，却总是参考的类书，没有《景物略》的那种文艺价值。清末的书有《天咫偶闻》与《燕京岁时记》，也都是好的。民国以后出版的有枝巢子的《旧京琐记》，我也觉得很好，只可惜写得太少耳。近来有一部英文书，由式场博士译成

日本文，题曰《北京的市民》，上下两册，承他送我
一部，虽是原来为西洋人而写，叙述北京岁时风格婚
丧礼节，很有趣味，自绘插图亦颇脱俗……

从民俗中看北京，看地域人情，可以说是周氏兄弟都有兴趣
的选择。晚清以降，北京文人渐渐懂得这一方面的意义，美术与
文学领域都有高手于此用力。鲁迅的友人陈师曾就颇为关心北京
的风土岁时，其所作《北京风俗》描摹旧京的人物，情思种种，
形态可感，有着妙不可言之处。陈氏的画已脱离了士大夫的迂腐
之气，很有现代人的悲悯心肠，所画商人、儿童、老妇有很深的
市井情调，京味儿与京韵飘然而出。作者并非沉溺其中，看那清
凉之图，有时也隐隐可觉出知识分子的寂寞，对民间众生的态度
有着同情与哀婉之色，和鲁迅的小说有着某些相似之处。鲁迅对
陈师曾的绘画一直持赞佩的态度，从两人不同寻常的友谊里，也
能找到相似的审美态度：第一，艺术是写实的；第二，不放过民
风里的哲学；第三，用现代人的意识点化旧的艺术形式，使之渐
成新调。此三点，陈师曾颇以为然，鲁迅也大致犹此。在为《北
平笺谱》写的序言里，鲁迅肯定了陈师曾的成就，看他对这位新
式民俗画家的盛赞，也分明能体味到鲁夫子的审美热情的。从新
的民间艺术里寻找一个民族朗健的精神表达式，整整吸引了一代

五四新文化人。如今看沈从文、丰子恺、老舍、李劼人等人的创作实绩，不能不佩服其从地域文明里汲取养分的勇气，而周氏兄弟无论在创作实践上还是理论的自觉上，都远远地走在别人的前面。不论他们是打量江南社会，还是审视古老的帝京，都有着常人少见的视野。20世纪20年代的北京，因为有着周氏兄弟的存在，文坛就变得很有一些分量了。

3

　　鲁迅偶尔写到北京的生活，用笔有点灰暗。小说也好，杂文也罢，旧京的陈腐与压抑扑面而来。他写水乡绍兴时，已用了类似的笔触，但也透过一丝丝亮色。像《社戏》与《女吊》，分明有一点奇气，人性中闪光的东西出现了。写北京的胡同、会馆等场景时，好似没有什么兴奋点，古老的鬼魂缠绕在这里，让人有些喘不过气来。《呐喊》的自序里写过他自己生活的绍兴会馆，俨然带一点鬼气了：

　　　　会馆里有三间屋，相传是往昔曾在院子里的槐树上缢死过一个女人的，现在槐树已高不可攀了，而这屋还没有人住；许多年，我便寓在这屋里抄古碑。客中少有人来，古碑中也遇不到什么问题和主义，而我的生命却居然暗暗的消去了，这也就是我唯一的愿望。夏夜，蚊子多了，便摇着蒲扇坐在槐树下，从密叶缝里看那一点一点的青天，晚出的槐蚕又每每冰冷地落在头颈上。

在这里，我们看到北京时期生活的苦闷，他对环境的反应是绝望的。许多描写北京的作品都有相似的底色。像《一件小事》《头发的故事》《鸭的喜剧》《示众》《伤逝》《兄弟》等，对北京这座城不是欣赏的语态，相反则把它灰暗化，成了古堡旧魂的象征。你看，《伤逝》写北京的胡同、居所，黑暗得让人窒息，哪有什么温情呢？且看他的文字是何等的沉肃杀：

我的离开吉兆胡同，也不单是为了房主人们和他家女工的冷眼，大半就为着这阿随。但是，"哪里去呢？"新的生路自然还很多，我约略知道，也间或依稀看见，觉得就在这面前，然而我还没有知道跨进那里去的第一步的方法。

经过许多回的思量和比较，也还只有会馆是还能相容的地方。依然是这样的破屋，这样的板床，这样的半顶替的槐树和紫藤，但那时使我希望，欢欣，爱，生活的，却全都逝去了，只有一个虚空，我用真实去换来的虚空存在。……

初春的夜，还是那么长。长久的枯坐中记起上午在街头所见的葬式，前面是纸人纸马，后面是唱歌一般的哭声。我现在已经知道他们的聪明了，这是多么轻松简捷的事。

有趣的是，作者在小说中再一次提及了会馆。他对这破旧的房屋的描述成了作者笔下北京的标志性建筑。所谓"铁屋子"的意象，也会让人联想起这个旧屋，它的隐喻性包含了对旧京环境的嘲弄。鲁迅丝毫不关心北京寓所的民俗情调，以及它的社会学隐含，却直接将其视为坟茔般的死地。小说的开篇就说：

会馆里的被遗忘的偏僻里的破屋是这样的寂静和空虚。时光过得真快，我爱子君，仗着她逃出这寂静和空虚，已经满一年了。事情又这么不凑巧，我重来时，偏偏空着的又只有这一间屋。依然是这样的破窗，这样的窗外的半枯的槐树和老紫藤，这样的窗前的方桌，这样的败壁，这样的靠壁的板床。

周作人谈到鲁迅的创作时坦言，其兄有着别人所不及者，即对于中华民族的深刻观察。他认为现代中国的文人中，还没有谁像其兄那样对民族抱着一种黑暗的悲观。周作人在描述鲁迅在北京的生活片段时，我们依稀能感受到鲁迅与旧京文化的千丝万缕的联系。比如逛琉璃厂，出入益锠餐馆及和记牛肉铺，往来于直隶书局和青云阁等。周作人写鲁迅的生活，分明让人读到了北京风俗中的鲁迅形影。这就构成了一幅有趣的文人与市井的画图。后人写鲁迅与北京的关系，多喜从京味儿京趣入手，将鲁夫子纳入一幅帝京风俗图中。这样描述也不无可取，至少让旧北京的生活有了异样的色彩。可是我们万万不可忘记：鲁迅虽置身于五光十色的古城风情里，而他的世界与此却有点格格不入。将他的生活背景趣味化与优雅化，那实际是将其精神简单化了。

这也使人想起老舍。北京人今天谈他，似乎成了旧京风范的代表。与一种民风的美密不可分。其实老舍写北京，用基督式的悲悯，那里多的是对胡同人生的垂怜，以及无可奈何的怅惘。他的语言之美乃自我创造所致，剔去了京味儿中低俗的东西。对于旧北京的历史，他是绝望多于快慰，哀凉大于欣喜，可是不知为何，后来模仿他的人，偏偏喜欢写风俗之美，把这块土地帝王化和贵族化，那离老舍就远了。五四新文学离今天才几十年，而那一代人的心态却与今人如此隔膜，那不能不说是对文化史的一个玩笑。

4

和鲁迅不同的是，周作人对身边的世界，有时用的是鉴赏的态度。其所作《北京的茶食》《北平的好坏》《北京的风俗诗》等，都是学人式的反顾，没有老舍那样彻骨的体味。周氏看北京，有点像当年留学时看东京一样，仿佛在读史，那里给他的主要是学问式的余味，由此而想起兴亡，想起文化流脉的起伏。1924年他在一篇文章中谈到在旧城中走过时的感想："我有次从西四牌楼以南走过，望着异馥斋的丈许高的独木招牌，不禁神往，因为这不但表示他是义和团以前的老瘟。那模糊阴暗的字迹又引起我一种焚香静坐的安闲而丰腴的生活的幻想。"这类独白很像外地游人的观感，分明把自己一直看成外省的人。他在谈自己的学术生涯时，不忘明清、民国以来出版的北京风情著作，对其间流露出的民俗学意义的文本，厚爱有加。比如谈陈师曾的《北京风俗》时，就写过这样的话：

> 画师图风俗者不多见，师曾此卷，已极难得，其图皆漫画风，而笔能，与浅率之作一览无余的绝不相同。如送香火、执事夫、抬穷人、烤番薯、吹鼓手、丧门鼓等，都有一种悲哀气。

　　周氏兄弟对待风俗，有着很现代的眼光。他们对陈师曾式的于风俗里写人间的悲喜之笔，表示了很大的同情和赞赏。因为那里毕竟没有鬼气和世俗的迂钝气。倒是多了人文意识，那是受过西学熏陶的人才有的情怀吧。有趣的是，周氏兄弟对北京文化中陈陋的东西一向不感兴趣，像京剧，就不喜欢，还说了许多讽刺的话。本来，京剧最早发源于民间，有许多原生态的气息，呈现着民间的力量。但一到了京城，士大夫者流，便将其变成醉生梦死的东西，就颇让人生厌了。周作人曾说每每听到京剧唱腔，就想起抽大烟的人来，那无疑有些麻醉的效用。鲁迅说得就更直接，在《略论梅兰芳及其他》一文，甚至有点挖苦：

　　　　崇拜名伶原是北京的传统。辛亥革命后，伶人的品格提高了，这崇拜也干净起来。先只有谭叫天在剧坛上称雄，都说他技艺好，但恐怕也还夹着一点势利，因为他是"老佛爷"——慈禧太后赏识过的……

　　　　后来有名的梅兰芳可就和他不同了。梅兰芳不是生，是旦，不是皇家的供奉，是俗人的宠儿，这就使士大夫敢于下手了。士大夫是常要夺取民间的东西的，将竹枝词改成文言，将"小家碧玉"作为姨太太，但一沾着他们的手，这东西也就跟着他们灭亡。他们将他从俗众中提出，罩上玻璃罩，做起紫檀架子来。教他用多数人听不懂的话，缓缓的《天女散花》，扭扭的《黛玉葬花》，先前是他做戏的，这时却成了戏为他而做，凡有新编本，都只为了梅兰芳，而且是士大夫心目中的梅兰芳。雅是雅了，但多数人看不懂，不要看，还觉得自己不配看了。

北京的民间艺术，遭到了皇权的侵扰和士大夫的侵扰，其有生气的遗存就很是稀薄了。鲁迅的不赞扬北京风土，大概缘于这个因素。后来关于京派、海派的看法，大致也沿袭了旧的思路，所谓京派乃官的帮闲就是这一思路的产物。鲁迅对北京文化的看法大多基于对人性与个性精神的思考，强调的是个人的本位。周作人则习惯于艺术的、学术的眼光看事，希望从中抽象出一种益智的学识。大凡言及民俗，他都以科学的目光思之再三，文章很带现代理性的力量，与醉心于帝京的迂腐文人比，还是多了几多亮色。他在1940年写下的《中秋的月亮》，与郭礼臣的《燕京岁时记》感受就大异其趣，抑或是在唱反调了。周氏的鉴赏风土，并非北京文人式的自娱自乐，有时也带有怀疑和批判的语态。他的肯定风俗，乃因了其远离廊庙朝廷，渐与田野坊巷接触，有非正统文化的惬意。但有时也对其间的猥亵、肮脏、迷信产生排斥的态度。周氏谈论北京的文章，悠然之余，也有着淡淡的苦涩。《中秋的月亮》一文多少体现了他的心态：

> 郭礼臣著《燕京岁时记》云，"京师之日八月节者，即中秋也。每届中秋，府第朱门皆以月饼果品相馈赠，至十五月圆时，陈瓜果于庭以供月，并祀以毛豆、鸡冠花。是时也，皓魄当空，彩云初散，传杯洗盏，儿女喧哗，真所谓佳节也。惟供月时，男子多不叩拜，故京师谚曰，男不拜月，女不祭灶"。此记作于四十年前，至今风俗似无甚变更，虽民生凋敝，百物较二年前超过五倍，但中秋吃月饼恐怕还不肯放弃，至于赏月则未必有此兴趣了罢……我于赏月无甚趣味，赏雪赏雨也是一样，因为对于自然还是畏过于爱，自己不敢相信已经克服了自然，所以有些文明人的享乐是于我颇少缘分的。

在北京生活了那么多年，自觉是这个古城的陌生的一员，也证明了他的思想与外界的不能融通。周氏兄弟对生育自己的土地就是这样又亲又离，苦乐相伴。如果说鲁迅是个北京的过客的话，那么周作人则可以说是古都的看客了。过客者，其步履匆匆，未将身边的世界看成归宿；看客呢，则置身于社会的边缘，看日起日落，人隐人现，说些尘海中人说不出的冷静的话。鲁迅对北京的看法一直没有大的变化，而周作人一直在变。但一个是不变中的变，一个是变中的不变。然而二人却留下了与芸芸众生不同的形象。他们曾生活于北京，却又不属于北京，如此而已。

5

1926 年，鲁迅南下，那时他已与周作人分道扬镳了。离开了古城，对它的看法也渐渐冷静下来，偶然谈及，都有些不错的见识。从一些只言片语中，依稀可感受到他对北京的好感。1932 年 11 月，他回京探亲时，给许广平的信中说：

> 现在这里的天气还不冷，无须外套，真奇。旧友对我，殊不似上海之以利害为目的，故倘我们移居这里，比上海可以较有趣的。

后来他不止一次谈到了北京的优点，尤其古文化的气息，非上海可以比肩。1933 年 10 月致郑振铎的信说：

　　上海笺曾自搜数十种，皆不及北平；杭州广州，则曾托友人搜过一通，亦不及北平，且劣于上海，有许多则即上海笺也，可笑，但此或因为搜集者为外行所致，亦未可定。总之，除上海外，而冀其能俨然成集，盖难矣。北平私人所用信笺，当有佳制，倘能亦作一集，甚所望也。

　　鲁迅那时是"看北京"，周作人则渐渐成了京城里"被看""被描写"的对象。因为久居古都，且又与友人渐渐形成了一个文化圈子，自觉不自觉地成了一道景观。周作人自称是苦住，他的"苦雨斋"往来的客人，都有一点清高、不谐流俗。沈从文曾写过文章，称"苦雨斋"中人为"京派"，于是"京派"的概念在20世纪30年代便在文坛上流行了。周作人为首的"京派"，并非自觉形成了一个团体，既不是运动，也非思潮，不过趣味相近、审美情调和人生态度相似的人的集合。从"北京的看客"，到"被北京人看"，周作人完成了从边缘人到社会闻人的转变。这转变是其自身成就使然，并无故意为之的痕迹。沈从文曾以羡慕的笔触写到了周作人与冯文炳（废名）文章的妙处：

　　从五四以来，以清淡朴讷文字，原始的单纯，素描的美支配了一时代一些人的文学趣味，直到现在还有不可动摇的势力，且俨然成为一特殊风格的提倡者与拥护者，是周作人先生。

无论自己的小品，散文诗，通通把文字发展到"单纯的完全"中，彻底地把文字从藻饰空虚上转到实质言语来，那么非常贴切人类的情感，就是翻译日本小品文，及古希腊故事，与其他弱小民族卑微文学，也仍然是用同样调子介绍给中国年轻读者。因为文体的美丽，一种纯粹的散文，时代虽在向前，将不容易使世人忘却。

……

但在文章方面，冯文炳君作品所呈现的趣味，是周先生的趣味。由于对周先生的嗜好，因而受影响，文体有相近处，原是极平常的事。用同样的事。同样的心，周先生在一切纤细处生出惊讶的爱，冯文炳君也是在那爱悦情形下，却用自己一支笔，把这境界纤细地画出，成为创作了。

"京派"文人，大多是学者，或大学教授，或杂志编辑。周作人而外，俞平伯、废名、沈启无、朱光潜、林徽因、沈从文等，都有相似的一点，文字有些古朴，历史感与学识相伴，不以宗教的态度打量人生，而采用的是鉴赏的态度环顾左右。沈从文以为这样的态度是好的，远远胜于上海文人的浮躁。于是上海文人与北京作家便有了一番论争，京海之战便成了现代史上一段有趣的插曲。鲁迅曾注意到了这一次论争，他在《"京派"与"海派"》一文中写道：

> 北京是明清的帝都，上海乃各国之租界，帝都多官，租界多商，所以文人之在京者近官，没海者近商，近官者在使官得名，近商者在使商获利，而自己也赖以糊口。要而言之，不过"京派"是官的帮闲，"海派"则是商的帮忙而已。但从官得食者其情状隐，对外尚能傲然，从商得食者其情状显，到处难以掩饰，于是忘其所以者，遂据以有清浊之分。而官之鄙商，固亦中国旧习，就更使"海派"在"京派"的眼中跌落了。

鲁迅批评的"京派"，有时也包含周作人那个沙龙中的人们。"京派"人士的"隐""傲世"，其实是故作姿态，不过为了噉饭而已。鲁迅在《隐士》《喝茶》《忆刘半农君》诸文中，对周作人身边的人"做打油诗""弄烂古文"的态度，多有微词。看到了"京派"文人与血与火的民间的隔膜，他以为学者也好，作家也好，是要直面黑暗的人生的。那时候周作人在文字里时常讥刺鲁迅等左派人士的"趋时"，鲁迅则反驳其"京派"脸孔的伪态。两个人无论在生活状态上，还是审美趣味上，均相距甚远，已不复见早年的情趣相投了。20世纪30年代，鲁迅与周作人分别形成了自己的核心。前者趋于左翼的批判意识，多血的颜色与民众的饥苦贴得很近。后者则在"苦雨斋"里咀嚼着历史与文化，沉浸于高雅冲淡之中。虽然周作人亦多愤世之音，有些见解还在"左派"文人之上，但他为首的京派文人们，已与五四时期斗士的路相距甚远，没有什么共同语言了。

粗略地打量周氏兄弟与北京文化的关系，大致可以感受到现代文化中的分分合合，兴衰流变。鲁迅与周作人有许多相近的思想，曾经有过密切合作的历史，也留下了诸多令后人玩味的故事。他们留给北京的，远不是文学上的花絮，倒是关于知识分子自我选择的文化难题。我们谈北京的新传统，不可忽略这两个人的恩恩怨怨。周氏兄弟的遗产对今人仍然是一种挑战，如何看待这一挑战，大概可以影响今人的历史选择。虽然后人不可能重返前人的旧路，但文化中的得失，对后人的镜鉴作用，从来都是不能消失的。

2002年

古道西风

1

很久以前读鲁迅的书信，知道了瑞典考古学家斯文·赫定的名字。大约是1927年，斯文·赫定与刘半农商定，拟提名鲁迅为诺贝尔奖的候选人。刘半农曾让台静农捎信于鲁迅，却被拒绝了。这一件事在后来被广泛议论过，还引起过不少的争论。不过我那时感兴趣的却是，斯文·赫定是何许人也？他是怎样进入中国文人的视野，并闯进了民国文人的生活的？

后来一件事情的出现，才解开了我的谜团，而且让我对民国的考古队，有了感性的认识。两年前王得后先生介绍我认识了徐桂伦先生，得知其处有大量名人书画作品，其中大多系刘半农、钱玄同、沈兼士、沈尹默、马衡关于西北考察队的贺联。这些墨宝均系题赠徐桂伦之父徐炳昶先生的。我这时才知道，徐炳昶原来与斯文·赫定有一段神奇的交往。两人作为大西北考察队的队长，20世纪20年代末第一次开始了对中亚细亚腹地具有真正现代科学意义的探险考察。在那一次考察里，斯文·赫定与刘半农、徐炳昶、马衡、袁复礼、刘衍淮等中国学者，成了朋友。中国现代史上首次西征的考古队伍，是在这个瑞典人的帮助下完成的。

我所感到荣幸的是，与这次西部考古相关的墨宝，后来悉数被我所在的博物馆收藏。徐炳昶的后人无偿地将其献给了国家。

大概也是从那时起，我对民国文人的考古理念与野外实践有了一点点认识，开始接触考古学的书籍。当进入到那个世界的时候，我才猛然感到，这个鲜为人知的领域，隐含着太多太多的东西。它们提供的信息，在文化理念上引来的思考，远远超出了这个学科的特定内涵。

直到后来看到王忱编的《高尚者的墓志铭》后，斯文·赫定与徐炳昶诸人的形象，才更为清晰了。我以为这是一本永垂不朽的书。编者搜集了大量第一手资料，还原了东西方学人的人类文化学意识在那时的现状。时光过了70余年，古道上的旧迹依然让人感到新鲜。那里发生的一切是彻骨的，远远胜于书斋中的咏叹。野外考古，乃洋人所发明，初入中国，则阻力重重。20世纪初，中国的许多读书人，对探险与考古，还懵懵懂懂，连章太炎这样的人，亦对其看法模糊，和他一样的学问深厚的人，每每见洋人来中土探险，仅以民族主义观点视之，并无科学的头脑。唯有几个留过洋的学者如刘半农、徐炳昶等，深解其意。若不是这几个懂得西学的人的存在，中国科学家大西北的野外考察，也许还将延续许久才能发生。

斯文·赫定，1865年生于瑞典斯德哥尔摩，在很早的时候他就有了冒险旅行的冲动，曾多次深入中亚深处，足迹遍布了丝绸之路的很多地方。他在20世纪初发现了楼兰古国遗址，并对西藏、新疆的许多地区进行过考察。这个探险家在中亚地区的种种发现，曾震惊了世界。尤其对我国新疆、内蒙古诸地的实地考察，硕果累累。这个瑞典人有广泛的兴趣，亦结交了许多政坛、文坛的友人。诺贝尔就影响过他，他的探险生涯也与这个富有之人有些关系。中国古老的文明他是热衷的，而他对新文化亦有所关注。当他向刘半农表达对鲁迅的敬意时，其实也隐含着对新生的中国艺术的尊敬。可惜他那时的兴奋点在西部考古上，未能对中国新文学进行深入的打量。不过这一个小小的插曲也可见他是一个有心人。斯文·赫定是希望西方能够了解中国的。他以自己的嗅觉发现，东方古国存在着神奇的力量，那些长眠于世和正在滋长的文明，是该进入更多人的视野的。

旧有的材料写到这位瑞典人时，曾以殖民入侵者视之，言外有文化掠夺之意。但我们如若读徐炳昶的《徐旭生西游日记》，见到那么多关于斯文·赫定的描述，看法大概就有所不同了。日记里的片段没有刻意渲染处，写得朴实生动，一个敢于冒险、认真而又热情的瑞典科学家的形影扑面而来。斯文·赫定才华横溢，对地质、天文、气象、中亚史都有所涉猎，亦有艺术天赋。我看过一幅他为刘半农作的素描，功底很深，刘氏的神态栩栩如生。据说中国学界最初对他是充满敌意的，可在后来的磨合中，许多人成了他的朋友。不知道现在的史学界怎样看他，以我的感觉，他的出现，改变了中国史学界认知事物的方法，因洋人的提示，我们的文化自省意识，才有了一次巨变。上下几千年，哪一个中国学者曾徒步走进大漠惊沙里探寻人类的足迹呢？仅此，对于这个远道而来的洋人，不得不三致意焉。

2

斯文·赫定回忆那次与中方知识界的合作，念念不忘地提到刘半农。连徐炳昶、袁复礼也承认，如果不是刘半农的努力，此次西行的计划很难实行。这个新文化运动的骁将，对田野考察重要性的认识，是走在当时知识界的前面的。

刘半农给世人的印象是个诗人和杂文家，也是鲁迅兄弟身边的常客，为白话文的推进做了大量工作。他在上海的时候，常写些鸳鸯蝴蝶式的作品，要不是陈独秀办了《新青年》，他也许真的要在旧式才子的路上滑下去。《新青年》改变了刘半农的人生之路，影响他的大概就是科学意识吧。他在北大和胡适那些留洋的人在一起，越发觉出自己知识的不足，亦有被人冷视的时候，于是漂洋过海，到了法国学习，搞起了语音试验研究。他的那门学问，懂得的人不会太多，但留洋的结果是，明白了实验的意义，对考古学与人类学至少是颇有兴趣的。

在斯文·赫定决定到中国西部进行考察之前，中国知识界曾有很强烈的反对之声。西方考古者在中国的探险与搜集文物，引起了知识界的警觉，说是一种民族自尊也是对的。当中国政府允许斯文·赫定赴内蒙古与新疆的消息传出后，1927年年初的北京学界召开多次抗议的会议。3月5日，刘半农与沈兼士、马衡、马幼渔等人主持会议，决定成立北京学术团体协会，并发表了《北京学术团体反对外人采取古物之宣言》，宣言对斯文·赫定是一种抗议的态度，其中写道：

> 试问如有我国学者对于瑞典组织相类之团体，瑞典国家是否能不认为侮蔑。同人等痛国权之丧失，惧特种学术材料之掠夺将尽，我国学术之前途，将蒙无可补救之损失，故联合宣言，对于斯文·赫定此种国际上之不

道德行为，极为反对。我国近年因时局不靖，致学术事业未能充分进行，实堪慨叹。但同人等数年来就绵力所及，谋本国文化之发展已有相当之效果。现更鉴有合作之必要，组织联合团体，作大规模之计划，加速进行，将来并可将采集或研究之所得，与世界学者共同讨论。一方面对侵犯国权损害学术之一切不良行为，自当本此宣言之精神，联合全国学术团体，妥筹办法，督促政府严加禁止，深望邦人君子，急起直追，庶几中国文化之前途，有所保障，幸甚幸甚。

我猜测刘半农、沈兼士等人的思想在当时是复杂的：一是绕不过民族情感这一类；二是亦有与洋人联合共行的打算。自知没有洋人的实力，但又不甘学术的落伍，其间的焦虑是很浓的。匈牙利人斯坦因、法国人伯希和、日本人大谷光瑞、俄国人波塔宁等，都曾从中国拿走大量文物，在中国学者的记忆里都是久久的伤痛。学界的悲哀在于，在了解西部历史的时候，有时就不得不借用洋人挖掘的材料。王国维、罗振玉的西域史研究，就是参照了西方探险者提供的文物资料的。许多空白，是西方探险者所填补。作为文史研究的学者，当然是有耻辱感的。

当刘半农作为中方谈判代表与斯文·赫定接触后，他的强硬态度开始发生了变化。两人用法文熟练地交谈，涉猎的领域想必很多。那一刻彼此的距离缩小了。刘半农从这个瑞典人的目光与语态里，感受到了一个学人的世界性的眼光。一个个体的科学家的自我意识，毕竟不等同于异族的民族意识，也许正是在互相关心的话题里，彼此找到了沟通的桥梁。他们后来成为朋友，不再存有戒心，是不是气质上和专业理念的接近所致，也未可知。我自己以为，这个事实本身，可以解释清民族主义与人类普世情怀可以化解的可能。鲁迅与日本人，蔡元培与德国文化界的关系，亦可作如是观。

颇有艺术天赋的刘半农，如果不是因为留过洋，也许只能成为激情四溅的文人。法国的生活使其对文化遗产的保持、利用有了深切的认识。回国后有一些精力是用到考古与古物保持工作上去的。1927年发起了北京临时文物维护会；次年出席了在日本东京召开的东北考古学协会会议；不久又被推举为故宫博物院文献馆专门委员、国民政府指导整理北平文化委员会委员。他的兴趣由文学而转向文物整理，在个人历程中实在是一件大事。因为他知道空头的论道，乃会误入歧途，遂以勘察为己任，寻找认知历史的新入口，那境界就不同于以往了。艺术可以放荡为之，不拘小节，而科学劳作则应小心地求证，不得半点虚夸。他与斯文·赫定由猜疑到相知，渐渐脱开民族主义的阴影，后人不太深说。然而这里却有那一代人的心结，刘半农辞世前的学术活动，是被一些文学史家看低了的。

由于那一次西行，刘半农和斯文·赫定的关系已非同一般。他虽没有加入那个队伍，但一行人中不断和他联系，其影子一直随于其中，后来竟为斯文·赫定而死于考察之途，一时震撼了北平学界。魏建功曾这样写道：

> 民十五，瑞典学者斯文·赫定博士将入新疆作科学考察，乃与北京团体合作，成立西北科学考察团。先生代表北京大学，参加组织，折冲磋议，被推为常务理事。中外学术界独立合作，及与外人订约，条件绝对平等，实自此始。适当北伐时期，考察在北京政府范围，经济艰窘，且西北地方政权分裂，团员自蒙入新，中途屡遭险阻。先生外而严正持约，内而周旋接济，事无巨细，莫不就绪。团员发现汉人简牍，归先生与马衡教授、斯文·赫定博士三人研究，整理才什一。斯文·赫定博士七十寿，瑞典地理学会征文为祝，先生拟实测平绥沿线声调，著文纪念。于是有绥远之行，遽罹回归热不治而死，悲夫！

因科学考察而死，在民国期间他是不是第一人，尚不好说，但他的辞世，对后人的刺激是那样的大。前几年我看他女儿刘小惠著的《父亲刘半农》中收录的资料，内有胡适、陈垣、梅贻琦、钱玄同、马裕藻等人的文字，实亦觉出科考代价之深。不过那时不是所有的人都能了解实验与探险的关系。我读鲁迅悼刘半农的文章，也只是肯定其文学革命的一面，而对其学术之路默而不谈。在我看来，刘半农后来的选择，实在也是该细细总结的。其作用，难说不比《新青年》时期大。不知人们为何很少谈及于此。如果细察，是有诸多深切的话题的。

3

那一次大规模的西部行动，徐炳昶是个重要人物。如果不是斯文·赫定的出现，也许他还不会卷入到这场旷日持久的跋涉中。而他一生的命运，与此次远行关系深切，竟由北大的哲学系教授一变为考古学家。

徐炳昶生于1888年，字旭生，河南省唐河县人，早年就读于京师译学馆，曾留学于法国巴黎大学。20世纪20年代任职于北京大学，是哲学系教授、系主任、教务长，也是当时颇为流行的《猛进》周刊的主编。鲁迅曾和他有过友好的交往，那篇谈论"思想革命"的著名《通讯》，便是两人友情的象征。

1927年夏，徐氏赴西部考察时，鲁迅已南下，离开北京了。待到次年冬从西北返回北京时，他接到了鲁迅转来的《东方杂志》编辑的约稿信，于是便有了《徐旭生西游日记》的诞生。1930年夏，在此书问世之际，徐氏写下了这样一段话：

> 东归之后，《东方杂志》的编辑曾由我的朋友鲁迅先生转请我将本团二十个月的经过及工作大略写出来，我当时答应了，可是迁延复迁延，直延到一年多，这篇东西还没有写出来；这是我十二分抱歉的。现在因我印行日记的方便，把这些东西补写出来，权当作日记的序言，并且向鲁迅先生同《东方杂志》的编辑表示歉衷。

按鲁迅的性格，大学里的教授能被看上眼的不是很多。摆架子者和绅士态的作秀乃读书人固有的毛病，这一些徐炳昶均无，自然能保持良好的关系。徐炳昶在现代史上有着重要的作用，学问的深且不说，就《猛进》杂志的创刊而言，他的功劳不浅，《猛进》几乎和《语丝》同时诞生，风格不同，思想却是锐利的。文学史上一般不太谈及《猛进》杂志，对徐氏亦是语焉不详。其实若翻看这一个旧刊，引人的地方很多。有的文章甚至比《语丝》更具有爆发力，是一个知识分子的论坛。就当时讨论问题的特点而言，与鲁迅等人实在是相近的。

青年时代的徐炳昶热力四溅，在北大有着一定的影响力。其实按那时的学问程度，他本可以成为很好的哲学教授，在学理上有自己的独特建树。但他偏偏愿干预现实，喜欢写一些时评的文字，看《猛进》上的文章，抨击当局者为数不少，见解常常在别人之上。比如攻击段祺瑞政府的杂感，讽刺章士钊、陈西滢、杨荫榆的短章，几乎与鲁迅相同。难怪鲁迅的一些杂感也发表于《猛进》，他在这位主编身上看到的是绅士阶级没有的东西。民国初，留学欧美的学者有一些染有贵族之态，与国民与社会是有隔膜的。然而徐氏身上没有这些，你看他看人看己的态度，都本乎自然，明于常理，毫无依附他人的奴相。他对西欧哲学的本质，以及东方哲学的把握，可谓一针见血，由此而反诘自我，拷问汉文化传统所没有的东西。徐氏文章常有妙论，往往单刀直入，切入实质，给人以惊喜的论断。比如他说中国哲学无论哪一派，全都带有历史的性质；欧西的哲学无论哪一派，全带有数理的性质。因为数理的缺乏，科学不得畅达，故京报副刊征求青年必读十本书的目录时，他列举了六种几何学，四种伦理学，并以为中国人如不经过严格的逻辑训练，文化则会停滞不前的。

我在徐氏的墨迹里几乎看不到自我的陶醉。学问不过是为人生的，且为改良人生而献力的。每每见其言说伦理与历史，便隐含着深深的忧患感。他讥刺当下政客与学人几乎都有阿Q态，语气绝无宽容的地方。重要的一面是，文章甚至也鞭笞着自己，那清醒的警语，是唯有健全的智者才有的。1925年7月，他在《我国知识阶级真太不负责任了》中写道：

> 说话以前，有两句话预先要声明：一、我个人就是这一阶级的人，该骂的我就是其中的一个；二、我这句话同丁文江说的一样，但丁文江骂知识阶级，是因为他们太唱高调，不负责任，至于我，我觉得他们不唯没有唱高调，并且没有调之可言，他们的错处——简直可以说是罪恶——就在于无论什么全不做，任群众走到哪里是哪里。

我读到徐氏的这番话，忽地明白了他后来何以走向野外考古之路，将学问从象牙塔里移到了民间，说不定也是为摆脱绅士阶层的鬼气，或是向内心的惰性挑战？中国的学者向来耽于书本的文字游戏，从文本到文本，概念到概念，千百年间玩的不过是那点小游戏。考古学注重的是探险与实物发现，从可移动或不可移动，地上与地下的文物中，寻找历史血脉的触摸点。每一个细小的遗存的出现，都可能改写旧有的记忆，它的不可预测性里闪动着已逝的灵魂的光泽，或许正是那新奇的光泽，把一个被掩埋的历史还原了。

当1927年5月9日徐炳昶乘着火车向大西北进发的时候，他和几个中外学者或许没有想到，此次的行程将改写中国读书人的历史。那一次西征共有28人：10名中国学者，6名瑞典人，11名德国专家，1名丹麦专业人员。这是一支混杂的考古队伍，欧洲队员除了有考古学家、气象学家外，还有电影摄影师、人种学专家、医生等。与徐炳昶同行的中国学者中，袁复礼是清华兼北大教授，系地质学家；黄文弼是北大的考古学家；丁道衡乃北大的地质学家。其余的有博物馆工作人员，有正在北大读气象专业的学生。关于此次的西行，《徐旭生西游日记》有详尽的记载，斯文·赫定、袁复礼、丁道衡等亦写过回忆文章。我在王忱先生的书中，看到了那时的一些照片，心被什么揪住了一般。他们曾怎样地挺进了沙漠深处？旧有的史学观在那一次冒险里改变了吗？探险队员的姿态绝无今天旅游者的惬意。我在斯文·赫定、徐炳昶的表情里，看到了疲倦的神态，脸色黑黑的，似乎也营养不良。那一群人的表情毫无作态，但你透过每个人的目光，倒可看到升腾的精神，市井里的俗影与书斋里的死气荡然无存。他们的心和古老的沙漠紧贴着，可以感到背景的阔大。几乎就在那背影里，梦一般的诗，被他们写就了。

4

只是在读《徐旭生西游日记》时，才会感到西去的艰难。风沙、烈日、强盗、军阀、迷津，等等，在等待着他们。千百年汉人的书籍很少关注过这些，一切都谜一般隐在大漠深处。徐炳昶等人不是没有心理准备，而探险的过程比预料的还要复杂，一群为学问而来的人，遭遇的却是非学问的风风雨雨。一路上奇遇不断，像一幕幕电影，给人的是未定的、神异的图景。徐氏笔下的西部不仅仅是苍凉，对人的不同境况的描述更让人动情。无数逝去的亡灵带走了种种智慧，在残垣断壁与枯树里，留下的仅是记忆的片段。汉人、蒙古人、维吾尔人交错的遗迹，有着中原文明少有的气象。这是一个让人忘掉世俗的地方。当探险队出现在无人的地方，除了心与天地间的交流外，还有什么呢？徐炳昶说自己对科学很有兴趣，但却是个门外汉。许多考察的常识他并不具备，懂得的只是历史的片段。久在书斋里的人，突然走到蛮荒之地，精神便显得异常别样，种种刺激与想法也联翩而至了。我翻看他的日记，觉得像心史一般，忠实地记录了一路的见闻、思考。这本奇书全无卖弄、做作的痕迹，一下子将人拉到一个寂寞之地。所有的思绪都是切肤的悸动，那里已从学院式的冥想跳到历史的血脉里，每一块石头、古木和铁器，都诉说着被湮没的故事。较之于附庸风雅的士大夫诗文，西北大漠里的旧迹闪着更为动人的词语，每一个随队的团员，在一踏上征途就感到了。

那是一次让后人久久倾怀的跋涉。不仅仅是新奇的记录有珍贵的意义，重要的还在于，东西方学人在此找到了对话的内容。关于西部秘密的探索，欧洲人的科学手段起了很大作用。放探测气球、画路线图、历史纪年的表述、图像的拍摄等，都是几个洋人帮助完成的。徐炳昶在此遭遇了难以诉说的尴尬。对于一个逝去的文明，我们却缺少发现的目光，而域外思想的参照，成了一种不可或缺的动力。儒学传统在这里显得多么苍白，我们文明中的因子，能提供现代性的警悟吗？中方队员在周旋、摸索与合作里，意识到了数理与人文结合的意义。而过去的史学研究恰恰是缺少这些的。对新石器时代旧物的鉴定，对铁矿的发现，对湖泊的定位，大家完全选用了洋人的办法。斯文·赫定与众人商谈的片段，我很感兴趣。那时候中方队员已与其颇为融洽，仿佛已无国界可言了。但一个中国学者，诸事还要靠外人的援助，那也有点自尊的伤害吧？在有一天的日记中，发现了这样一段记录：

> 续读《希腊之迹象》。书记德人四次到吐鲁番，共运走古物四百三十三箱！披读之下，中心邑邑。我固一非国家主义者，且素主张科学——知识，为人类

的公产，然吾家旧物，不能自家保存整理，竟然让外
人随便地攫取，譬如一树，枝叶剥尽，老干虽未死，
亦凄郁而无色。对此惨象，亦安能不令人愤悒耶！

一方面有民族的自尊，一方面是对西方科学主义的追随，就
难免没有内心的冲突。徐炳昶一路上工作、读书，甚至还学习德
语，思想在东西方间游荡。片言只语里，也有悲凉的蠕动。这一切
都融入冷寂的月夜和炽热的沙浪里。我看他的考察记录，觉得延续
了"五四"学人基本的思想，那便是对旧有文明的批判和旧式文人
的告别。在兵乱、匪患四起，文人潦倒无知的岁月，科学理性究竟
能起到怎样的伟力，那一代人心里清楚。唯有用了科学实证的目光
和个性化的思想，才可以开启通往新路的大门。队员们也许没有想
过，他们血汗下的小路，已延伸到了那扇精神之门。

徐炳昶知道自己在读一本无字之书。所到处与所感处，多
有耳目一新的感觉。他一路上读王国维遗著，看蒙古史，翻阅
洋人杂著，体味固然多多，然而风尘里的考察所得，已非书本
的东西那么简单。他甚至发现了王国维的失误、洋人的漏洞。
这些都是先前所未料的。感染徐氏的是科考的过程，这对他完
全是陌生的领域。他也于此触摸到了西学中重要的优长，一日
的日记有这样的文字：

夜中颇暖，最低温度零上二度八。早餐后看赫定先生同哈士纶上船。赫定先生量船长，量水流速度（岸上量一个底线，掷一物于水中，看它走几秒钟，做三四次后始定）后始上船。哈士纶则赤足裸四肢，只着一毛背心，一短裤，俨然一水手，在后持棹管船。此时颇有风，落叶飘飘，黄流滚滚。二人乃乘一叶扁舟沉没于河湾林中，这是什么样的境地！并且对于这事件，他们还有很可佩服的地方，就是他们不管到什么地方，于万无可设法之中，总要自己设种种法子，去达到目的；一次两次不成功，能试验到五次六次；别人不能帮助，就自己亲身下去！他们一定要用船游额济纳河的计划，我们中国人现在还有笑他们的，然后知中外人的局度器识果不易相及也！再者他们这一次的游，在科学上也有大的关系，因为从前的人永远没有在船上作一幅额济纳河的详图，赫定先生此次所作图还是一种新东西。大家总是觉得治科学的人的生活太嫌枯燥，缺乏美感，我从前对于这一类的意思就不很相信。今天的感觉就是科学家的生活与美术完全相合，因为他们的目标全是自然界也。

　　文中透露出的，是唯有经历过"五四"新文化者才有的心绪。徐氏对洋人的敬佩，毫无媚气。忧患深深的人，一旦看到摆脱旧路的新径，如果选择了它，则会有满沐春风的冲动。西行的路上，他们吃了无法想象的苦头，疾病、险境、饥渴在徐氏笔下均轻描淡写地一过。他特别爱写内心的学术体悟。比如西北的高校如何建立，少数民族与宗教信仰问题，教育中不惬人意的偏文轻理的现象，国民性的弱点应如何克服，等等。这完全是精神的独语，一个人面对亘古的荒凉，在孤寂里想到的竟是这些，那是有哲学家的冲动的。我第一次读到他的这册旧书，一是感到学识的丰厚，古人的与洋人的遗产，都有涉猎，有的见解颇深；二是发现他是一个有文学天赋的人，内心像海洋般涌动，一望无涯，偶尔闪动的诗句，如夜空里的月光，散着迷人的色泽。徐炳昶的墨迹多年只在考古界被流传着，文坛却并不知道。我以为现代史上，日记体的文学显得过于单薄，内涵简约，而《徐旭生西游日记》却容纳着那么深广的内蕴。哲学的、史学的、地理学的、民俗学的、文学的东西都有。那是一个闪着智慧的世界，在精神的维度上达到了很高的境界。我尤为惊异的是，作者朗然的、从容而悲壮的语态，滚动着中国知识分子金子般的智性。远离高贵、荣誉、世俗，甘心沉入远古，沉入无人的荒漠之地。而那一颗心，却与我们的世界贴得那么近。大的哀痛，是以洗刷自我方能解脱的。徐炳昶与中国的学人在一次死亡的挑战里，获得了精神的涅槃。试比较一下上海滩上无病呻吟的诗句，北平胡同里悠然的琴声戏文，中国考古队足下写就的却是惊鬼泣神的生命之书。

5

而让我更为感动的，还有袁复礼先生的西行笔记。

第一次读到"流沙坠简"的字样，就暗自想象过西部神奇的过去，这四个字，仿佛将久违了的历史还原了。王国维与罗振玉当年选择它为书名，是饱含着对西部文明的敬意，直到后来，高尔泰这一代人在西北的敦煌苦苦劳作的时候，还喜欢用这一类意象来回忆自己的经历。我留心前人的文字，觉得文人笔下的沙漠与田野考古者笔下的荒野，在质感上有很大的区别。诗人喜欢引申题旨。秦汉的云烟与己身的苦楚集于一体，浩叹是深广的。高尔泰写其初入敦煌时的感受，就悲气淋漓，有着久久的诗韵。但对比那些科考队的科学家的考察笔记，另一种色调便出现了。人生的经验被一种理性的目光照耀着，兴奋点却在自然结构的透视上。科学家置身于无人之地，是与地质里的遗迹对话、交流，内心呈现的是另外一种色泽。1927年那次西部考察，留下了诸多文献，那多出于自然科学家之手，阅之亦有快感。那样的书写全不同于散文家的滥情，是一些透明闪光的智性。沙漠枯河间的记述里，是有着现代人才有的精神逻辑的。

袁复礼是那一次西征队伍里的最有学术实力的中方科学家。由于他的存在，整个活动有了实质性的成果。80余年过去了，读着他留下的字迹，不由得颇生敬意。一个很有成就的科学家，亦有很高妙的文学造诣，这在那个时代是常见的。不知道为什么今人就很少有此类的复合人才。查袁复礼的史料，都是学术式的描述，几乎看不出什么风风雨雨。但你细细品味，却有着一串串的故事。1893年在北京出生；1912年毕业于天津南开中学；1913年入清华学堂高等科学习；1915年到美国布朗大学读书，开始接触地质学理论；两年后转入哥伦比亚大学地质学专业；1921年回国开始了自己的专业实践。那一年他随几个洋人去了河南渑池县仰韶村，绘制了一幅《仰韶村遗址地形图》。据一些专家说，这是民国间中国的第一幅田野考古作品，也奠定了袁氏在考古界的地位。1937年春他的油印本《蒙新五年行程纪》在学界流行，让人略窥1927年的那次西部考古的实绩。这是一本与《徐旭生西游日记》同样重要的文献，考古界对这一册小书的评价一直很高。如果要了解考古思想史，我们是不得不翻阅这一册札记的。

以地质学为己任，且终身献身于此，袁复礼给后人留下了说不完的话题。中华人民共和国的几代地质探险者，都受到了他梦幻般的召唤，一些传奇的经历像火种般点燃了后人的热情。气象学家李宪之在《袁老是一位令人敬仰的地学家》中写道：

1927年5月9日，我们4个学生和中外考察团成员，由中方团长徐炳昶教授和瑞典方面的团长斯文·赫定带领，从西直门车站出发赴包头，袁老师因事晚走两天。搭考察团专车去包头的还有北大李四光教授和5名地质系学生（黄汲清、朱森、李春昱、杨曾威及1名日本学生）。在火车上，李先生给我们讲这讲那，但我们听不太懂。在北大校园里，我们常在路上碰到李先生，这次和我们同吃同住，同学们都非常兴奋。5月10日晚，大队到达包头，袁老师13日到。

去新疆的路上，在包头的北边工作了两个多月，我同袁老师常在一起，考察团分为南队、北队和中队3个分队，我在中队，袁老师在南队，我们的工作有分有合。我随德国气象学家赫德（Haude）到哈密筹建气象台，当地政府误认为我们是冯玉祥派来攻打新疆的军队，多方拦截，并把我们从哈密送往乌鲁木齐。后来到若羌建立了气象台。一年后回到乌鲁木齐，又和袁老师在一起工作和学习。袁老师性格稳重，遇事不慌不忙，既有耐性，又很灵活，什么事情都处理得很好。他主动帮助徐炳昶团长做了好多事情，出了许多主意。和当地人打交道，也常由袁老师出面。他英语好，在同外国团员交往中，他也起着重要的作用。他跟年轻人也处得很好，生活上照顾我们很周到，吃西餐时教我们如何使刀子、叉子；工作之余，教我们唱英文歌，跟我们一起跳舞，他还爱给大家讲笑话。袁老师是个乐观主义者，和他在一起，就不觉得苦，就不感到累。他知识面很广，我们问他什么问题都能回答。给我们几个搞气象的年轻人指出研究方向，他说：气象、气候、海洋、大气物理、海洋学这些方面都是地球科学研究的问题，国内还没有人研究，还有地震、地磁也没有人研究，你们都可以研究。对我们在工作中注意多方面收集资料，为后来选定研究方向有很大的启发。

上述文字引起了我很大的兴趣，在袁复礼身上好似也看到了与徐炳昶相近的东西。那一代科学家的乐天、果敢、勇于牺牲的一面，其实是嫁接在科学理性的传统上的。袁复礼的谈吐没有口号与道德演绎，实证逻辑与严明的理性散落在周身。他的西行笔记写得干净饱满，文白相间的字句流淌着智慧。我看他的笔记忽地想起"五四"文人，精神是朗照的，没有旧文人的老朽气。文章多是考古实录，看不到渲染己身夸大之词，就那么原原本本地记录着那一次艰难的跋涉。文中写寻觅石器、恐龙化石、植物化石、古人遗址等，亦多文人的诗情，词句古朴劲健，让人想起《梦溪笔谈》《水经注》的气韵。他的叙述不像徐炳昶那样易成幽情，只记过程，趣在文物地貌之中，偶有感叹，也只是轻描淡写，而韵致不凡。《蒙新五年行程纪》勾勒出一行人风餐露宿的悲壮之景，心和远古的苍生，以及茫茫的古道紧贴着，和沙石古物默默对流着。草木荒岭之空漠、死寂被发现旧迹的热情驱走了。在狼群、死海、沙暴之中，却看不到一丝畏缩与忧虑，一颗高贵的心照耀着枯湖野地、沙砾残岩。每每阅其文字，均有身临其境之感，你看他写途中所感，何等深切：

　　二十六日同人随车路西行，至胜金口，余与黄仲良、刘春舫则雇用蒙兵之马匹及汉回引路，由土马窦谷至赛尔吉布图拉。沿沟见石层向北及东北三十度斜倾，斜角约五十度。除附近及黄土沙丘外，岩层分三大层：一为上新统之沙砾层，二为白垩纪及下新生代之泥岩及砂岩，三为侏罗纪之页岩及砂岩，岩石或红或灰互相参间，异常鲜艳。北部有断层二，约为新生代中期之变动作用，其上之洪积统称黄土，均平行无倾斜。此带地区，化石虽少，唯层岩变化甚多，应详加考查。或每寸每分，均能详为分析，则此区之远古天气变化，或能得一确证也。

赛尔吉布图拉有一土塔，其置佛像之龛皆已空空，一无所存。其内部墙梯上之墙泥未脱者，尚有"真元四年日画真俗唐"数字，唐德宗时（西历纪元后七百八十八年）遗墨也。后即沿小山南麓西行，午时至土峪沟，由本地乡约招待，遍视沟东之佛洞。虽历经各国考古学家发掘，亦仍有未动者。余等只就已发掘地点试掘，有随行缠头儿童多人帮助，掘得破碎经片数百张，其中字迹尚多良好。下午二时许即离去，复穿小山北行，值苏巴什之南，再西转，沿小山北麓，至胜金口。此时处小山西端，其西北有贝滋克利克亦唐时佛洞，未经前人掘毕者。以时过晚，未得前去，晚间购得自该地出土之经，一纸背有畏兀尔文。

二月二十七日胜金口处天山南一台上。在西南即下降至吐鲁番盆地，盆地上之土壤，不尽一致。东部为盐质沙壤，多芦草，而无水渠灌溉之利，故不能耕植，多为牲畜饲牧之区。吾人疲驼七只，即寄牧于此。近吐鲁番则为黄土层，然常受山水冲刷，故多沟壑。吐鲁番城东六十里为苏公塔，唯一保存之早年建筑物也。其左近庄村，则皆废圮矣。再前行，皆农地，甚富庶。吐鲁番东关甚长，街道亦宽大，吾人宿邻近东门外之客栈中。

考古探险对学人的刺激，当比书斋里的悠然爬梳刻骨铭心。我们看王国维的《观堂集林》，见其论证西域文字，浩叹其博矣深矣，那是智慧之火，别人是难以发散出来的。而袁复礼的文字，则有血肉之感，学识是从血汗中所得，其中就有了王国维所无的生命的律动。袁氏的著述有史有诗，有古物亦有人生，西去路上的险途恶径，当比《观堂集林》更惊心动魄。袁复礼和徐炳昶在今天显得那样诱人，乃是学识和人生的交融，对于我们这些外行人而言，仅是那种敢于向陌生和极限挑战的一面，那是坐而论道者所不及的。胡适在"五四"前后大讲实证精神，那也只是书本中的实践。而能到荒岭野路里实地勘测，阅读自然和社会这本大书，得到的是未知的东西，那显然是另一个境界。我有时想，像王国维这样的人，晚年在学业上大放光彩，是借助了考古学家的力量的。如不是西方人在西域发现了古物器皿，一些历史的痕迹就更为模糊了。近代以来史学与科学在中国的进步，探险者的考察活动起了不小的作用。民国的拓荒者们，真是功莫大焉。

故都寒士

1

张中行辞世时97岁，算是高龄者。他晚年讲起过去的生活，难忘的竟是乡下的土炕和烤白薯。中国的乡村社会可留念的东西不多，对他而言，仅是某种生活方式而已。但那种生活方式给他带来的淳朴和智慧，又是书斋里的文人所没有的。土的和洋的，在他那里交织得很好。算起来，他是晚清的人，早期生活还在旧王朝的影子里。对于乡下人来说，时光和时代是没有什么关系的。

《流年碎影》讲起他的出身背景，有这样一段话：

我是清朝光绪三十四年戊申十二月十六日丑时（午夜后一时至三时）生人，折合公历就移后一年，成为1909年1月7日。其时光绪皇帝和那位狠毒糊涂的那拉氏老太太都已经见了上帝（他们都是戊申十月死的），所以坠地之后，名义是光绪皇帝载湉的子民，实际是宣统皇帝溥仪（戊申十一月即位）的子民。

由于他出生在乡下，早期记忆就多了一种乡土的气息。他一生没有摆脱这些乡土里质朴的东西。关于家乡的环境，他有很好的记录。在描绘那些岁时、人文的时候，心是很平静的。既非歌咏也非厌弃，透着哲人的冷峻。比如乡野间的人神杂居，关帝庙和土地庙的存在，都是乡土社会常恒的东西。旧时代的乡下，孩子记忆里的美丽都是那些东西，张先生涉猎这些时也没有特别的贡献在那里。只是他描述过往的生活时，那种态度是平和的。在回忆录里，像"五四"那代人一样，照例少不了对岁时、节气、民风的关照。他对婚丧、戏剧、节日、信仰的勾画，差不多是旧小说常见的。比如对杨柳青绘画的感受，完全是天然的，靠着直觉判断问题。与鲁迅当年的体味很是接近：

腊月十五小学放假之后，年前的准备只是集日到镇上买年画和鞭炮。逢五逢十是集日，年画市在镇中心路南关帝庙（通称老爷庙）的两层殿里，卖鞭炮的集中在镇东南角的牲口市。腊月三十俗称穷汉子市，只是近

午之前的匆匆一会儿，所以赶集买物，主要在二十和
二十五两个上午。家里给钱不多，要算计，买如意的，
量不大而全面。年画都是杨柳青产的，大多是连生贵
子、喜庆有余之类，我不喜欢。我喜欢看风景画和故事
画，因为可以引起并容纳遐思。这类画涨幅较大，还有
四条一组，价钱比较高，所以每年至多买一两件。

回忆旧时的生活，他丝毫没有夸大幼时记忆的地方。写童心
时亦多奇异的幻想。在他的笔下，几乎没有八股和正宗的文化的
遗痕，教化的语调是看不到的。我注意到他对神秘事物的瞭望，
有许多含趣的地方。比如对鬼狐世界的遐想，对动物和花鸟世界
的凝视，都带着诗意的成分。他那么喜欢《聊斋志异》，谈狐说
鬼之间，才有大的快慰的。那神态呈现出自由的性灵，也是乡土
社会与潦倒文人的笔墨间碰撞出的智慧的召唤。讲到农村的节
令、族属、乡里，冷冷的笔法也含有脉脉的情愫。他不太耽于花
鸟草虫的描写。虽然喜欢，却更愿意瞭望沉重的世界，那里才有
本真吧。谈到乡下人的生活，主要强调了其中的苦难。中国的农
民实在艰难，几乎没有多少平静的日子。天灾、人祸、连年的饥
饿等，都在笔下闪动着。当他细致地再现那些不堪回首的往事
时，我们几乎都能感受到他散发出的令人窒息的气息。《流年碎

影》里的生活，苦多于乐，灾盛于福，是惨烈的。那些被诗人和画家们美化了的村寨，在他的视野里被悲凉之雾罩住了。

德国作家黑塞在小说里写过诸多苦难的袭扰，在残疾和病态里，人的挣扎和求索，带有悲凉的色彩。可在那悲凉的背后，却有亮亮的光泽在，那是不安的心在摇动，给人以大的欣慰在。我看张中行的书时，也嗅出了苦而咸的味道，朦胧的渴望是夹带其间的。但他没有德国人那么悠然，中国的乡间不会有温润的琴声和走向上帝的祥和。乡村社会的大苦，练就了人挣扎的毅力，谁不珍惜这样的毅力呢？所以一面沉痛着，一面求索着，就那么苦楚地前行着。他常讲起叔本华的哲学。那个悲观主义的思想者的思绪，竟在空无的土地上和中土的沉寂里凝成了一首诗。

农民的劳作，在天底下是最不易的。但更让人伤感的是人的命运的无常。乡土社会的单纯里也有残酷的东西，他后来讲了很多。印象是《故园人影》里，勾勒了几个可怜的好人，在那样贫穷和封闭的环境里，一切美好的都不易生长。许多人就那么快地凋零了。于是感叹道：人生，长也罢，短也罢，幸也罢，不幸也罢，总的说，终归是太难了。这难的原因，是人的欲望，没有多少达成的出口。大家都在可怜的网里无奈地存活着。饥饿、灾荒、兵乱，没有谁能够阻止。村民的阿Q相多少还是有些。所以，张中行从乡下走出，其实也是寻梦，希望从外面的世界找到什么。但农民的朴素和真挚，还是浓浓地传染给了他。晚年讲到故土的时候，还不断称赞道，乡下的简朴、无伪的生存方式，是合乎天意的。大可不必铺张浪费。要说故乡给他带来了什么，这算是一点吧。

我有时在他的文字里，就感受到了一股强烈的泥土和流水的气息。不论他后来的学识怎样地增长着，林间小路的清香和青纱帐里的风声，还是深嵌在那流转不已的美文中。中国的读书人，大凡从乡野里走出的，都有一点泥土的气味的。孙犁如此，赵树理如此，张中行亦如此。在讲着那么深的学问的时候，还能从他那里隐约地领略到剥啄声和野草的幽香，实在是太有意思了。

2

时间是1925年，他到了通州区师范学校读书。这一改变命运的选择，在他日后的回忆里一直有非同寻常的分量。通州区在北京东郊，离帝京只几里之遥。新的教育之风也恰是在此时传入过去。《流年碎影》详细地介绍了那时所学的课程和校内情况，史料的价值很大。我对北京现代教育的脉络的了解，是从他的自传那里才知晓一二的。

据刘德水考据，通州区师范是一所老学校。"1905年，清顺天府在通州新城西门以里，原敦化堂和法华庵两个相邻的庙宇的基础上，创办东路厅中学，培养师资人才，设有师范班，这是通州区师范的前身与摇篮。当时，校舍残破，学生不多。1909年改为东路厅师范学堂，设初师班和后师班，后师即完全师范，也称中师。1914年，改为京兆第三中学，名义为中学，实为师范编制。1920年，顺天西路厅师范由卢沟桥迁同州，与京兆三中合并，仍名京兆师范学校"。一个从乡下来的人，突然沐浴新风之中，知道了历史、科学、男女、都市等概念，思想的变化是可想而知的。除了学习文、史、地、数、理、化、生物、教育、法律、医学、图画、音乐、体育、英语外，还第一次与鲁迅、周作人、张资平、徐枕亚等人的文学作品相逢。而且也读了一些外国人的小说，眼界大开。那时说不上什么专业意识，业务的生活就是杂览。古典的、外国的，大凡好的都细细体味。人最初浏览的快乐，日后是常常思念的。他在几篇文章里，多次地提及了这些。

师范学校的一些老师也给他留下了很深的印象。接触了几个有趣的老师，比如孙楷第、于赓虞，都是有学问的人。孙氏是搞史料的大家，于氏则有文学的天赋。尤其是于赓虞，那些怪异的审美方式，对日后他的阅读经验是有一点作用的吧。老师有旧式的，也有新式的，我以为他是喜欢有趣的那一类的。师范学校的教育有新也有旧，如果他一开始读私塾，受旧式教育，情调大概也会有遗老气也未可知的。他是因为新的不好，才向旧的文学求美，这对他是特别的。像于赓虞那样的新式人物，并未勾起他对新文学的神往，原因是过于枯涩，不好理解。他这样回忆道：

> 他是后来写长条豆腐干状的新诗的，词语离不开地狱、黄冢、死神、魔鬼等，所以有人称为魔鬼派诗人。可是名声不很小，连《中国新文学大系》也给他一席地，说他有《晨曦之前》《魔鬼的舞蹈》《落花梦》等著作。他教课如何，已经都不记得，只记得人偏于瘦，头发很长，我当时想，诗人大概就是这样，所谓披发长吟是也。而其所吟对我却有反面影响，是新诗过于晦涩，或说古怪，情动于中，想读，或进一步想表达，只好躲开它，去亲近旧诗。

于氏是他接触的第一个搞新文学的老师，却没有什么趣味留在自己的心里，这在他是一个刺激也许是对的。新文学最初给他的是这样的印象，真是奇怪的事情。我由此也理解了他到北大之后，没有被新文学的热潮卷动的原因。在他思想深处，是有一种理性的力量的。他喜欢的是常识和平静的东西。不过那时候他对文学和学术还谈不上什么高的见地，不过朦胧的感受罢了。而难忘的感受却是男女之情。

张中行在17岁时由家里做主，和一位乡下的女孩子结婚。彼此是谈不上什么感情的。但到了师范学校，新女性的出现对他则是个大的诱惑。他对新女性渐渐生出爱慕之情。他曾这样描述了当时的情况：

> 因为其时是风气半开，女性可以上学，男女却不能到教师和员工，也是清一色的男性。这样，我们这个校门之内，就成为标准的太平天国式的男馆，就成为理有固然。通州区还有女师范，校址在鼓楼往东，我们间或走过门前，向里望望，想到闺房和粉黛，总感到有不少神秘。星期日，女师范同学三三五五，也到街头转转，于是我们就有了狭路相逢的机会。映入眼帘，怎么办？据我观察，我们是装作非故意看，她们是装作并未看。印象呢，她们的，不知道，我们的，觉得柔婉，美，尤其冬日，肩上披着红色大毛围巾，更好看。但我们有自知之明，其时上学的女性稀如星凤，我们生遐想，可以，存奢望是万万不敢的。想不到政局的变化也带来这方面的变化，新出现所谓（国民）党员和党部，有些

人，性别不同，可是同名为党员，同出入党部，就有了
接近的机会。得此机会的自然是少数；有机会，男本
位，看准目标进攻，攻而取得的更是少数。但少不等于
零，到我毕业时候，只计已经明朗化的，我们男师范有
两个。如果同学在这方面也可以攀比，这二位是离开通
州区，有文君载厚车，我们绝大多数则是肩扛被卷，对
影成二人，其凄惨不下于名落孙山了。

　　早期记忆的这种痕迹，能如此真切地写出，就看出他可爱
的一面。如果说几年师范的生活遇到了新的内容的话，诗文之
美和异性之美是最主要的吧。在诗文方面，读了古典和周氏兄
弟的作品，养成了一种自娱自乐的习惯。在男女之情方面，他
知道了自己的那种婚姻生活，是有大问题的，没有爱和美的存
在。也就是从那时开始，他有了向新生活挺进的渴望。知识的
意义，在他那里怎么估量也不算大。求知和娱情，从此成了他
一生离不开的话题。

　　六年的师范生活，可说的很多。其中北伐的胜利，对他也
是个大的影响。革命胜利，群情激昂，大家都卷入精神的狂欢
里。他在环境的热度里，思想也一度是热的，相信了三民主
义，并和同学一起，集体加入了国民党。不过，他只是盲从，

跟着别人走。待到意识到党派的东西与自己心性甚远时，就自动地退将出来。那一次的精神的热，在他后来的描述里，是有悔意的。他甚至自嘲那是一种无知，他同代的人中，是很少有过类似的反省的。

新的，并不一定是好的。许多年后忆及此事，他这样地叹道。

3

1931年7月21日的《北京大学日刊》刊载了录取的新生名单，在那里我发现了他的名字。那是他与这所学校发生联系的开始。在阅读当年的《北京大学日刊》的时候，有趣地感受到了那时学校的氛围。北大的特点和人际状况从那些短篇的文字里都流散出一些，是极为难得的资料。对比先生后来写下的回忆录，似乎还是太简单了。

他入学的时间是8月底和9月初。学校的布告（三）明确规定，新生于9月10日前报到，过期取消入学资格。那一年北京地区录取74人，上海25人，南昌10人。这个数量不多。

原因是宿舍紧张，或是校力不足。在另一个布告里，明确规定，新生住处紧张，自己解决宿舍。待新宿舍竣工后，再考虑入学居住。张中行在《沙滩的住》里，写到租房的情形。他不久与杨沫同居，也是彼时的环境所致。所以在他入学的时候，北大的情形与"五四"前后还是大为有别了。

那时候学校呈现出两种趋势。一是学生抗日的激情浓浓，救国的空气弥散在四周。教室里的人被窗外的事变吸引。国政腐败，导致青年的骚动，这是自然的了。校园里各类抗敌协会和组织十分活跃，这些对他的影响如何，我们已无所知晓了。另一个是学员气味的浓厚。所学的知识几乎和当下的流行文化没有关系。他所在的国文系，必修课有：《中国文字声韵概要》，教员是沈兼士和马裕藻；《中国诗名著选》，教员是俞平伯；《中国文名著选》，教员是林损；《中国文学史概要》，教员是冯淑兰。课时如下：党义2小时，国语4小时，外国语6小时，普通心理学或逻辑2小时，科学概论或哲学概论2小时。应当说，课程不多，学生的自学空间是大的。次年之后，所学渐多，刘半农讲《语音学》和《语音学试验》；沈兼士授《中国文字及训诂》；商承祚开设《甲骨钟鼎文字研究》；钱玄同则是《说文研究》和《中国声韵沿革》；马裕藻为《清儒韵学书研究》；魏建功乃《古音系研究》等。还有中日韩音韵及蒙古语、满洲语的研究也在课堂出现，都是些很专业的学问。此外，周作人的近代散文的解析、胡适的文学写作的辅导、废名的小说写作研究，都是开阔视野的课。对张中行这样才23岁的青年来说，是有引力的。周作人和胡适的课虽然新，但也带有旧学的痕迹，可谓古风劲吹。请看他入学时那一期的《北大学生月刊》的目录，就能知道彼时的学术风气了。那一期的创作诗作者11人，只有一人写新诗，其余均为五古、七律、词之类。24篇文章里，涉及现实问题的只有6篇，其余则是宋词研究、音韵研究、民俗研究、哲学研究等。应当说，校园里浓烈的学究气，一下子就把年轻的他俘虏了。

新的、摩登的有没有呢？那是自然的了。比如音乐赏析、美术写生、体育比赛、文学创作，在校园的一角也是占有位置的。《北京大学日刊》的广告里就写有各类文体活动的动态。想必对许多青年是有引力的，但对张中行的诱惑是有限的。因为那时他的年龄毕竟比中学考生要大几岁，成熟的地方多些，是能够坐稳板凳，潜心于学术的。杨沫后来的回忆录似乎能证明他的特点。

几年的课下来，收获自然很大，对老师的印象也是深的。众人的差异和高低也看出来了。胡适清澈，周作人驳杂，钱玄同高古，刘半农有趣，沈兼士平淡。学人的存在也是个风景，看和欣赏都有收获。他一下子就被那些有学问的人吸引住了。学人的世界也是人世间的一个投影，高明的与平凡的都有，自然也让人想起许多空幻和无奈。人在精神的殿堂里也会有失落和痛楚，他后来也是一点点明白的。在讲到马裕藻的时候，他写道：

马先生早年东渡日本，听过章太炎讲国语言文字的课。在北大，我听过他讲"文字学音篇"，记得还有薄薄的一本讲义，其内容想来就是由其业师那里来的。马先生口才不怎么样，讲课学生感到既不生动流利，又不条理清楚。比如也是章氏弟子的钱玄同，讲课就正好相反，生动而条理清楚。他身为一系之主，在授业解惑方面并没有什么建树。有的人，如顾颉刚，口才也不行，可是能写。马先生应该有能力写，更有机会写，可是没见过他写过什么。我有时感到奇怪，比如说，他同绍兴周氏兄弟过从甚密，何以就没有受到一点感染？与周氏兄弟比，钱玄同也属于多述而少作的一群，可是究竟还有一些零零碎碎的传世，马先生是连这一点也没有。当然，办学，多集些有知有识之士来为人师，也是一种事业。

他在文章里，高度评价了周作人和钱玄同，描绘了许多有趣的老师。对那些水平一般的人也并不贬斥。学界的门槛虽高，一旦进去，也能感到高山与平原，小溪和湖泊。人的多样与学识的高远，在那里是能够体察到的。张中行是个识人的人，对学识与为人的看法都很独到，评价也算忠厚。许多年后，当那一代人渐渐远去的时候，他才感到，自己当年经历了一个神异的时代。北大的当年，精神的深和思想的大，后来竟没有得到延续，在他是一个无奈和痛苦。晚年的时候，能和他一同分享这些的人，已经不多了。

4

20世纪30年代的北平，政治忽冷忽热，学术气依旧浓，只是和主流意识形态的距离已很远了。以北大为核心的几所大学沉浸在纯粹的学问的环境里。左翼的文化，在北平没有大的势力，一些逍遥派的旁观者的学人成了校园里的核心人物。张中行进北大时，读书救国的主张在校园里也时可看到，但为学术而学术的思潮也是暗中涌动的。那时京派学人的思想开始引起他的注意。不仅一些学术著述渐有涉猎，同时那些雍容华贵的美文也给他诸多的启示。从京派文人那里，他知道了学识与人生境界的关系。这奠定了他一生的精神基础，谈张中行的一生，是不能不讲与京派文化的渊源的。

京派里的许多人物，和他的关系都不浅。废名、俞平伯、江绍原、魏建功都是他老师也是朋友。那时京派文人讲纯粹的学识，注重性灵的表达和趣味的书写。张中行由此懂得了言志的文学比载道的艺术更为重要。左翼文学的血气和激烈之音，在他看来是速朽的存在，不必于此多用力气。人不能离开根本的问题而求救于玄学和乌托邦的冲动。他甚至对鲁迅那样的作家的表现亦有怀疑，以为过于跟着风气走，于生命是个大的损失。倒是周作人的冲淡、废名的神异、俞平伯的平实，让他颇为快慰，自己呢，也暗自觉得那是一条光明的路。

你看他《负暄琐话》里描写的人物，大多是京派的要员。有的后来很少被文学史提及。但那些人的音容笑貌，学识和文采，被写得楚楚动人。文章几乎没有八股的痕迹，喧嚣的成分亦少。文中的人物曾是青年张中行的精神眷恋者，他在那些人与事里，得到的慰藉一定不少的。不过这个圈子也有很大的毛病，就是搞小说创作的人不多，飞扬的创造气较稀，人也殊乏幽默，青春的气息有限。张中行后来在审美上的古典化倾向，以及对现代主义和非理性艺术的排斥，都能从这里找到根据的。

京派学人是都有一些独立性的，又低调地生存。不过他们也有两个特点：一是有闲，二是有钱。相对富裕，是可以不顾及生存问题，专心于学问的。而那些学问也可以超出利害的关系，身上还有诸多的情调在。在学问上大家各有所长，文字也风格不同。张中行在北大得到最多的启示，是这种京派的氛围和不温不火的人生状态。北大的好处是还有一点远离事功的天地，能够去想时代之外的事情，不必急于做社会问题的解析，去指导现实社会。他的老师多是在一方面有所专长，纯然的学者。俗世的那些东西在他们那里是看不到的。自然，在对世风的看法上，他们可能迂腐，弄出笑话也不是没有，可在自己专业领域里的精神，以及心不外骛的纯净感，是感动了青年张中行的。

最让他佩服的是京派教员的文章。那些散淡清幽的文字和幽深的学问，对他都是一个洗礼。原来学术文章还可以成为美文，能散出艺术的力量，这在他是一个惊喜的。他的文章生涯也就是从这里开始的。作文上取周作人的杂学与平淡，得废名的深奥与古朴；气象上袭胡适的博雅与开阔，顾随的儒风与清醇；还有熊十力的幽玄、钱玄同的明快，都有所熏陶，渐得要义。不过那些也是文风上的东西，在生活上就没有这些人那么悠闲和高贵气。其实京派学人是有洋派和中土派之分的，即西洋气与东方气之分。像朱光潜、林徽因、金岳霖那个圈子，他就没有机会接触，或说在审美的方式上是有距离的。在哲学的层面上，他倾向西哲的东西。而美感的表达，却是中土的。就像周作人在知识上是个世界人，而意象的呈现则是东方的一样。他所欣赏的胡适、刘半农等都有一点这样的特点。你看徐志摩、郁达夫、巴金这样的人，他之所以不太喜欢，或有所隔膜，乃审美上非西方化的心理在起作用的。由此向上推论，他对激进主义文学和浪漫诗学的怠慢，以及不喜欢革命的文学作品，都是从此延伸出的意识所决定的。

京派学人的领袖人物是周作人，对于其思想，张中行颇有兴趣。后来就是在老师的影子里亦步亦趋的。周氏反对革命的冲动，张中行也心以为然。周氏怀疑流行的文化，从边缘的视角看事睹人，中行也学会了类似的办法。还有一个思路，也彼此很像，就是不相信社会运动能解决灵魂的问题，要靠科学和理性的沉思来辨别是非，而且从人类的发展史看今天的变化，头脑不被热的东西所刺激。张中行后来常到周氏那里请教，谈的多是这类的话题。我们在彼此的文章里，就能看见相近的题旨。所以，周作人身边的朋友，大多也成了他后来的朋友。文章呢，也是一种流派的样子，在血脉上是有继承的关系的。其一是任意而谈，无拘无束；其二是学问里带着诗意，文字温润有趣；其三是疑多于信，求知的灵动感四处闪烁，是有绵绵的情思的。几十年后，当革命席卷一切的时候，我们几乎已看不到这类的文章了，新的八股代替了心性自由的表达，文化一片苍凉。在极度荒芜的环境里，张中行偶和友人谈及文学与学术的现状，连连摇头，在心里觉得，京派故人的文章好，现在的名流的文章差，那是没有问题的。

到了20世纪90年代，当他以不老的笔写那些动人的小品时，其实是激活了旧京派的文学传统的。我曾说他的出现是新京派的诞生标志，现在依然坚持这个观点。在左翼文化极端化之后，看着文坛疲惫的样子，我们就会觉得，他晚年在文坛的出现，的确复活了旧时京派文学的灵魂，是一个很美的存在。他像一颗亮亮的星，把沉寂的夜变得有些色泽，我们总不能不说不平凡吧。

5

有一段时间，因为在写《鲁迅与周作人》一书，我经常向他询问周作人的旧事，知道了不少鲜知的资料。记得有一次他把周作人给他写的扇面的照片资料给我看，至今还记得其间的情节。周作人死后，弟子亦散，废名逝，江绍原和俞平伯沉寂了。一些受苦雨斋影响的文人，也不敢谈周氏的文章。其实，周作人的热，是和张中行这样的老人出现有关。无数模仿周作人体的文字的作家出现后，人们才广泛认可存在一个苦雨斋的传统的。而张中行在这里起到了推波助澜的作用。

苦雨斋的弟子里，就文采和智慧而言，废名第一，张中行当数第二。废名是周氏早期的学生，张氏则属后来的弟子。废名喜欢周作人，乃学问和智慧的非同寻常，从那清谈的路里，摸索出奇、险、怪谲的新途。而张中行把苦雨斋的高雅化变成布衣学者的东西，就和百姓的情感接近了。

张中行认识周作人是在20世纪30年代初，我相信起初周氏和他并无什么深的关系。日本人占领北平时，张中行听到老师要出任伪职的消息，还写过信劝阻过，可见那时他们的交往已很多了。那时苦雨斋的身边的友人，差不多也是张氏的心仪之人。钱玄同、刘半农、俞平伯、钱稻孙都在张氏那里留下了美好的印象。闲暇之时，偶尔到八道湾看望老师，成了自己的乐事。到了20世纪50年代，弟子皆散，只有张氏还经常关顾周舍，周作人是一定感慨的吧。所以，赠送给扇面与他，也是自然的了。

在苦雨斋众多学生里，深入揣摩到老师的精神底蕴者，不是很多。有的只学到了形，毫无神采，沈启无是这样。有的只附庸风雅，连基本的要领也没有掌握。这样的例子可以找到许多。张中行得到的精神是什么呢？在我看来一是怀疑的眼光，不轻信别人的思想；二是博学的视野，杂取诸种神色，形成一个独立的精神境界；三是拒绝一切八股和程式化的东西，本于心性，缘于慧能，自由地行走在精神的天地。他在周氏那里找到了汉语的表达方式，这方式既有旧学的一套，也有西学的因素。不同于古人的老朽，也和西崽相有别。这两方面恰恰符合了张氏的美学追求，他后来的写作就是由此而出发的。了解张中行，是不能不看到这个关键点的。

在张中行看来，周作人的精神大，能包容下什么。而且写文章举重若轻，神乎技艺，渺乎云烟，神乎学理，是大的哲人才有的气象。比如在对古希腊的认识上，就高于常人，知道非功利哲学的意义。思想上呢，也有路基安诺斯的怀疑意识，像尼采般能从世俗的言语里走出，看清人间的混沌。不过他在后来的选择上也有周氏没有的新东西，那就是不满足于知识的积累，要向哲学的高地挺进。于是就多了苦雨斋里没有的东西，和形而上的存在纠葛在一起了。这是他超出老师的地方。而这超出的部分，正是他对文化的一个大贡献。也因为这个贡献，他的世界就与同代人区别开来，远远地走在了世人的前面。

苦雨斋主人在文体上给张中行的影响是巨大的。《负暄琐话》的风格明显是从《知堂回想录》那里流出来的。那组红楼的回忆文章分明有周氏的谈天说地的影子，话语的方式有连带的地方。差别是前者是亲历的漫语，无关乎历史评价；后者则多了往昔的追忆，是感伤的文本，有大的无奈在里面。在周作人一笔带过的平静里，张氏往往荡出波澜，似乎更有精神的冲击力。苦雨斋的文本是绝望后的冷观，而张氏的笔触却是冷中的热的喷发，不安的悲悯和伤感的低语更强烈吧。周作人看历史和人物，不动神色的地方多。张中行却情动于中，有诗人的忧郁。所以，我更倾向于把他的书看成是忧郁的独语，较之于自己的老师，肉身的体味更浓些罢了。

关于苦雨斋的主人，他写过许多文章，看法都是独到的。在我看来是真正懂得自己的老师的人。在鲁迅和周作人之间，他似乎更喜欢周氏。因为那种平和与学识是自己不及的。鲁迅难学，许多模仿鲁迅的人不幸成了流氓式的人物，而追随周氏的读书人，大多是本分的边缘化者。在那个历史年代，革命风云变幻，激进队伍成分复杂，鲁迅不幸也被复杂的烟云包围着。在张中行看来，只有苦雨斋主人在相当长的岁月里保持了读书人的本色，是大不易的。虽然老师最终落水，附逆于日本政权，可在精神的维度上，那种坚守思想的独思和寂静，确实难能可贵。作为一种遗产的继承者，他知道理解苦雨斋的主人仍需要时间。

如果不是张中行在20世纪90年代坚持的这条写作与思考的路向，我们对"五四"的理解也许将少了些什么。他的文字仿佛五四文化的活化石，展示了艺术表达的另一种可能，而且重要的是，他把这样的一种路向扩大化了。

6

还有几个人影响了他终身。胡适的宽容、科学理性，马一浮的学识与趣味，都内化在他的世界里。我们读他晚年写下的文字，是可以看到这一点的。但在精神的层面，即哲学的境界上，他是罗素的学生是无疑的。是罗素的思想，在根本点上奠定了他认知世界的基础，其一切关于人生和社会的解释，都含有罗素的影子。一部《顺生论》可以说是罗素哲学的中国版。

当张中行来到北大时，罗素已离开中国十年了。但这个英国人的思想，还久久地回荡在北大的校园里。当年罗素来京时，知识界的欢呼声震动着校园。许多中国学者的文字里表示了对这位思想者的敬意。因为他所带来的正是知识界急需的东西。许多年后北大人回忆当年的情形，还激动不已。到了20世纪30年代，校风依旧，那时北大的思想多元，古典的与外来的东西都并存着，非理性的与理性的，科学的与玄学的东西都在，对青年学子都有不小的引力。罗素的书籍在那时已译了许多，他是从老师的授课中了解的还是自学中接触的，我们就不知道了。北大的学术流派虽千差万别，可是罗素的基本哲学意识在那时是被接受的。胡适虽是杜威的弟子，而在不迷信任何思想的层面上与罗素并不反对。钱玄同的疑古、周作人的个人主义，都有罗素精神的因素也是对的。学生可以质疑老师，在那时是允许的现象，在爱师与爱真理面前，真理的价值自然是更大的。所以即便是罗素早已离开中国，可北大红楼内外的气息，还能嗅出这类思想者的气息的。

现代以来，介绍罗素哲学最多的学人之一有张申府先生。他是中共的元老之一，在《新青年》上多次推出罗素的文章。那些关于人生哲学、自然科学、伦理道德的讲演和论述，在当时的反响是巨大的。周作人的关于国家的概念的突破，就受到了罗素的影响是无疑的。张申府后来远离政治，大概和他的罗素哲学的吸收有关。主张怀疑，不去轻信，在知识层是普遍被欢迎的理念。现代以来有几个罗素的追随者是很有意思的。一是曹聚仁，自由报人，一生不盲从于什么派别，独立地从事自己喜欢的事业。二是张中行，我们读他的书自然可以感受到此点。三是王小波，近几年的英雄般的人物，让人看到了自由理念的力量。大凡喜欢罗素的人，在他的世界里都找不到依附外在理念的孱弱的意识。独立思考，深入盘诘，冷静多于狂热，百年间这样的思想传统，一直没有被广泛注意，实在是件遗憾的事情。

罗素能引起他的注意，在我看来有几点。一是其学说涉及宇宙本体的存在，讲到上苍和人，有限和无限，帝力之大与人力之微。直面着有神论与无神论的问题。还有一点，就是自主的选择，即人性的问题。不是从伦理的角度看事物，而是以人为本的观点对待大千世界。张申府在1919年的《每周评论》上连载译过罗素的《我们所能做的》，其中有言：

> 但要拿思想征服世界，现在就须甘心不再依傍他。
> 大多数的人，一辈子没有多少疑问。他们看着流行的信仰和实际，就随声附和，自觉着若不反对世界，世界总

要是他们的伴侣。这种舒舒贴贴地默许甘从，新的世界思想实与他不能相容。新思想必须的，是一种知识的超脱，一种孤独发精力，一种能在内里主宰世界的力量。不乐于孤寂，新思想是不能得到的，但是若孤寂至于与世隔绝，全灭亡了愿与人结合的志愿，或若知识的超脱弄成骄傲轻蔑，也必不会切当如意地得到他。对于人事的有效果的思想所以不普通，大多数的理论家所以不是趋俗合习，便是无成效，都因为既得知识的超脱又不与世隔绝，这件事大不容易。

我想张中行是看过这样的文章的。至少从他的随笔里，我们能对照出这些思想。罗素的意识是融化到他血液里的。读罗素的最大收获，一是觉出先前人们唯道德的话语方式是有问题的，不能发现人的本然的存在；二是能在一个空旷的世界里注视问题，什么是实有，什么是虚无，都可以自行判断；三呢，是懂得人的有限性，对万能的理论持怀疑的态度。怀疑主义，乃治学的必备意识之一，所谓大胆地怀疑，小心地求证，就是这个意思。在这个层面上，他和胡适的思想又交叉到了一起，有了中土的意味。罗素从学理上教导他大胆地疑，胡适则让他体味到行动选择的意义。北大教授在此领域有贡献者，实在是太多了。

我想罗素的人生过程，比他的学术更能吸引张中行，比如多次的婚姻选择，对教会的态度。他的生平传奇的色彩对青年张中行而言更为有趣。张氏后来精神上的浪漫和不为俗物所累的洒脱，都和罗素的暗示有关。我多次听他在男女爱情选择上的看法，完全是西式的，老朽的东西甚少。人是自己的主人，大可不必为外在虚幻的理念所扰。生命承受的应是自己所创造的快乐，没有自选的快乐，别人是不会赐给另一类的幸福的。

只有在这个基础上，我们才能懂得他后来对政治疏远的原因。在动荡的年代，能以较为冷静的心判断事物，实在是大难的。他沦落到社会的边缘里，冷眼地看着世界，成了流行色的拒绝者，都和早期北大的知识训练有关。罗素的思想被真正人生化，且流在中国人的血液里，他是个典型的代表吧。

在《负暄续话·彗星》一文，张氏写道：

> 我喜欢读英国哲学家罗素（1872—1970）的著作，因为就是讲哲学范围内的事物，也总是深入浅出，既有见识，又有风趣，只有板起面孔讲数理逻辑的两种（其中一种三卷本的与白头博士合著）例外。这位先生兴趣广泛，除了坐在屋里冥想"道可道""境由心造"一类问题之外，还喜欢走出家门闲看看，看到他认为其中藏有什么问

题，就写。这就难免惹是生非。举例说，一次大的，是因为反对第一次世界大战之战，英政府让步，说思想自由，难得勉强，只要不吵嚷就可以各行其是，他说想法不同就要吵嚷，于是捉进监狱，住了整整半年。就我所知，还有一次小的，是租了一所房子，很合心意，就要往里搬了，房主提出补充条件，是住他的房，就不要在那里宣扬某种政治主张，于是以互不迁就而决裂。

上述的描述，写出了罗素的纲要，一是有自由的理念，二是有科学的意识，都是中国人难做到的。张中行其实更看重的是罗素的人性化的趣味，这在他看来，更为重要，也是大不易的。所以他又说：

　　且说罗素这篇怪文，开篇第一句是"如果我是个彗星，我要说现代人是退化了"（意译，下同）。现代人比古人退化，这是怎么想的？他的理由是，由天人关系方面看，古人近，现代人远了。证据有泛泛的，是：住在城市，已经看不见充满星辰的夜空；就是行于村野，也因为车灯太亮，把天空隔在视野之外了……他慨叹说："与过去任何时代相比，我们日

常生活的世界都太人功化了。这有所得也有所失。人
呢，以为这就可以坐稳宝座，而其实这是平庸，是狂
妄自大，是有点精神失常。"

罗素身上的反现代的一面，对张中行的影响是不可小视的。
进化的不一定就是好的。新的可能是反人性的。罗素至少使他明
白了智慧的意义，也明白了趣味的价值。人创造的东西，如果不
能益智，让人快乐，反而使人变傻，那就要警惕的。许多年间，
他在生活里遇到难题的时候，罗素的东西就会出来，成为一个向
导。他的思想的许多侧面，和这位英国人的色彩是接近的。

7

季羡林说，张中行乃至人、逸人、超人。在当下是最高的
评语了。季羡林这样说，不是没有根据，因为张氏的思想是有
哲学的因素的。即他是个哲人。说他是哲人，有以下的几点可
以证明：一是通读过古典的各家的理论，经史子集的重要篇章
是过目过的，对儒道释的经典是熟悉的；二是能读西方的原
典，了解千百年西洋的思想史脉络，思想是多元的；三是有细
节里穿透本质的反诘的力量，常常在日常里体悟出人生的玄
机，又无故作高明的架子。在文字里流露出天人之际的游想。

在破毁信念里建立了自己的信念，卷动了精神的狂潮。我认为他能很快被读者接受，乃因为指痛了今人苦楚的神经，给人以自省的机会。而且那语调里传达了通明的智慧的火。

20世纪40年代，他曾办过《世间解》杂志，专门讨论佛学。佛学的吸引他是因为意识到了内心的苦，要想解决这些久久缠绕自己的难题。士大夫的文本似乎没有办法，那些文字离当下的困惑太远了，他只好从印度的遗产寻找着什么。那时候基督教、伊斯兰教都有自己的市场的，但他却找到了佛学这条路。在他而言，这种选择似乎有种情节的因素的。印度的古人在思想上有高于中土文人的地方。从生命出发去探讨人生的意义，有切身的感觉。不是虚无缥缈的思绪。佛讲生命的大苦，要超度这些。在苦闷的人里，谁不想超脱这些呢？张中行到了青年时期，有各种苦楚的东西袭来，惶惑不知所以。后来才知道是欲望不得转化的缘故，不知如何是好。看到生老病死，美丽的凋落，生命的逝去，自己也落泪的。乡间人没有办法，只好求救在佛的面前，中土百姓突然找到了倾诉的出口，内心是有解脱的感受的。不过佛是讲逆着人生来解决问题的，要消灭人的欲望，这给他带来了惶惑。看到了佛说的苦的根源，自然有大的欣喜。但人的生命源于欲，竟然以消灭欲望的办法来解决问题，也是有自身的问题吧。他晚年写《顺生论》，要解决的就是这个难题。在涉及佛家学说时他讲到了这样一个观点：

> 从人生哲学的角度看，有三点很值得注意。一、以佛家轻视私爱之情，可是不舍大悲，修菩萨行，要普度众生，这即使应该算作空想吧，如果所想多多少少可以影响所行，我们就不得不承认，想总比不想为好。二、逆常人之道以灭苦的办法，如果真能够信守奉行，精进不息，禅悟而心安理得，这种可能是有的；修持而确实有所得，这条路一定不如常人么？似乎也不容易这样说。三、定名的网罗，疏而不漏，跳出去，大难，不幸有疑而问其所以然，又常常感到迷蒙而冷酷。对这样冷酷的现实，道家的办法近于玩世不恭，只是不闻不问地混下去。佛家则不然，他们认真，想人定胜天，沙上筑塔，其精神是抗。胜利自然很难，不过，正如叔本华所推崇的，逆自然盲目之命而行之，可以当作人对自然的一种挑战，用佛家的话说是"大雄"，结果是螳臂当车也好，这种坚忍的愿力，就是我们常人，想到人生、自然这类大问题的时候，也不能淡漠置之吧？

上述的思想能看出他的关于信念与否的核心。从早期过于痴迷佛学到后来告别佛学，在他是经历了大的转折的。倒是中国古人的思想给了他一些启示。那就是知其无可奈何而安之若命，顺着人生而行，而不是逆人生而动。信念这东西，是要和人的基本逻辑起点相关的。由于他不久意识到了宗教的虚妄，思路就发生了巨变，不再为任何幻象所房，坦然地面对着世间的一切。后来能不为世俗层面的成功与否所扰，独行于世，也是和他的这一人生的信念的建立有关的。

我们的前人在面对死灭和困顿的时候，造出了种种的逃路，各类的学说也盛行于世。张中行的选择是各取点点，不从一而终。人是多么奇怪的存在，我们不知为何来到世间，被抛到一个陌生的世界。大家一开始就被一种精神的网前定了。于是按照着前定的网滑动着。张中行看到了这一问题，自己是不安于此的。于是诘问、反驳、内省。我觉得他的文字在今天所以还不同凡响，就是内中不重蹈覆辙，哲理的东西很多吧？在没有信念的地方建立起自己的信念，是他高于常人的地方。"五四"前后我们还能看见类似的人物，而在今天，他却横空出世，让我们刮目起来的。

不信佛的他，却偏偏在文字里喜好引用佛学的意象。那些概念和意绪，在他那里获得了精神飞动的内涵。我们读它，既没有宗教的痕迹，也没有俗谛的特色。加之西洋现代哲学的片影，文字是从古老的远方流来，也带着西哲的智慧。从试图信仰佛学到怀疑它，又从己身的体会里建立自己的人生哲学，他的文字经历了苍凉的时光的过滤，又沐浴着神异的思想的光。死去的与活着的，远逝的与新生的，都生长在那文字的躯体里。我每读他的作品，都感到了深的意味。今天的文人，有几个能写出类似的文章呢？

8

废名算是张中行的老师辈的人，文章漂亮得很。他们有两个地方是相近的：一是都是周作人的学生，苦雨斋的味道浓浓；二是都喜欢谈禅。周作人弟子里，对老师精神要义把握得最好的是他们两个。但讲禅的味道，两人都比老师高明。不过他们有一点差别，虽都讲禅，可是一个只在学理的层面，一个却在文章的灵魂里。废名的高于别人的地方，是文字里都是五祖、六祖的东西，神乎其技，为"五四"以来禅风最深的人。后来的文章家对他大多是喜欢的。张中行呢，似乎对禅的兴趣在禅外，没有进入内部，但解其奥义，是对彻悟的彻悟，在一定的意义上，也迥别流俗，所以只能"禅外说禅"了。

我在读现代人的文章时，常常想起这两个人来。他们对文章的贡献，一般人是不及的。张中行上学时没有听过废名的课，失之交臂。但看过他的许多文章，心里是喜欢的。废名的特别点是，自己进入到佛的境界里，远离了尘世。欲的东西被智的东西占据了。而张氏的写作还能读出欲的不可解脱的痛楚，离佛的门口是有距离的。于是便出现了两个不同的路向。一个清寂得如同山林精舍，一个似旷野的风。苦雨斋之后，有这两个路向的存在，汉语表达的多样性被实践了。《负暄琐话·废名》写道：

> 四十年代后期，北京大学回到沙滩老窝，废名和熊十力先生都住在红楼后面的平房里，我因为经常到熊十力先生那里去，渐渐同废名熟了。他身材高大，确如苦雨斋所形容，"貌奇古，其额如螳螂，声音苍哑""眉棱骨奇高，是最特别处"——这是外貌，其实最特别处还是心理状态。他最认真，最自信。因为认真，所以想彻悟，就是任何事物都想明其究竟。又因为自信，所以总认为自己已明其究竟，凡是与自己所思不合者必是错误。

可是我们读废名的文章却没有这样的感觉，不知是为什么。我去过废名的老家，在湖北黄梅县，四祖、五祖的寺庙至今还保留着。连同他教书的地方，原貌依在。看过后的感觉是，废名的文字不是装出来的，乃精神深处自由的流淌。用他的话说，是不要有"庄严"相。比如他的那篇《五祖寺》，就很精妙，随意而无所用心处，却处处是禅的味道。废名不信外道，而是守住内心，以孩儿的态度讲大人的话，又没有故作高明的地方。禅的妙处是反常态的心语，他就是个天然地反常态的人。世故的思维几乎都消失了。那些文章几乎都没有情欲流露，似乎是孩子的快乐，老人的智慧。五祖和六祖当年在此默对的时候，是不是也这样呢？如果真的如此，那么废名是得到天机的人，他在思维里流着禅的智慧，一般人不知这些，苦雨斋里的许多人也没有类似的体验的。

废名的家乡禅风屡屡。苦竹镇、古角山，都是好名字。乡俗亦好，民间的节奏里没有污染的尘粒。我疑心周作人的《苦竹杂记》的名字就受了废名的暗示。张中行的老家是北方的乡镇，自然没有湖北的清秀和幽玄。所以你看他的文字就浑厚、荒凉，缺乏水的温润。不过两人一致的地方是，都会在文字里延宕。一个在哲思上转，一个在感性的流水里淌，都打破常规。且看废名的《五祖寺》的结尾，何等高妙：

那么儿时的五祖寺其实乃与五祖寺毫不相干，然而我喜欢写五祖寺这个题目。到现在我也总是记得五祖寺的归途，其实并没有记住什么，仿佛记得天气，记得路上有许多桥，记得沙子的路。一个小孩子，坐在车上，我记得他与大人们没有说话，他那么沉默着，喜欢过着桥，这个木桥后来乃像一个影子的桥，它那么的没有缺点，永远的在一个路上。稍大读《西厢记》，喜欢"四周山色中，一鞭残照里"两句，也便是唤起了五祖寺归途的记忆，不过小孩子的"残照"乃是朝阳的憧憬罢了。

张中行也谈五祖和六祖的，是远远的谈，淡淡的谈。他从佛教的理念讲到禅的内蕴，体悟到了理性不能解决的神秘的存在。而且也学会了对问题的多样性打量。从一看到二，二又分四或六，婉转起伏，绝没有线性因果的呆板。废名的文章是感性的九曲十折，张中行的作品乃理性的缠绕和盘诘。禅的存在被他借用成思想的容器。空与有，信与疑，生与灭，在他那里不是一个信仰上的问题，而是学问上的问题。看山不是山，看水不是水，"寂智指体，无念为宗"在他看来不是唯一的，世间还有另外的路可走。不过禅的意向对他也有很大的感召力，那就是不处于物扰的自由状态，以逆为顺。在无路的地方摆脱无路之苦。在更大的层面上说，张中行得到了非禅之禅，非乐之乐。有他的文章在，细读是能感受到的。与废名比，两人实在是殊途同归的。

9

现代中国的狂人，大多是把己身的信仰夸大到极限的。只要认准了道路，就有排他的现象，真理在握，别人的存在是无所谓的。人有欲，欲也可升为精神现象，在思想上就表现为一种信仰的出现。思想者往往始于怀疑，而终于信仰的。可是在张中行这样的人那里，欲望下的信仰，大多是可疑的，怀疑乃思想之母，而能否归于信仰，那是另一回事。从他自己的经历看，许多归于了信仰的人，未必找到己身的快乐，时间老人对人类的嘲弄，有时就是这样无情。

由于罗素的影响，张中行成了怀疑主义者。促使这种怀疑意识演进的，还有康德的哲学。他年轻时也苦读过康德的书籍，后来集中的印象是，康德意识到了主体的有限性，人不能穷极无限的世界，用先验的主观的形式不可能把握无限变化的世界，于是进入悖论。这对他是终生的影响。《负暄续话·难得糊涂》云：

> 记得北欧哲学家斯宾诺莎有这么个想法，人的最高享受是知天（他多用上帝，这里以意会）。他写了一些很值得钦仰的书，推想他会自信，他知了，所以已经获得最高的享受。许多人，国产的，如汉人的阴阳五行，宋人的太极图，等等，进口的，如旧约的上帝创造一切，柏拉图的概念世界，等等，都是斯宾诺莎一路，幻想自己已经独得天地之奥秘。对比之下，

康德就退让一些，他知道以我们的理性为武器，还有攻不下的堡垒。根据越无知越武断，越有知越谦虚的什么规律，现代人有了看远的种种镜子，以及各种学和各种论，几乎是欲不谦虚欲不能了。

知识是有限还是无限的呢？这在他看来是个相对性的问题，而在更高的层面上，我们不会知道这些，人是多么渺小的存在！在这个层面上，就可以理解，他为什么对大学教授和乡里之人，有同样的态度，并不分高低贵贱。因为在他眼里，从广大的宇宙的角度看，大家都在可怜的世间。人在生命的路上，都有困苦的相伴。谁也不能占据了所有的真理。

既然理性是有限的，那么就不去求知了吗？也不是的。张中行认为，在人生的路上，要克服困难，走出愚昧，就不能不仰仗知识，从理性的光泽下找到合理的路。怀疑主义者，其实是有自己坚定的信念的，那就是在肯定知识的有用的同时，不把知识无限地夸大化。伟大的科学家和作家，当越发知道知识的重要性时，也警惕对知识万能的膜拜心理。爱因斯坦面对无限变化的世界时，常常慨叹自己的有限，在茫茫的宇宙间，我们知道的也只是那么一点点，和广延无边的世界比，人的力量是不足为道的。张中行多次讲到爱因斯坦，但从不说他的学问怎样高深，而强调这位科学家自己如何地面对困惑。困惑对读书人而言，是必须正视的话题，智慧越高，困惑可能越高，在思想的路上，人都没有终点的。

知识也来源于人欲的表达。但欲望有时附加在知识与学说上，也会产生反知识的变态性。这是个大问题，不好解决。知识一旦和情欲的问题纠缠到一起，就会出现某种麻烦，一些常规也会被打乱的。比如婚外恋，在道德的知识谱系上看是不好的。可是一旦来到，在欲望的层面上抗不了，那就顺其而行，知识道德就成了空头的存在，只能从另一种层面来理解了。张中行喜欢引用古人的话，说嗜欲深者而天机浅。这是个悖论的话。其实勾勒出欲望与知识间的对应关系。不是所有的人，都能解决好这样的关系。在论述类似的问题时，他也流露出无奈的慨叹的。

看一个思想家的深度，是不能不注意他日常生活的选择眼光的。张中行的深就表现在日常行为判断里。记得有一年我有了调动工作的冲动，征求他的意见。他平静地说，其实天下的事差不多，要以不变应万变，以静制动。后来我没有听他的话，终于换岗了。在遇到种种磨难后，想起他的话，是对的。欲望是无边的，而困顿是永久的。不论怎样选择，都可能成为对象的奴隶。鲁迅这样看，张中行也这样看，我们俗人就不是一下子认清于此的。

认不清环境，许多的时候是缘于对选择的事物和行为的信，即相信某种选择可以抵达彼岸。现代以来的文化思潮，信的力量总是大于疑的力量。在青年那里一直是个难解的话题。信仰有社会性的，有己身的、个人的。后者永远伴随着个体的选择。前者有时受时代风气的影响，是个文化环境的问题。20世纪初叶，中国知识界被各种信仰笼罩，围绕此还展开了持久的内战。只是到了20世纪70年代后，怀疑的意识在知识界出现，对理想主义频频出击，空想的东西受挫，罗素和康德的理论才广被注意，这个理念总算被一些人接受了。张中行在20世纪30年代就坚信于此，意识到欲望是存在着陷阱的。要避免掉进陷阱里，也只能靠科学的理性，一边怀疑着，一边进取着，靠知识的力量行事。掌握好这个辩证的关系，是大难之事。他在这个难里，没有陷下去，而是绕了出来，从苍茫的夜色里看到了精神的曙光。那一代人，有许多是未能得到这样的机会的。

我有时见到他不动声色地在街巷闲步，从容地在书房谈天说地的样子，就被那种超然的神色打动。他是经历了尘世的风风雨雨后，真切地意识到某些欲望的可笑的。可以行通的，便放它前行，不可的就限定起来，不让其在身边泛滥。虽然曾主张顺生，不逆行于世，可是在一些真的问题上，他是有自己的戒律的。我们了解他的思想，不能都看那些随顺自然的近于消极的意识，还要浏览到克己的超我的精神的闪光。我自己就是被他身上的这一闪光打动的。

10

算起来，张中行在北京生活了70余年。对北京的感受是特别的。北京在20世纪50年代后大变，城里的基本格局被破坏了。加之文化的置换，与当年他记忆里的世界不同了。近代以来对北京的叙述一直罩在两个语境里：一是士大夫的，一是市井的。后来新学出现，文人的笔法由士的层面渐渐演化成京派的流彩。自周作人、废名步入文坛，京派叙述方式涌动，北京的被看与被描写，就有了新的姿态。老舍与周作人的写作方式是不同的，一个是市井的，一个是书斋里的，彼此没有什么交叉。看来是水火不同。这样的格局一直保持到20世纪80年代末，几乎没有谁能超越这两种模式的。

但是当张中行出现在文坛的时候，上述的两种叙述模式竟合流了，成了一体的存在。胡同里的烟火味与书斋里的学究气，掺杂在一起。古老文明的地气与黎民的声色，加之思想者的韵致都交织着，并无对峙的痕迹。他的特性是，不是以老舍那种北京人自居叙述北京，而是把自己看成城里的过客，又没有苦雨斋群落的那种经院气息。他的经历是由乡村而古城，由学院到乡土，又由乡土至市井，常常是以布衣看客的角度浏览都市，于是就出现了上述所说的京味与京派的交织，在底层生活里发现精神的高地，从古老的遗存中审视己身。北京在他的笔下，比学院派和京味作家的景象要更为驳杂有趣的。

大概是1994年，北京日报社的副刊举办"京都神韵"的征文。我和友人向他约稿，文章很快就寄来了。题目为《北京的痴梦》，读者看了很喜欢，文字的背后是多维的生命的闪动。他写道：

> 我自一九三一年暑后到北京住，减去离开的三四年，时间也转完了干支纪年的一周。有什么可以称为爱或恶的感触吗？再思三思，就觉得可留恋的事物不少。此情是昔年早已有之。二十年代后半期，我在通县念师范，曾来北京，走的是林黛玉进京那条路，入朝阳门一直往西。更前行，穿过东四牌楼和猪市大街，进翠花胡同。出西口，往西北看，北京大学红楼的宏伟使我一惊。另一次的一惊是由银锭桥南往西走，远望，水无边，想不到城市里竟有这样近于山水画的地方。念师范，常规是毕业后到外县甚至乡镇去

当孩子王，所以其时看北京就如在天上，出入北大红楼，定居后海沿岸，是梦中也不敢想的。

北京的好处在哪里呢？他的感受是内在的。表面上和别人很像，实质却是另一个样子。他的文章说，北京能吸引自己，一是文化空气浓；二是历史旧迹多；三是富有人情味；四是衣食住的可心。文章的口吻是历史老人的苍凉，语气是从时光的洞穴里流淌出来的。帝京的景物，在士大夫眼里是一种样子，在平民眼里又是一种样子。张中行自然属于后者。他厌恶皇宫里的什物，对贵族的存在也无恋意。他的描述带有身体的体味，是心里的烙印的集合，剔去了一切外在观念的暗示。北京的好处是平民能够自己找乐，在繁复的街巷里觅一块静地。街市是吵嚷的，他不喜欢吵嚷。市民里也有暗区，那对他是一个空白，并无什么记忆。他是个在文章里惦记好事情的人，坏的记忆不太愿讲。所以北京的美丽的一面在他眼里一直多于丑陋的一面，虽然不快的记忆是那么的多。

好像是张承志说的，自己不喜欢过度地沉浸在京腔里，自己生在北京，却远离京味里的油滑，所以他竭力克制京腔的运用，警惕成为帝京里无持操的人。北京的诱惑之地太多，保持了人性本色的自然在平民世界里。这个看法和张中行是一致的。低姿态而语境阔达，平民化不失诗文意味，是北京有个性的文人特有的东西。看张中行的谈北京的文字，趣味介于士大夫与机敏哲人之间，旧的一面和新的一面都夹在其中。说旧的一面是有红袖添香的渴望，喜欢回味文人爱情的逸闻旧事，发古之幽情。阅微草堂的意绪，《浮生六记》里陈芸那样秀丽的姑娘，对他都可以深深感怀。在帝王与游民世界之外，是存在一个心性化的世界的。像张承志这样的独异者选择了离开北京从边塞寻求新梦的路。而张中行这样的老人却留在这里，从杂芜里静捞珍贵的遗存，在寂寞里的北京难道其间也不能寻找到美丽吗？

活得越久，遇到的不适也越多。于是只剩下了回忆。历史里有意思的文人是他探寻的领域，关于此，所写的文章是多的。另一方面，那些民俗的存在也吸引着他。在诸多古迹与陈物里，里面的故事折射的恩怨爱恨，对他都是一个视点，似乎是梦的射音。《府院留痕》写今昔之感，非逝者如斯的怜惜，还有梦灭的凄冷吧。《一溜河沿》《名迹掠影》是读史的漫步，可细品的往事怎能说尽呢？《香冢》《大酱缸》《鬼市》，流动的是北京特有的味，民风习习里，是尘世里的哀荣，你能于此觉出沉淀在历史深处的人情的晶石，俗调与名士流韵，记载着另一个历史，那是与紫禁城里的风向大为有别的。而这，在张中行眼里，乃人的可以温存的世界。在前人留下的余温里，也有我们不曾闪动的光泽，在这个光泽里，我们终于知道怎样的人生是值得打量的。一对比，就知道了当下的生活缺少了什么。

日本学者鹤见祐辅谈北京给他的印象是大而深。这是不错的。张中行不是不知道那深里的惊险。但他却不去写深的世界，渴望的是浅的生活。顺随自然，又得天地朴素之气，才是真的人生。所以对北京，他的梦还是平民色调，不过境界却是别样的。你看《北京的痴梦》的结尾，就一目了然了：

桑榆之年最想望而不能得的，是一个称心如意的息影之地。可取的地方不止一处，老北京就是其中之一，比如偏僻地方的小胡同内，一个由墙外可以望见枣树的小院就好。说起来，这愿望也是藏于心久矣，有诗为证：

露蝉声渐细，容易又秋风。

曲巷深深院，墙头枣实红。

这样的小院，近些年都是住在楼里梦想的。能实现吗？显然，除非是在梦里。

梦，非人力所能左右，于是我转而投身于白日梦。又于是我就真有了一个小院，离城根不远，因而可以听到城外丛林的鸟叫。院内房不是四合，为的实地多，可以容纳两三棵枣树。不能种丁香或海棠吗？老北京，小门小户，要是枣树，秋深树上变红，才对。当然，不能少个女主人，《浮生六记》陈芸那样的，秀丽、多情，而且更多有慧。这之后，我的拙句"丁香小院共黄昏"改为"枣棵小院共黄昏"，幻想就可以成为现实。说到此有人不免要窃笑，说书呆子的"呆"竟发展为疯，可怜可叹。但我亦有说焉，是有言在先，乃白日梦，自己也知道必不能实现，不能实现而仍想说，也只是因为，对于昔年的北京生活，实在舍不得而已。

一个是不断演进的古城，一个是70余年不变的故都寒士。在这个不可预知的世界里，他的存在几乎被人们漠视了。有时读着他的文章，见到还有这样一个远离世俗的思考者，便惊奇地想：社会的进化，固然需要剧烈的冲突和变革，但如果没有那些精神的静观者的存在，忽略了物我之际的追思，为灵魂的有无的纠葛，我们的生活竟变得粗糙是一定的了。历史像是开了个玩笑，当年激越的精神群落，后来的存在不幸进入了历史看者的预言里。多余的人在我们这个世界上其实是最不多余的。那个曾经被荒漠化了的存在，因为有了未被搅乱的精神湿地的存在，我们终于可以呼吸到爽快的自由。

日本散记

1.偶人种种

去清水寺是个夜晚，全城静下来了。通往寺庙的路，排满了店铺，铺前是纸糊的灯笼，没有一点现代的感觉。京都毕竟是座古城，像中国画里的唐宋旧影，走在街上，仿佛自己也成了古人，那一刻的感受，仅在西安的时候才曾有过。

日本的风景名胜，大多可体现出本民族的原本的东西。店铺里卖的，有扇子、陶瓷、风铃、丝织品等，均很精细，那质地的柔美，我在国内是未曾看到过的。我对工艺品向来不感兴趣，觉得伪饰者多，不及很有个性的艺术家的创作。那些工艺，大多固定在一个模式里，看几眼就乏味了。日本的工艺品虽也带有匠气，好像个个有着神气，连情感的差异也都可看出来。清水寺旁的店铺，总能看到一些偶人，引人久久驻足。它的奇特的美，用一两句话是说不清的。

偶人，是些既柔美又刚健的艺术品，让人联想起日本文化的两种因素：冲荡与沉静。这两种情感在日本的许多地方，都可看到。夏衍《懒寻旧梦》中谈到日本性格中对立的因素，就言及其精致、柔顺与狂暴两种存在。至于大江健三郎所说的"爱暖的日本人"，我想，也不是毫无道理的。观看形形色色的偶人，也可想见日本的历史。那里的历史传说、寓言故事，都挺有趣。在很小的形象里，融下一道历史的影子，对我这样一个外国人，其新鲜之感，自不待言了。

日本的偶人，大概是民间艺术中，很有代表的艺术品种，在外交往来中，它是很重要的礼品。其中"市松偶人"，名气很大，样子很天然，儿童纯真的感情，均于此有所表露。据说战后的日本首相出访美国，就以此为礼品，它的名气之大，可想而知了。偶人的品种有多少个，不太清楚。记得有"筒形偶人"，是圆头圆脑的小木偶人，北京的画店里，偶见到它。"御所偶人"，据说是京都一带才流行的，偶人身上贴着不同颜色的布，工艺细得很。还有"古装皇女偶人""博多偶人""京偶人""五月偶人""能偶人""文乐偶人""歌舞伎偶人"等。这些作品大多取材民间故事，像"五月偶人"，乃"桃太郎"的故事，在日本可谓家喻户晓。"古装皇女偶人"隐含着一个个历史典故，看着它，倘和史书的文字相印证，当可想见那流失的时光下的人生。正所谓"此情可待成追忆"。想一想昨日，人们的心，都会平静下来的。

多年前，我的妹妹从大连来，为我的女儿送来一只偶人，我那时很新奇，觉得这样有趣的艺术品，中国是出不来的。其实它的雕刻、装饰亦无奇处，只是神态与中国人迥异。我们的泥塑、木雕有些儒气，样子很憨厚，人性的东西多一些，但日本偶人呢，在平凡里，又有神性的东西在。你觉得那表情后，有异样的色彩，它们虽显得孤独，可背后像有什么在支撑着，精神中散出一种力来。即便在很和蔼可亲的人物形象里，依旧可见出超越世俗的品格，我以为它们很受人喜爱，原因就在这里。

清水寺旁的偶人，给我的惊喜确出于意外，以至于走在街上的速度都降了下来。忽记得黄遵宪、周作人等来日本时的感叹，他们的诗文对岛国情调均有点爱意。周氏说自己于日本看到了古中国的一点形影，但我疑心古中国的情调与日本还是很有差异的。京都的建筑古色古香，有些仿唐的寺庙，确有神采。但那也是形象而神不像。在金阁寺、银阁寺，乃至清水寺，我的感觉和国内很有点不同。原因呢，我也说不清楚。

回国后不久，河野明子小姐忽来一信，云北京近期有个"日本偶人展"，望能参观。我心里一亮，觉得可以好好梳理"偶人"的历史了。那天我带了家人去观展，为那么多偶人所感动。在展厅徘徊的那一天，又想起了清水寺的那个夜晚。我觉得看日本的偶人，还是东瀛的小店铺里有趣，在现代化的展厅想象历史，不及在古老的遗址旁另有滋味。孙犁好像说过：在大书店里逛书，不如小书店里温暖，于高高的大厦里看书，竟没有野味读书快乐。看民间的美术品，好像也是这样吧！

2.华文报刊

留日的学子，有一个办报刊的传统。从1897年到现在，算起来有百年了。早期的华文报刊，梁启超、刘师培等起了很大作用。《清议报》《河南》《浙江潮》等，都是近代史的思想重阵。鲁迅最早的文章，就发表在《河南》《浙江潮》上，现在还时常被人提及。到了2000年，我去东京访问时，仍能看到多种华文报刊，但风格与先前大大不同了。和几位办报的朋友谈天，讲起晚清的学子在此办报的历史，格外兴奋，话题竟多了起来。读一读华文报刊史，有深深的沧桑感。中国百年的忧患，和这些报刊的命运是相互交织的。

到东京的第二天，便遇到了《留学生新闻》的老板麻生润，新上任的主编董炳月那天也来了。董炳月已是老友，毕业于北大中文系，后在东京大学得了文学博士。他是研究周作人的，在国内的时候就多次交谈过，彼此已熟了。此次在东京见面，知道他要接受《留学生新闻》，觉得是件有趣的事。我知道他是谙熟晚清史的人，那天夜里的小聚，让我想起当年许寿裳编《浙江潮》时的热情。在居酒屋里的对酌，恍然回到90余年前，那一刻好似亲临了一次历史。我们的兴奋可想而知。

在日本留学的中国人，近三十万，是个不小的数字，每年申请加入日籍的，数目可观。这么多的华人，要真正融入日本社会，并不容易。记得在《新华侨报》上，看过旅日作家们的对话，内容是谈华人文化的尴尬。旅日华人，一方面远离大陆，另一方面呢，又和日本存在距离，于是便渴望有一个华文的圈子，将氛围搞得浓些。但看看上面的文章，觉得锐气远逊于梁启超那代人，文章的气脉，和周氏兄弟等人比，已大为不同。时光仅过百年，而心态与文思却判然有别，不知是进化之力使然，还是因为别的什么。粗略的印象是，晚清留日时代的文化气象，已远远过去了。海外汉文化圈的核心已移出了日本。

　　但我在报刊上，偶参读到一些佳作，像李长声的诗文，就做得不错。李氏文笔有知堂气，辞章老到，语态温雅，学识见解四射，妙文多多。作者年近五十，满头华发，已很像日本人了。在海外多年，文气依然有故国之味，我以为十分难得。靳飞也是个多产的作家，在报刊上看到他的文章，觉得思路比过去开阔了许多，学术意识大增。比如他在报上写中日关系，谈晚清以来东亚之变，观点大胆得很，虽受到别人批评，但依然不改己见。最有意思的是，我还看到了去东大讲学的张颐武的随笔，有一篇叫《拒绝遗忘》的，写鲁迅与东亚的关系，已不同于北京时的视点，看问题已有了厚重感。张颐武到日本，审美观念略有变化，东亚精神圈子，毕竟与欧美不同。那篇《拒绝遗忘》所以让我印象很深，想一想，还是多了一种国际化的目光吧。阅读《新华侨报》《留学生新闻》等报刊，收益最大者，乃是思想多元，功利性因素略少，不像国内报刊泛道德气。但毕竟远隔故土，文脉上就显得平直，深厚之作殊少。华侨文化的尴尬，说起来是在这里的。

　　在日本的每一天，都忙忙碌碌，晚上静下来，躺在床上，翻看自己唯一能看懂的报纸，完全放松下来，我的办报生涯已快十年了，对报纸有着很大的挑剔，但那些日子，却对日本的华文报刊，多了一种另样的情感。在国内的时候，看报只是浏览，望一眼标题就过去了。但在远离祖国的地方，看到用汉字书写的文章，却生出亲情般的感觉，连一些小的文章，都不放过。是好奇心使然，还是别的什么原因，我也回答不了。那时便理解了游子之意，也懂得了那么多的学子，何以要办一张母语的报纸。那其间固然有经济的因素，但我以为故国之恋，乡情互往，是主要的吧。

回国以后，常常还能收到《留学生新闻》之类的华文报刊，每期还是浏览的。看到上面留学者甘苦的文字，便想起在东大、庆应大学见到过的中国人。他们生活得不易，远不像国人想象得那么悠然。庆应大学的讲师吴敏，曾写过一诗，诉说过游子之意，可做参考：

> 沧海孤舟厌客程，
> 婵娟与共醉乡魂。
> 欲回故里求归宿，
> 岂料多情已不存。

这诗是在一份京剧票房的特刊里发现的，不知道在报上发表了没有。旅日的中国人，进也忧，退也忧，那些华文报章，流露的，常常是这一情感。我觉得海外华人的这一情感，是难以割舍掉的，谁叫大家都是中国人呢。

3.谁读懂了日本

因为不懂日语，我在东京完全像个聋子，靠的是"和文汉读"法去辨识器物。好在有朋友的引路，一切还算顺利。不过要解读日本，只能靠中国人写下的书籍。赴东瀛前，华人写下的书，看了许多部。全凭着这些书，我对岛国的风土人情，才有了大致的印象。实在地说，要是没有这些著作，对日本应从何处入手了解，还是个问题。

不料在东京的时候，一些留学生对大陆介绍日本的书籍，多有不满。那天在涩谷的一家酒店里，和几位久居日本的朋友闲聊，发现他们眼里的日本，与国内宣传的，距离很大。像《我所认识的息子兵》《我的留日生活》等，被众人大大地数落一番，认为不仅与生活渐远，品位亦低，是以大陆人的口味描写日本，真实的形态，反被遗漏了。

我近年来读了许多留日学生写下的书籍，知道了先前不了解的东西。像于君的《列岛默片》、李兆忠的《暧昧的日本人》、王翔浅的《东京告白》等，觉得均有特点，但反差很大。学人中李长声、董炳月的态度，和李兆忠不同，作家中的莫邦富，与靳飞亦有区别。日本在中国人眼里，色泽是迥异的。李长声读出了岛国风情之美，李兆忠呢，却有许多愤怒的声音。靳飞在异国里升出缕缕乡愁，莫邦富却怀着矛盾的心境，其中故国之恋与寻找新梦的跋涉，看了让人为之心动。我在《新华侨报》和《留学生新闻》里，有时就能读出不和谐的东西。什么原因呢？问了几位友人，均含混不清，我的疑惑也又增大起来。

中国人之写外国，情感往往很复杂。介绍学术的篇什，认真者有之，卖弄者亦有之；至于域外的生活，苦诉的与自恋的掺杂在一起，味道不太一样。先前的时候，国人出于新奇，一些书十分好卖，但现在，除了留学指南之因外，国人大多不屑一顾，好像已疲倦了。以日本的话题为例，人们谈论它时，大多引用的还是鲁迅、周作人、胡适诸人的语录，当代人的日本观，似乎未有能及"五四"学人的。在东亚迅速变化的今天，文人的视野还依然如故，不知道是日本出了问题，还是我们出了问题。想一想此类现象，倒是让人感叹不已。

偶然在一家书店里，看到一本描写在日本恋爱的书籍，大致翻了翻，粗俗得很，和20世纪30年代上海流行的秘闻写意一样，只是吊吊读者的胃口，别的东西，一无所有。记得还读过一些描述日本茶道、神道的书，大多绷着脸孔，没有性情。我觉得时下许多书，在学理上欠缺些什么。描述日本的文章，其一没有母语的力量，其二是对日本的历史，亦无切身的体验，所以我们读东瀛的精神，就不得不到鲁迅、周作人那里去找。李兆忠君告我，"五四"前后的留学生，和今天的留学生已很是不同，前人的思想确实厉害。在东京见到李长声，也谈及了这一点，他的文章很美，在我看来是旅日作家的佼佼者。李氏也长叹周氏兄弟的博大，要谈日本，知堂回忆录式的文字，我们今天的学子是写不出来的。这种看法，许多留学生也会有吧？

日本的难解是世人公认的，各国之中，如大和民族这般执着、勤奋，且讲究生活之美者不多。又因为发动过侵略战争，周边国家对其便持有戒心。韩国人与中国人对日本隔膜很大，但留学那里的人却惬意久待在岛国里。据说居留日本的中国学子有三十万之多，何以如此，留日生并不回答，也没有谁解释这个问题。留学生每每谈此，常将话题一转。我知道那原因，怕有"汉奸"之嫌，或不便说，或不能说，总之，日本之于我们，心里想的，和嘴里说的，好像不是一个存在。留美的学生与留法的学生，不这么温暾，不知道中国的日本学专家，有何解释？我从成田机场乘机回国那一刻，想想这些，有些糊涂了。

认识一个民族，视角总该有些不同，凝固于一点，但有问题。反华的人，其谬多出于此，盲目排外者，也是这样吧。

一百年前，中国人以日本为基地，开始了排满兴汉的运动。这个基地输送了大量人才，遂有了东京留学生的新式文化。百年后的今天，中国的青年大多做着欧美之梦，东京的华文写作，便清冷下来。但我偶在一两个作家那里，听到一点真的声音，那颤动的音符里，传达了一种期冀。可惜这期冀还留在岛国里，和大陆的同胞，有着些许隔膜。对日本的认识，还有很长的路要走。

这漫长的路，总是要有人去走的。

4.旧　迹

在东京的时候，有缘去了立教大学。这个周作人留学的地方，中国人不太知道。立教是所教会学校，波多野真矢正执教于佳校。承蒙她的关照，我们几位去了教室和旧校遗址，看到了有趣的东西。波多野真矢正在研究周作人，她对周氏留学的历史亦颇有兴趣。那时她正在寻找周氏的档案，我的兴趣也因之加大，并希望能把周作人的资料整理出来，介绍给中国学界。回国不久，便得到了波多野真矢的文章，周作人早期生活的重要线索，在她的文学里出现了。这篇《周作人与立教大学》，解开了周氏的留学之谜，国内学界的兴奋，是不言而喻的。

波多野真矢介绍了立教大学创办的始末，也谈及了周作人在法政大学预科的情况。最有趣的是，看到了周氏的成绩单，连入学的表格也找到了。作者在文章中，纠正了多处周氏《知堂回想录》的错误，有些考据，亦颇有力，日本学人的细腻、严明，在文章中均可看到。我以为研究文化，这样的史料钩沉，其功德不亚于鸿篇大论，可是长期以来，做这类工作者，却不多见。

周作人因"二战"中的失足，国人对其多是不屑一顾，多年来史料搜索不全，其研究远不及其兄鲁迅。我对周氏有许多矛盾的情感，但暗中喜爱他的文学是确实的。在日本和留学生交谈，不知怎么，都要言及他。留学生对其学识，亦倍加赞叹，以为就研究日本而言，周氏仍是一流的人物，而其文学之美，与鲁迅不相上下。但是不知怎么，留日的学生，很少深入研究周作人，是价值判断与审美判断错位呢，还是内心有障碍，那就不知道了。

立教大学给我留下了美好的印象。我在那里看到了创始人威廉姆斯（Channing Moore Williams）的铜像和纪念碑。波多野真矢在《周作人与立教大学》中云：

> 一八五八年（安政五年）德川幕府批准签订"安政五国条约"，从而结束了日本长达二百多年的锁国政治。根据条约，欧美国家可以在日本设置"居留地"，外国人在"居留地"内享受有永久租地权和自治权。这就和中国所说的"租界"是一样的了。

在东京的筑地，即现在的明石町一带，即被划为租界，修建起外国公使馆、教堂、医院、学校，成为西洋式建筑林立的外国人街，仿佛老北京的东交民巷似的。

欧美人士随之大量涌入日本。受美国圣公会派遣的传教士威廉姆斯本来是在清朝上海传教，据说他只用了两个月时间便学会汉语。威廉姆斯这时又赶在日本开国之初抵达长崎，后又到大阪。1873年他来到东京，次年就在筑地的租界创设了"立教学校"，最初只有五名学生。以后他又陆续办起"三一神学校""立教中学校""立教女学校""志成学校"等多所学校和几座教堂，因此在租界有很高声望。

教会学校对东亚的开化，起了很大作用。周作人对此亦不讳言。记不得他在哪篇文章说的了，意思是，中国的白话文，与《圣经》翻译有关。初读此文时，我还是大学一年级的学生，很是惊讶。但后来想想，也是对的。周作人的希腊文，不就是在教会大学学到的吗？中国人懂得希腊神话，周氏功莫大焉。而这，也有威廉姆斯的劳绩的。

西方的传教士，在中国的评价一直不高，日本如何看待他们，没有去问。但看到教会学校在岛国仍有一席之地，遂感叹东洋人的宽厚。日本一些知识分子认为，大和民族有小气的一面，可他们偏偏保留了西洋的文化之塔。是"脱亚入欧"之心使然的，还是别的什么原因，我一直不得其解。但就此点，如能写出书来，探讨一下，也有趣味的。

研究中国的近现代史，不得不看看中日的交往。中国人通过日本，了解了西方，这了解的过程，正是中国现代化的过程。可惜，由于军国主义的侵略战争，这种交往长期中断下来，此后，中国留学生的双脚，便更多地踏上欧美的土地，日本当代的中国人而言，已很是陌生的了。

5.被遗忘的一页

从佐渡岛回到新潟的途中，我和刈间文俊坐在甲板上，突谈起日本的左翼艺术。海面的风很大，轮船在慢慢地行驶着，可我们没有丝毫的冷意，倒是被话题把心里烘得很热。那一次谈及了我对日本左翼文学的兴趣，觉得是个值得研究的题目，可惜，这沉重的一页，在今天快被遗忘了。

我知道日本的左翼文学，是因了小林多喜二的名字。他的译本在中国有多部，名气很大。另外还有20世纪20年代末中国文坛的论战，从日本留学归国者的文字，曾怎样搅动了文坛。日本的左翼文学运动，对中国影响深远。郭沫若、郁达夫、田汉、胡风等人，都是通过日本而学到了无产阶级文艺理论。加之小林多喜二的成功，《播种人》杂志的辐射力，日本式的共产主义思潮，对20世纪30年代中国文坛，是一种外来的力量，连鲁迅也因此而卷入到文化的争论里，看似中国文人之争，实则隐含着国际化的思潮。这个思潮，到了20世纪80年代末进入低谷，在时间上，不能算短。

刈间文俊告诉我，战后的日本，左翼思潮一直在知识界颇有市场，至少在电影界，就上映过许多反战、反天皇的片子，在民间很受欢迎。但是直到现在，我们中国人，并不知道。我也是第一次从日本学者那里了解了这些，新奇之外，心里的感觉是复杂的。

左翼文学，在今天已成了陈旧的名字，有谁还去关注它呢？但是东亚人的文化里，曾流淌着，至今还潜在地规范着人们，但是大家并未察觉。我一直认为，日本的激进文人和中国作家，有许多相通的地方，而俄国知识分子那样的激情，我们是没有的。这原因一方面是我们都是东方人，知道封建的压迫是怎样的严重；另一方面呢，没有基督的神谕，精神很人间化。小林多喜二的《蟹工船》、德永直的《没有太阳的街》，就和高尔基的《母亲》不同，韵律是有差异的。藏原惟人和瞿秋白有一些接近，但他们的气质又别于普列汉诺夫和卢那察尔斯基。东方的知识分子，对传统的反抗，有很强的现实感，精神背后很少有玄学的力量。但他们对人间的关怀，有一种暖意，现在偶读这些人的书，是可以感受此点的。

读20世纪二三十年代的日本左翼文人的书，才知道中国激进作家，和他们在心理上，距离那么贴近。片上伸的《"否定"的文学》、青野季吉的《现代文学的十大缺陷》，很能代表日本文人的冲动感，这感受在阿英、冯乃超、成仿吾、李初梨等人身上，我们多少也可以看到。且看片上伸在《"否定"的文学》里自白：

> 否定是力。
>
> 委实，较之温的肯定，否定是远有着深而强的力。
>
> 否定之力的发现，是生命正在动弹的证据，否定真会生发那紧要的东西，否定真会养成那紧要的东西。
>
> 有否定而表现自己。有否定而心泉流动。有否定而自己看出活路。

片上伸的观点，是在介绍俄国文学时阐释出来的，很带批评家的色彩。日本文人的冲动，和本民族的传统，不知道是一种什么样的联系，这冲动从外表上看，乃俄国精神使然。他们最初接受了苏维埃精神的启迪，又把这启迪传入中国，在文化交流上，起到了桥梁作用。难怪日本青年在中华人民共和国成立时那么欢欣鼓舞，他们内心的情感，和中国大陆，确有一定的联系。

东亚诸国，为什么会产生左翼运动？对此的解释，已经很多了。说起来很有意思，左翼运动，一般都与文学有关。韩国的作家中，左派情结很重。日本著名的左翼人士，有许多以文学为业。人们之所以卷入马克思主义思潮中，与西学东渐和资本主义压迫有关。资本主义方式进入东方，首先导致了旧的文化的倾斜，人民一方面沦为资本家的奴隶，另一方面，又承受着传统惯性的压力。有学识的和有良知的知识者，用文字喊出了他们的心声，寻找精神的平等、自由，正是东亚知识分子的共有的东西，今天来看那一段历史，固然有众多稚气的因素，但那种在强权下反抗的气魄，无论如何，都是动人的。左翼文人在文化上对主奴关系的反抗，对资产阶级文化的对抗，有许多可研究的内容，我们今天读了，仍有感人的一面。我们看一看日本电影评论家岩崎昶《现代电影与有产阶级》的文字，能够嗅出早期左翼学者的锐气，他们在物欲泛滥之中，力保人格独立的精神，在今天的中国，已不多见了。东方的反压迫者艺术，在粗糙、稚气里，透着人间的本色。我们在那些用血写下的文章里，确可以看到迷人的色泽。和那些仅醉情于小我，与享乐的文人比，这些文字更执着，更让人发现心灵特有的存在。

刘间文俊和我长时间地谈论过左翼文艺的话题，好像内中有不尽的情思。刘间文俊说，他年轻时向往过共产主义，来过北京。后来中国的巨变，使他对左翼文化有了新的认识。但中国的百姓，对这样的文人，知之甚少。似乎日本人，都是右翼似的。左翼文化，可以改变一个民族的历史，我们中国的今天，不正是在这历史的延续中吗？

现在的青年人，尤其是中国青年，大抵已将红色风景忘却了。红色文化，后来造成了社会的悲剧，已成了灰色的谈资。每每想起它，我就百感交集，一时不知说些什么。我曾那么深深地憎恶暴力，但细想一下，暴力正是暴力的结果。东亚的无产者文艺，恰是黑暗年代的产物。我们对它的成败得失，认识得不够。重新打量它，或许于民于国，是有利的。冷漠了那段历史，其实就漠视了今天。新左派的一些观点，常常与20世纪二三十年代的左翼思潮吻合，在今天已形成了新的力量，在未来的生活里，谁敢说不能掀起新的浪潮呢？

6.长崎一日

亚洲人对欧美诸国的记忆都很复杂。中国有过义和团运动，日本曾镇压过天主教信徒，血的流淌还记在史学的著作里。前几年遇到几位东洋学者，言及本国的开化史，有着难言之隐，语气背后，感情很是矛盾。西方人进入亚洲，究竟如何评价，殊难定义，这里遇到了价值上的难题。开化的过程，亦是恶的力量冒头的过程，所以怎样看待历史，总有不同的观点。事实判断与道德判断，有时是不能合一的。

我到日本的长崎，看到诸多洋人的纪念馆，便想起了百年前的那段历史。日本的开化，是从这个城市开始的。不过最初的国民，对洋人的看法并不太好，有时还有一点冲突。可是西洋的文化，毕竟有它的魅力，大浦教堂陈列馆有一段陈列便说明了问题。传教士起初到长崎，是受到重重阻力的，后来政府派兵还镇压过教徒。但是受到了西洋宗教感化的民众，在天主教受到迫害的时候，还暗中坚持着，涌现了许多感人的故事。西洋的感化东方，首先是宗教，那里的精神给我们黄皮肤的人以惊异的感觉。其次大概才是船坚炮利，物质的东西。所以有人说，征服一个民族，首先是征服民众的心，的的确确的。

长崎是个美丽的城市。站在山坡向下望，海港上停满了商船。西方的货物，最早在这里登陆，它在东瀛近代史上，有着不小的意义。我住的地方不远处，有个公园，叫哥拉巴公园。这个公园是为纪念几个洋人而建的，处处是洋宅，建筑迥异于日本，一看就是西洋的风格。哥拉巴是个英国商人的名字，日本幕府末期来到长崎。友人介绍说，哥拉巴是为日本的近代化做出贡献的人物。他带来了采矿技术，修建了铁路，后来一直生活在日本，并娶了日本妻子。哥拉巴的故事，在长崎这里变得颇有人情，倒没有与掠夺、殖民入侵等词汇联在一起。日本人的历史记忆，就是这样地带有温情。

殖民入侵与文明东移，是个复杂的问题。哥拉巴是个赚钱高手，还是殉道者呢？日本人纪念他，不因掠夺而愤怒，倒是感激其带来了文明之火。此种气魄，中土的百姓是少见的。在北京，就没有利玛窦纪念馆，上海滩也找不到多少西洋商人的资料馆。中国的开化始于何时，进程怎样，有哪些人起到关键作用，都一片朦胧。我在哥拉巴公园闲逛的时候，就有一种隐痛，好像被刺伤了什么。正视历史，并不容易。这里的纪念馆，就公开陈列锁国时代歧视洋人的公文，以此反省当年的得失。而我们呢，不仅避讳，且又破坏，连一点有价值的文物也散失掉了。据说日本有一种强人崇拜心理，凡超过自己的，都虚心地学，拜其为师，甚者捧之为英雄。但中国的文人却往往说：我们过去，比他们阔多了，那语气，与阿Q是相差无几的。鲁迅当年，曾讽刺过我们的这些弱点。但这毛病，至今还未能改掉。

在长崎可看的地方很多，教堂、原子弹爆炸纪念馆、与荷兰贸易的纪念馆，以及豪斯登堡公园。近代以来，日本的光荣与耻辱，都写在这个城市里。长崎是个唤起人们记忆的地方，许多旧址，都让人流连。那天县知事领着我们众人，到了一个叫花月的餐馆用餐。那个地方很是隐蔽，古色古香，已有三百六十余年的历史了。据说孙中山当年也来过此地，我不免生出幽情。主人还说，明清两代，中国的船员就常往来于此，带来了丝绸、字画、古董等，日本人都热情地接受了。离花月不远的地方，还有几处中国式的古建筑。一座崇福禅寺，据说是中国人建的。另一座叫孔庙，典型的中土风格。这些古物，多少年来一直未遭破坏，倒仿佛让我们走进了自己的过去。不过，这里游艺室人很少，远没有哥拉巴公园、原子弹爆炸纪念馆等处人气旺盛。原子弹爆炸纪念馆，让人感受不一，看见那些血肉模糊的尸体，真不知让人说些什么。我只是匆匆一过，就溜出门外了。那一天在街上听到了一首歌，很是感伤，调子凄苦不已，问了一下同行的翻译，才知道是凭吊死者的歌。那是艺术家对这座城的爱与哀悼，听起来也变得忧郁了。歌词是：

故乡城市被烧毁，

亲人骨灰埋葬的焦土上。

现今看见雪白的花朵，

呜呼不得有原子弹，

决不容忍第三枚，

爆炸在地球上。

长崎在日本算不上大城市，规模与气象远不及东京、京都、大阪等地，但却是个使我感念的地方。离开它的时候，从飞机上俯瞰着这个绿色的世界，它的面目倒变得神秘起来，好像还有诸多未露的隐含，自己并未感受到。日本，就是这样一个让人说不清楚的国度，我们读它，是要花费诸多的气力的。

7.东京的雨

早晨起来，又下雨了。饭店周围一片寂静，一切都凝固了一般。拉开窗帘，望着雨中的东京，恍若又看到了东山魁夷的画，朦胧之中飘着几许神奇。秋雨中的城市是冷的，树木与楼房都睡着。东京的雨下得温和，就那么细细地掉着，没有斜风的吹动。奇怪的是，我来此三次，都赶上了雨日，好像和它有缘一样。对这座城的记忆，与连绵的雨雾裹在一起了。

三年前的秋天，我和友人去看能乐表演，这里散场的时候，恰逢小雨。昏暗的街灯下，我们几个人匆匆地走着，好像走在浮世绘的画面里。那一天看了关根祥六的表演，第一次领略了能乐的魅力。走在东京的小巷，回味着刚才的演出，才真正体味了日本的色调。它的建筑、庭院，乃至雨中的人，都是我们在国内时感受不到的，有着浓浓的诗意。今年年初第二次到东京，也遇上了雨，那一天我们去八千代出租公司参观，和公司老板在小巷里同行，很有风趣，也留下了很好的印象。穿过一条古巷，见到几位女子穿着和服打着伞慢行，步履轻轻，于是就想起了一些江户时代的艺术作品。日本的艺术和日常人的生活，十分接近。好像在哪一本书中看到过雨中的少女，画得简约传神，我起初以为不过是画家的想象，而实地走走，却是寻常之事。中国的江南小镇，有时候也能看到这类图景。戴望舒写《雨巷》，就点缀了人性的美，至今难忘。雨给了诗人与画家无数灵感，丰子恺写雨中的村女，汪曾祺写昆明的水色，都有绝妙之笔。这样的例子，一时是说不完的。

日本这个地方，四面环海，空气清新，加上多雨，显得格外美丽。东京还有一条大川，穿街而行，给城市带来丝丝生气。不过，据说中国大陆与蒙古国风沙，近来也吹到了岛国，雨中偶也多了尘土，令东瀛人大为不安。东京的污染，比之中国大陆，是少得多的，在我看来并不严重。可这里的人已大惊失色，以为是不好的征兆。我们久居大陆的人，已习惯了风沙与暴雨，干旱也好，水灾也好，变得并非奇闻，可精细、柔美的日本岛国，却受不了沙尘的惊吓。细细一想，还是在宁静不变的时空待久了的缘故吧？

现在又是深秋了，冷冷的雨预示着冬的前奏。早晨因为无法上街，便在饭店的书铺前转来转去。见书籍、画册印得都那么精美，遂想，日本的干净、精致与它的自然环境是否有关？喝茶是中国人开始的，但到了日本人那里，就有了茶道。我们那里平凡的事，在此却神秘化、神圣化了。禅宗，也是中国的专利，可日本人却用到了舞台艺术中，产生了能乐。这正如两国下雨的不同，中国的雨酣畅，日本的雨温和。中国的艺术粗犷、大气，日本的音乐和舞蹈细微、精美，二者的不同，一看即明。我有时想，郁达夫、周作人的文章之所以带有柔软的气息，大概受到了日文的影响。川端康成的小说、永井荷风的散文，都有些精微、秀气，那是民族性格使然。我们这些外国人要真正领会其间的奥秘是大不容易的。

那一天去博物馆参观，天将中午时，从博物馆走出，雨仍下着。汽车在上野公园旁穿过，远远地看到了森鸥外的故居。那故居很像一家居酒屋，房子不高，深色的门透着古风。我的心不禁动了一下，雨中的森鸥外故居，如诗如画，便想起了他的小说《沉默之塔》，鲁迅曾经译过。据鲁迅介绍说，森鸥外的作品缺少热度，那也是引人注意的原因？我向同行的日本人问起了夏目漱石的故居，说是已迁移到了一个地方，保护了起来。可是来不及去拜访了。汽车在雨中走了很久，许多漂亮的高楼闪闪而过。但不知怎么，总忘不了上野公园旁的森鸥外故居，以为是个让人感怀的所在，应当感谢这连绵的秋雨，它给了我一个个交错的幻觉。它的冷与那位作家作品的冷，让我想起了许多日本知识分子的一种心境。东洋人有狂热的时候，亦有冷酷清寂的时候，而后者的意味，倒像是呈现了日本的底色。我对这个国度了解甚少，谈其冷暖毫无资格，但它在雨中的形象却给了我诸多的联想，甚至有写诗的冲动，为什么呢？我也说不清。

8.凡人的交往

说来惭愧，阅读鲁迅著作多年，却一直未细细关注他和日本人的深切交往，许多掌故，还留在浅层的了解上。日前突得余暇，躺在床上，认真翻看鲁迅致日本友人的信，发现很有意思。据说中日学者，有多位已注意了这个话题。我知道的，就有《鲁迅与日本人》《鲁迅：在中日文化交流的坐标上》多部著作。学者们破译这些，感兴趣的大多是其中的学理，那意义之大，自不待言。但我读先生致日本友人的信，以及他翻译的东瀛作家的作品，看到的是情感的一面，觉得先生对日本，有一种特别的情感。他的文章，从未有过"日本研究"之类的篇什，兴趣似乎不在学理之中。但情感却埋在心里，对岛国有着丝丝眷恋。看他的信，细心的读者是会发现这些的。

留学日本的时候，鲁迅和哪些日本人有过深深的交往，我们已不太知道了。他晚年在上海，身边较亲的，就有多位东瀛客人。像增田涉、山本初枝、内山完造，都和其有较深的往来。我读鲁迅致他们的信，一是有感于坦率，没有一点名人的架子；二呢，是觉得他深味日本的国情，对友人多持理解的态度。鲁迅晚年的古诗，有许多是为日本友人而作，精彩的句子，在中日间广泛流传着。理解鲁迅的世界意义，我们自然要了解日本，以及日本在先生心目中的位置，这一点，是我很感兴趣的。

在目前看到的资料里，鲁迅最早与日本人的通信，是1920年。那一年，他在胡适处，看到日本的杂志《中国学》，内有青木正儿的《胡适为中心掀起文学革命》，提到了鲁迅的创作。鲁迅颇有些感慨，遂致信云：

> 我写的小说极为幼稚，只因哀本国如同隆冬，没有歌唱，也没有花朵，为冲破这寂寞才写的，对于日本读书界，恐无一读的生命与价值。今后写还是要写的，但前途暗淡，此处境遇，也许会更陷入讽刺和诅咒罢。

这样的文字，很像写给老友的，有倾诉的欲望。青木正儿引起鲁迅的兴趣，在于他了解鲁迅的某些精神。而那时的初期白话文，我们中国学界，对此还较为冷漠。与海外的学人谈谈心境，是别有滋味的吧。

我一直觉得，他对日本文化人的态度，和中国的不同。对中国的同行，多带警觉，而和来访的东瀛客人，则可促膝而谈。晚年的鲁迅，除了和自己的弟子萧红、萧军、胡风等坦言相谈外，直诉衷肠最多的时候，大概在致日本人的信中。比如他和增田涉谈自己的苦境，与内山完造讲身体的状况，读了有一股股暖意。1934年7月30日，鲁迅在致山本初枝的信中说：

　　凉快了两三天，近又转热。也只有再生一次痱子。杨梅已经完了。我很佩服增田一世的悠闲。恐怕你也不知道他下次什么时候再来东京罢。乡间清静，也许舒服一些；但刺激少，也就做不出什么事来。不过这位先生是"哥儿"出身，没有办法的。周作人是位颇有福相的教授先生，乃周建人之兄，并非一人。我赠给增田一世的照片，照的时候也许有些疲乏，并不是由于经济，而是其他环境关系。我有生以来，从未见过近来这样的黑暗，网密太多，奖励人们去当恶人，真是无法忍受。非反抗不可。……

　　鲁迅在杂文中，是没有这样的笔法的，只有和亲朋一起的时候，才发出类似的感叹。日本人在中国民众眼里，神道的东西过多，殊难理解，鲁迅却能从中看到另外一面：温和、认真、朴素等。比如内山完造的性格，鲁迅就喜欢，和他的交谈，十分亲切。鲁迅死前最后的文字，就是写给他的。我记得鲁迅在《且介亭杂文二集》中，有一篇《镰田诚一墓记》，很有感情，文采亦佳。镰田诚一是内山书店的店员，鲁迅举办的几次德国、俄国木刻展，均由其布置，并照顾过鲁迅的家人。

先生称其"笃行靡改，扶危济急"，评价不低。在镰田诚一身上，能见到日本普通民众可爱的一面，理解了鲁迅的这种态度，我以为也就理解了他的某些日本观。

我在先生的文字里，偶也看到过对日本有微词的地方。那是对知识界的怪习惯，和对军国主义的不满。日本的等级制，主奴关系，他就疏远。可民间的普通劳动者，就没有这些，他好像与其有许多的沟通。1934年，他在《从孩子的照相说起》中说：

> 我在这里要提出现在大家所不高兴说的日本来，他的会摹仿，少创造，是为中国的许多论者所鄙薄的，但是，只要看看他们的出版物和工业品，早非中国所及，就知道"会摹仿"绝不是劣点，我们正应该学习这"会摹仿"的。"会摹仿"又加以有创造，不是更好吗？

在中日关系最困难的时候，他还这样坦言以告，正是言行一致的体现。我觉得在他的心里，有和日本相通的地方。比如坚忍，比如自信，比如真诚。他很喜欢日本的民间艺术，那其中，也印有自己的追求吧？1934年12月7日，他写给山本初枝的信，提及了浮世绘：

> 关于日本的浮世绘师，我年轻时喜欢北斋，现在则是广重，其次是歌麿的人物。写乐曾备受德国人的赞赏，我读了二三本书，想了解他，但始终莫名其妙。然而依我看，恐怕还是北斋适合中国一般人眼光。我早想多加些插图予以介绍，但首先按读书界目前的状况，就办不到。

浮世绘是一种日本的古典艺术，有一种特别的味道，和中国画似乎接近，而神韵不同。我猜想先生一定是看中其中颇有性灵的东西，其间不和谐的美，就很有崇高感，令人喜欢。但鲁迅的理解，可能还有别的什么。可惜他没有多说。

20世纪30年代，有一种骂鲁迅的观点，说他与日本关系较密，有汉奸之嫌。先生对此，一笑置之，并不回击。国与国的交往，倘在官僚层上，不过形式主义或逢场作戏。而民间往来，则是另一个问题。鲁迅之于日本，属于后者，对日本民间的力量，颇为看重。晚年的他，几被人劝说重返日本养病，那里的景色、气候和百姓都有特别的一面，他怀念东京的生活。但另一方面，他又说，一旦登上岛国，恐被特务盯梢，殊为不便。那时的日本，左翼文人，是受排挤的，小林多喜二的死，就引起过世人悲愤，鲁迅还为此写过文章。百姓与百姓之间，没有区别。在我们这个东亚古国里，底层的民众，是有着同样的命运的。

看鲁迅与日本人的交往，觉得有一种世间上难得的情感。在中日交恶的时候，他对是非的判断，依然清醒，没有小家之气。在大处上说，他不是一个国家主义者；在小处看呢，还是以民为本，他眼里的各国百姓，是有相近的东西的。这东西，正是彼此相知的基础。我几次踏上日本的土地，不知怎么，有时就想起鲁迅的话，觉得应和那里的人们，促膝谈谈，知道我们的同类如何生活。虽然只是匆匆一瞥，所谈无非文学艺术、文物古董之类，受益匪浅，这样的交流，在中日民间，还是太少。现在想来，彼此的隔膜过深，不知道这样的隔膜，还会多久。

据说中日间的交往，比过去频繁多了。但我看到的，更多的是商业往来、政事互问，而文化的深交，却显得有限。现在的中国人，知道几部日本的当代小说呢？而日本民众，对当下中国艺术，也知之甚少吧？由此看来，和鲁迅那代人比，在某些方面，我们是退化的。

穿越法兰西

飞机从北京起飞时，晚点了半个余小时，是日黄沙漫天，有些窒息之状。十个多小时后到了巴黎，天色颇好，东西方的气温相近，而天气如此有别。同行的故宫常务副院长李季及上海博物馆汪庆正都是多次来法的，一路并未显得如何兴奋。唯我与春雨兄兴致很浓。一下飞机，到处是中国人，好像是在中国的南方某个小城。黄皮肤的人已在世界许多角落生根了，不过进入市区时，方觉出是真正的欧洲风情，印象比机场好多了。巴黎的机场很旧，不及东京、北京及新加坡那么气派。法国搞现代建筑，似逊于赶时髦的东方人。但到了巴黎市内，才知道法国人不屑于摩天大楼的原因。这个民族旧有的东西保存得很好。在塞纳河与香榭丽舍大街穿过时，你将会明白这个国度保持着一种高傲。

下午六时许抵达旅馆，香港特首董建华的妹妹金太太董建平恰恰在旅店门口迎接，彼此寒暄了多时。金太太气质高雅，既有东方人的羞涩，也有西洋人的凝重，英法文均好，她刚从美国飞抵巴黎。在异国他乡遇见这么谙熟欧洲的国人，大家都很快活，一路的疲劳也消失了大半。

汪先生与金太太是老朋友了。他们围绕着一个画展谈了些什么。两人谈的上海话，我几乎听不懂什么。天快暗下来时，金太太建议去一家中国餐馆，并云为大家接风。所去的菜馆不大，离拿破仑的墓地比较近。那菜馆的名字叫"川味香"，服务员都是华人。金太太说她与画家赵无极来过此地，很喜爱这里的味道。赵无极是这家菜馆的常客，经常于此品茗。果然饭菜很是别致，不像国内川菜那么麻辣，只是微有刺激罢了。坐在"川味香"小馆，看巴黎的夜景，真是漂亮。街上没有什么行人，连车也不多。整个古都像睡在梦中。空气是新鲜的，好像被水洗了一般，心肺为之一清。我由此而想起中国的杭州，也明白了古老的都城节奏缓慢的因由了。李季说，法国人在享受生活，我们是在活着，信哉斯言。

翻译朱晔是团里最小的，是前故宫博物院副院长朱承儒的女儿。她长于大连，我们算是老乡了。谈话中知道她一年中来了四次法国，对此她已很熟悉了。朱小姐说，在巴黎最好不要乘车，步行游览是快慰的。她每一次来都愿意背着包在古老的街中漫游，那也是一种享受吧？想到在巴黎将待上五个晚上四个白日，意识到时间的紧迫，大家都同意小朱的意见，争取在这里多步行，用手脚去触摸这个城市。

巴黎的夜景在一些作家笔下早就写过了，再费笔墨已属多余。东方与西方就是不同的。先前在书中读先人的文化大论，都是概念的，一旦深入其中，却有着文字无法描述的东西。是什么呢？大概是精神境界的分歧与反差。逛北京、西安的古街，心要沉下去，不必去思索些什么，那是与先祖血脉的重合，一切都在无言之中。巴黎是猜不透的哲学。这个曾经血染的、无数次爆发革命的地方，现在却被安详与冷清代替。艺术家与学者，钟情于此地，是自然而然的。

第一次在时差很大的地方入眠，很有些不适，夜里几次醒来。巴黎与北京差六个小时，次序一时乱了。所住的旅店很小，但古朴，房间大方舒适，只是费用不菲，每夜一千六百人民币。真是有些奢侈了。电视里的节目都是清一色的法文，听不懂，于是便躺在床上翻书。读到法国人伏尔泰的一篇文章。

历代的学人，大凡有抱负者，都要干涉一下现实，而多知识分子良知式的发热。伏尔泰、卢梭等人，是我青年时代的崇敬者，至今提及，亦有动情之处。他们的可爱，在于坚守，不像中国人，一旦因著述成名，便跑到台阁中去了。欧洲读书人，有清议与批判的意识，巴金在一篇文章里，好似谈到过此类话题。手里没有书，不能引用了。来到法国，是不能不去感受真正的知识分子的生活的。

2

一天下来很累，却跑了许多地方，在国内是从无这样的效率的。

上午去了集美博物馆，这是个展示亚洲艺术的名殿，中国、日本、韩国、越南、印度诸国的青铜器、雕塑很多，气象之大是过去未曾见闻的。总统希拉克在少年时代，几乎每周都要来此驻足，后来一生都关注亚洲，现在已成了青铜器方面的专家了。馆长是个学究式的人物。一见面便连连抱歉，说在中国"神圣的山峰"展布陈时，一面战国时代的铜镜不幸打碎了。法方为此专门写了道歉信，还表示以文物相赔。汪馆长内心很沉重。这是他们上海馆的唯一一面古镜，

损失之惨重自不必言。会见后见到几个中方文物专家，连连
指责法国人的懒散和漫不用心。现在才知道，粗枝大叶者，
在这个国度也比比皆是的。

匆匆忙忙去了卢浮宫，抵达那里时，已是中午了。我们
没有时间到展厅里，竟在馆长室延留了多时。李季和馆长谈
得很好，内容是双方的合作。据随行的法文翻译廖兵说，卢
浮宫的馆长是很难一见的，一般的馆员难以步入其办公室。
也许是我们的代表团很郑重，又系文物领导和专家，彼此的
关心话题多一些吧！会谈中对该宫殿有了以下的印象：每年
参观人数在580万~600万，60%~65%是外国人，本国人有200
万。收入的情况是：25%的收入来自门票；国家拨款占主要
比例，有68%；剩下的系私人捐赠。卢浮宫与中国的故宫相
似，不像美国大都会博物馆出于私人之手。在这一方面可以
说两国的话题很多。李季建议，以后多多加强合作，馆长高
兴地点起头来。

卢浮宫的外表很古老，比想象的要沧桑得多。整个建筑群
体是浑厚而大气的，见之如睹遥远的过去。人间的悲喜剧都掩
其间，法国完全保留了旧迹的原貌，周围看不到一点现代建筑
群。唯贝聿铭设计的那座金字塔立于其间，表现了异样的风

格。它是很巧妙的，初看有点不太协调，转眼环顾，再看与古楼的对比，倒让人觉出某种刺激。或许这性灵一笔，把陈旧的故事一下子变成现代表达式了。

待到去凡尔赛宫时，类似的感受也出现了。巴黎人有意地让历史凝固在这里，尽量拒绝着现代气息的渗透。凡尔赛宫的馆长也是个和蔼的长者，始终微笑着。在他办公室坐了多时，谈的都是互展的事。故宫的康熙大帝展品在这里展示。6月后，路易十四展亦将亮相于北京和上海。双方在互展的细节上纠缠了多时。不同的看法最后均统一了。馆长的身上有忠厚大气的一面，但他手下的几位助手，带有一点法国人的自大。他们希望中方的画册不要出现英文，应保留法文，那隐含着民族感还是焦虑感呢？真是说不清楚。

时间太紧张，凡尔赛宫内部什么样，几乎没有印象。恰好今日又系闭馆日，参观是不可能了。在馆前的路易十四像前稍待片刻，依稀觉出帝王之气。中国的故宫没有类似的雕像，假如出现康熙大帝的石雕，想必在气韵上深别于此地。欧洲的帝王有强悍的形象，中国的似乎过于文弱。强悍易崩，文弱则衰。

3

希拉克是我见到的最有风度的欧洲男人之一。他步入大厅的时候，许多法国人一下子拥了上去。周围没有什么声音，大家只是微笑地握手，礼节是随意的。中国的领导人出场时要掌声雷动。这是中外的不同。大使馆的公使嘱咐代表团成员，不要带相机。希拉克不希望媒体对自己炒作，原因是他们这里右派在选举中败于左派，每一言行不可不谨慎行之。

陪同这位总统参观"神圣的山峰"画展，见其兴致之高，仿佛是专家。他先向李季道歉上博的铜镜受损之事，态度很恳切，然后询问了展品的情况。总统对青铜器很有感觉，所问之事颇为专业。看到王蒙、沈周的画时，连连点头。然后说起了石涛，以为是世上最伟大的画家之一。他在中国人面前如此夸赞东方艺术，是出于政治目的还是发自内心呢？在这位风度高雅、神色庄重的总统的表情上，看不到答案。法国人因希拉克有中国情结，一时也出现了中国文化热。为我们开车的小何说，他这个在此生活了十余年的新华侨，有些扬眉吐气了。

据云，希拉克的政党属于右派，因国内复杂的形势，百姓对左派近来看好，所以选举时对希拉克政府颇为不利，法国的未来如何，还不得而知。下午游塞纳河时，电话突然都不通了。据云，出现了炸弹事件，电信部门临时切断了通信网。晚上在自然博物馆参观时，陪同我们的翻译李小红说，百姓对法国的安全忧心忡忡，所以倾向于左派。但法国的左派对中国不好，倒是右派与我们有着深切的友谊。欧洲的事情，不身临其境，不太好懂。我对这里的一切，充满了好奇感。

白天在塞纳河乘船走过时，才真正摸清了巴黎的面目。整个城市是环此而建的。早晨到巴黎圣母院造访，见其在河边上高高耸立，知道了河与古物的关系。没有水，城市是枯燥的。巴黎是座旧城，建筑都是几百年前的，几乎没有什么变化。但唯有这条清清的大河穿梭其间，将古老的遗存一下子点缀活了。我觉得法国人的艺术天赋与水、草木的关系很深，看一些油画，背后是浓绿与湿润之感，没有东方壁画中的枯涩。中国古山水画里，有一些湿淋淋的美感，那是性灵之作，作者的内心染有禅的味道。欧洲人似乎不同，江河的波涛汇入了油墨之中，有冲荡的气韵。在塞纳河岸，有许多画家在向游人售画，其间风景为多。每每画到河与桥，多见韵味。水与城的关系，给画家带来的想象是丰沛的。中国人与他们毕竟有着两种思维。

　　今天在画展上，结识了赵无极先生。先前在一本画册里看过他的作品，很是喜欢，与老人一起看古画时，他连连说好，并云好的地方在于不同于过去。赵先生是开创新风的画家。他的成就，大概是得自古法又别之于古法。巴黎的历史与文明，或许是提高其境界的外因。如果不是西洋艺术的存在，中国的水墨山水，大概还在旧路上徘徊。赵无极始终笑着，谈话时很和气，没有什么架子，和一名普通的老人无别。希拉克见到他很是客气，彼此已相当熟了。来到巴黎才知道艺术对一个国度是多么重要。希拉克以为，一个民族的文化，是其发展的根基。那是对的。我和他握手的时候，觉得那手心柔软，和其高大的身材形成了明显的反差。我想，思想会让人强悍，而艺术则使人温存吧？希拉克、赵无极等一系列所见到的人，都有一点这样的特色的。

　　回到旅店时，已近夜间11时了。此刻正是北京早晨6时，玉琦已经起床了。电话费太贵，每分钟10美金，为了节省开支，只在前天打了一次电话。现在不知她怎么样了。想要告诉她的，只是一种感受。听景和看景实在是不同的。搞文化史研究的人，不能不到巴黎来。即便语言不通，亲历一下这古堡般的都市，就可知道保存文物对今人的重要。中国的青年人，不太知道昨天的历史，以为是过时的无用之物。法国人是懂于此理的，上至总统，下到百姓，将艺术看成自己血液的一部分。我们中国人的生活有时为什么那么苍白？因为血管里流的祖先的血被稀释了。想一想，确是这样的。

4

夜间下了雨，早晨起来，看天空的几片残云知道又是个好天气，空气清新极了，塞纳河两岸像油画中的世界。见到如此宁静古雅的古都，不禁为北京旧城的消失而一叹，真想为中国的文物古城放声大哭。

李季与汪老有事，去忙公务了，我和春雨是在何羽带领下又去了凡尔赛宫、卢浮宫，下午还造访了奥赛博物馆。夜里路易威登老总请客，到者均西装革履，吃的是法国大餐。从九时吃到十一时半，耗时过长，而及豪华之状，巴黎上层社会的一些旧俗，今天是一一体味到了。巴黎的盛宴与北京不同，每一道菜都颇有讲究，做得精细味鲜。宴桌上一律是葡萄酒、矿泉水，白酒是看不到的。这里的人们连生活也艺术化了。

比之于盛大的晚宴，白天的三个博物馆之行，那才叫真正的精神大餐。许多久慕大名画家，都能够见到。达·芬奇、大卫·米勒、伦勃朗等人的作品，在精神上达到的深，令人倾倒。博物馆的陈列手段可学处很多，陈设笔法简单舒适。诸多设施均以人为本，能生出这个民族宏大与纤细间的结合。中国可称及上是文化悠久之地了，但我们没有法国人的气度，世界各地的珍品，都收藏了多少呢？我们没有欧洲艺术、美洲艺术、非洲艺术博物馆，甚至连亚洲历史的展示地也无曾见到，夜郎自大，自以为是，大概是近代更衰落的原因。国人对此是尚无深切反省的。鲁迅夫子当年的话语，可谓先见之明。对此，我亦想为中国当代艺术家一哭！

凡尔赛宫是贵族的艺术殿堂，卢浮宫则集中了诸多文人精品，到了奥塞博物馆那里，个性主义的艺术已经满目皆是了，西方的油画与中国画的不同点是，西方的油画讲究光线、比例，尤重形体神色的逼真。他们的绘画流派很多，每一种流派都有值得一写的人物，作品的内幕是深广的。伦勃朗的那一幅《深思的哲学家》，明暗中的老人给人带来诸多的杂想。画面并无特写镜头，主人公的神色却是模糊的。耀眼的金色的光穿过窗户，房间的幽暗与亮点形成一种反差。老人就坐在窗前，多么孤苦的形象！这里可让人读出哲学的精神，画家深切的情思于此是让人感动的。西班牙画家牟里罗的《少年乞丐》也是一幅出色的画。卢浮宫的许多油画贵族气浓，是宏大的叙事。走到这一片画前，我不禁驻足不动，心里一抖，觉得与周围的世界那么不协调。作品成稿于1650年，其贫民意识与忧患之调让我想起俄国的现实主义画派。他从流落街头的乞讨者那里，点出了社会的苦楚，那是让作者久久痛苦的存在，人物的形态呈现的意绪，其深广之状是催人泪下的。关于达·芬奇的《蒙娜丽莎》，后人谈论得已很多了。这画像前拥挤着一层又一层人，也许是缘于名气，也许确有魅力。到卢浮宫那里而不与之对视，是很可惜的。这一幅画给我的冲击是，好的作品，未必是宏大的叙事。倘若一花一草、一人一事出神入化的表现，要比那些用力为之的巨大场面更有力度。一个人可以是一部史诗，一曲交响。达·芬奇就让我们领略到了这一切。

5

一切公务已经结束，现在可以放松了。上午众人乘车前往韦兹莱（Vezelay）。离开了巴黎，去法国的小镇转转，据说可以真真品尝到这个国度的风格。汽车在公路上走了三个余小时。两岸的风光确如油画一般。树是茂密的，中国的乡间还很少有这么美的植被。车到韦兹莱时，众人一时大叫，纷纷下来拍照，这是个绝好的地方，当年是通往西班牙圣地亚哥朝圣的驿站。圣玛德莱娜大教堂高高耸立着，这座12世纪建造的罗马建筑与周围的建筑群完好保存着。难怪它被喻为世界遗产保护地。法国人曾经历了大革命的破坏，但古老的建筑却那么好地保存了下来。享受到历史的人，大概是很会懂得生活的。法国人没有一天不在分享着前人带来的恩赐。

博纳也是个有趣的地方，人口比韦兹莱要多一些。小何告诉大家，一定去主宫医院看看，电影《虎口脱险》就拍于此。这个医院现在已是博物馆了，内中还保存着当年医院的原貌，法兰西人的医学与天主教关系很密。整个医院就像座教堂，上帝的恩宠无所不在。

夜幕快降的时候，我们在勃艮第地区的另一城市第戎的一个酒店住下了。晚上在一家小馆吃牛排。汪老有兴致地与大家讲法国的饮食。大家喝了一点葡萄酒。勃艮第这个地方盛产葡萄酒，它的名字为世人所晓。我不懂酒，自然也少了乐趣。牛排是香的，和中午在韦兹莱一家私人小馆吃的牛肉薯条比，又是一种味道。来法国的每一天，都能品味到饮食的乐趣。唯在此点上，中国人与他们是相近的。

城镇人口稀少，就会产生悠闲的感觉。法国人慢条斯理，不太懂时间的概念。这是我外表的感觉，不知对否。在第戎的剧院和影院前，许多人排队购票，旁边是些露天饮酒的小店，听不到人声的喧闹。人们的表情都很祥和，每个人都有着一种难言的气质。我很欣赏这样的气质。我们在中国人脸上，常常看到狡黠与木然。法国人不是这样。也许是伪装的，也许天然如此。总之，生动与呆板相比，是一种美德。

6

车过阿尔卑斯山的时候，全体同人欢叫了起来。远处是高山积雪，近身的乃一片森林。山道上看不到一个人，连过往的汽车都很少。古老的童话世界曾被这样描述过，现在终于出现在我们面前了。关于阿尔卑斯山，有诸多故事。欧洲战争中的血与火，和这个名字都有关系。记不得是哪位诗人写过它，也许是拜伦吧。他讴歌过此山的雄壮。只有来到这里的人，才会体味到神奇、清幽、宏阔、伟岸与这座山的联系。欧洲人的性格里，好似有着这山一样的清峻。这不是苍凉的世界，也不会让人感到恐怖。站在山坡与险路之中，我突然想到，人与自然交感的那一瞬，是有敬畏与神圣的冲动的。神话与宗教，是不是与此有关呢？在阿尔卑斯山上，肮脏、晦气、无聊等词汇统统失去意义，一切都裹在圣洁之中。天是透明的，风是爽凉的，树木是昂然的。开阔的山峦与积雪书写着地球的隐私。打量这个世界时，你不由得好奇和追问着它的幽魂，即便是不再行走，困厄于此，也无怨无悔。在没有烟尘与人语的地方，人与上帝的距离是最近的。

春雨只不停地拍照，连叹"太好了，太好了"。汪老跑到雪地里，陷进其中，发出爽朗的笑，所谓"老夫聊发少年狂"，此可证也。李季与小朱轮流对别人抓拍，孩子气统统出来了。我平生从未被自然之景如此陶醉，真真是感谢何羽夫妇给大家带到如此美妙的地方。欧洲能产生无数伟大的作家，我想大自然的存在，不能不是一种刺激。一个有纯情的人如果不在此舞之蹈之歌之叫之，那是奇怪而又奇怪的。

"山那边就是瑞士了。"小何说。

我们的目标是法国与瑞士边境的莱蒙湖。莱蒙湖是法国人的叫法，瑞士人则谓之日内瓦湖。我没有想到翻过阿尔卑斯山就进入了瑞士，小何也未告诉大家，便闯过了法瑞边境。哨卡的人连看都不看，就让众人驶入了另一个国度。"哇！"我们大叫，这么容易就到了瑞士，这在亚洲诸国是不可思议的。前面到了一座城，我问是哪里，小何答：日内瓦到了。众人狂呼，没想到竟"偷渡"到了日内瓦，我们的护照没有这个项目，倘被发现，定然要有麻烦的。别的不管了，我们赚了便宜，这么轻而易举地降临到日内瓦城中，其惊喜比到了阿尔卑斯山更为剧烈。先是在万国宫前留影，门前的高大的椅子雕像特点突出，在我是首次看到的。这雕塑隐含着一个故事，小何的夫人和大家讲了一番，知道与一个什么公约有关。这是联合国的总部，名气很大。而后众人又围着日内瓦湖漫步。湖清而大，一个喷泉冲天而起，煞是好看。汪老说，这是很有名的喷泉。世界有两个喷泉出名，另一个在美国一个什么地方。这一个自然是举世闻名的。湖的旁边，是瑞士最大的手表商店区，大家只是遥遥相望着，并无前去的欲望。这是劳力士、欧米茄的产地，亦是世界金融中心。汪老在这里有些朋友，多年前曾来于此地。他说这里的东西极贵。宾馆一个晚上单人就要用去400美元，现在仍拒绝使用欧元。李季是一团之长，当下决定，不在日内瓦用餐，返回法国再说。后来终于在法国的一个小镇随便吃了一顿麦当劳。

下午3时左右到了依云（Evian），那是著名的矿泉水城。

小城曾于去年举行过八国首脑会议。旁边就是莱蒙湖，与对面的日内瓦城遥遥相望。大家想起上午的"偷渡"，一时大笑，评价那是今天绝妙的一笔。在湖边闲走的时候，想起李季昨天说的一句话，"上帝太偏爱欧洲人了"。诚哉斯言。不过细细一想，中国的过去，自然山水亦有特色，只是后来人为破坏了它。我们与欧洲文化的距离，是需有一段长长的时间才能连通的。居住在海外的中国人，大概比我们更清楚。

夜里到了里昂。晚餐时面条加牛肉，略喝了一点葡萄酒，今天不太累，精神好多了。房间的条件很好，真正欧式的风格。坐在这里写日记，竟然没有疲劳感。搁笔的时候，已是巴黎时间24点了。

7

从里昂美术馆出来，汪老有些激动。他愤怒地说："这里只有三件中国美术品，竟被法国人搞错了，以为好似韩国和日本的，他们对中国文化太不了解了。"老人与李季商量，以后故宫能否也在这里搞一点长期的艺术品展，中国人应宣传自己。先生的一席话，我听了心里很有些不平静。

在里昂市政府广场上，我们坐在露天咖啡桌前晒着太阳，享受着法兰西的日光。咖啡很美味，有着中国不同的味道。汪老的思绪还停留在美术馆的事情上，又说："这里的藏品真好，那么多的宝贝。但管理太差，藏柜前竟这么厚的灰尘无人打扫，这在上海博物馆那里，是不能允许的。"

这几天的法国之行，汪老成了核心人物。他满头白发，74岁了，行走如风。先生是个美食家，对西餐有一定的研究，有一股仙气。这是个学识渊博的人，谈吐不俗，却又无架子。我觉得他身上有一股贵族气质，老式文人的趣味多少都有些。下午到奥朗日的凯旋门和古罗马剧场时，他对着两千年前的建筑说了许多精新的话，与其交流，知道这位深谙中国艺术的人，对洋人的成果是倍加赞赏的。他自叹弗如地在旧遗址前徘徊，连连说，13世纪的遗址如此完整地保留了下来，中国自己的呢？我们还能见到什么呢？

待到驱车来到阿维农教皇城，在这座中世纪城堡游览时，汪老的兴致大发，连连赞叹此行值得。我们坐着游车在城堡与广巷里穿过，真像回到了远古。在城堡上向下眺望，罗纳河缓缓而过。河上是一座断桥，建于12世纪，它和城堡相对，形成和谐的景观。年轻人都在抢着照相，或聊着闲天。汪先生却一个人独处于旧遗址边，一会儿瞧瞧，一会儿摸摸，神态是庄重的。李季说他是我们团的形象大使，这是对的。一个老人和一座古堡的对视里，有着说不完的沧桑感。我用相机记录了这一切，遂想，记忆对人类而言是财富又是力量。然而，中国人已将许多记忆失去了。

同行的张春雨兄也是个很有趣的人，他现任辽宁文化厅副厅长，长我九岁，一路上总是忙于拍摄，成了访问团中最开心的人。晚上大家在阿维农一家露天餐厅用餐，他讲了诸多不同时代的故事，引得众人大笑。他很实诚，讲话风趣，善于总结食物规律，毫不掩饰内心的思想。比如谈到自己从沈阳"发配"朝阳时的心情云：从中心城市到了边缘城市；从看不完的文件到基本看不到文件；从接不完的电话到盼望接电话。解决此转变的办法是，要调整心态。其战友告之：有条件时摆谱，无条件时吃苦。此均官场人心语，亦人生起伏中之格言。与之交流时，知道人世之艰，为人之苦。官场需用心用力，此为我等难为之事，也自幸半生中以业务为生，未被人际冲突所恼。然春雨兄善调心态，以苦为乐之心，可得参证。人间之路，殊途同归也。

为大家开车的司机何羽，是个有性格之人，文化水准很高。一路上关于法国文化史，都是他叙述的。他的腰有点不好，看上去是受过重伤的人。然而坚毅，很有内涵。与之交流时，觉其精神比一般的丰富。他讲刚来巴黎时的行状，举目无亲，言语不通，后一一克服，真真是小说体裁也。我觉得他身上有很浓的民族情结，不因入了法国籍而有洋气。我喜欢他神态中自信而果敢的样子。要谈的内容很多，可惜只剩下明天一天的时间了。与一个人相识到欲相交，并不很多。小何夫妇是一对可信赖的人。想一想在异国他乡苦苦奔波，也有春雨兄所云的调整心态的问题。在不自由的地方，变得内心自由，那是人生的大境界。我等虽不能似，而苦力为之，亦得神趣。人间确是一本大书。古老的遗产值得一读，旧有的典籍值得一读，每一个丰富的人值得一读。读书易而读人难，是自然的。从读人之中参悟天地之气，其乐亦非书中可以得到的。

8

没有想到马赛留给我的是很坏的记忆。

上午10时许，我们到了这座古城，途中还提及了那首著名的《马赛曲》。近代以来它给世界的影响是相当深远的。认识一下这座古城，对大家而言都是一个愿望。不料刚至一座教堂，便传来不好的消息。我们的车窗被砸，张春雨兄的皮包被盗走了。这个消息让我们一时大生沮丧之感，欲速速离开此地。车重新开始启动，到了基督山伯爵描述的那个岛的对面时，何羽让大家下来拍照。返回车上时，门已关上。突然一个中东模样的中年人打开车门，硬将小朱的钱包抢走，然后搭上身边一辆摩托车逃逸掉了。小朱上前去追，汪老叫了一声"不要追"，大约怕发生新的意外。可是小朱并未听到，追了十几米，见强盗已去，抱住赶来的徐森森伤心地落了泪。我和车上的人一时愣住，接着对马赛开始诅咒起来。几天来美好的游兴一时大变，情绪变得很坏。李季兄做出决定，改变路程，一些预定的项目一时取消掉了。

何羽是经验老到的，他把现场拍了照，然后领众人到了警察局。报案记录的时间很长，大概有两个余小时。小朱的钱包里装了一千余欧元，五个人的返巴黎和返北京的机票，还有她的护照。损失不小。大家没有一点抱怨，一直在安慰着她。没有想到这孩子如此坚定，很平静地与大使馆、与家人联系，将补救的办法一一商量好了。

在车上等待小朱办报案手续时，我的心沉到了很深的底层。平生从未遇到如此的抢劫，人性之坏出人意料。我立即坚定地感到，不能让孩子到外国去读书，倘国内条件尚可，读一个学位已经足矣。西方固然有它的好的传统，但这个世界不属于中国。法国不是一块乐土，它的环境正在渐渐变坏。非法移民、黑社会、种族问题都充斥着这个社会。与那么灿烂的传统比，当下的法国好像生病了。

去了戛纳，去了尼斯，都没什么玩兴，摩纳哥之行也取消了。汪老说，人未受伤，即是万幸。于是晚上就在尼斯一家海餐厅大饮果酒，吃了一顿很好的美味。酒杯相碰的时候，笑容又回到了我们这个团队，白天的事情，被风吹走了一般。

9

尼斯位于地中海岸边，海水美极了。早晨乘坐法国高速火车从这个港口城穿过，才发现地中海的魅力。太阳刚刚升起，从海的尽头那边跳出，形成如画的景致。就要告别南方了。失去了机票的团队，忽然踏上高速车，是个意外的选择，众人叹道：焉知非福？坐在上面，人很少，如同专列。大家对这一选择感到了兴奋。从7时发车到12时就到了巴黎。一路上饱尽法兰西春色，对这个国度的地貌已初觉轮廓了。

有两个中国友人已在站台上接我们了，一个是来自青岛的小朱，另一个是台湾的移民房先生。大家寒暄多时，小朱的护照问题也解决了。在异国他乡遇到同胞，有着异样的亲切。房先生领众人去了一家越南餐厅，后便率大家赴卢瓦河地区。

卢瓦河地区遍布了各式的城堡，最动人的是香波堡和舍农索堡。前者是意大利人达·芬奇设计的，形态奇异神奥，为先前所未料到。达·芬奇晚年受罗马教皇迫害，为弗朗索瓦一世所招，在此设计了香波堡的图案。他死后，这座神奇的城堡才得以建筑起来。达·芬奇还带来了自己的得意之作《蒙娜丽莎》，弗朗索瓦一世用重金买下了它，使得法国拥有了这样一笔耀世的财富。一个国王，将城外的艺术家为我所用，奢侈自不用说，连带也保留了文化。所谓文明者，有时不过贵族贪婪的一闪。因为它远离乡野，有高傲的追求，于是便与精神王国相连，记下了超世的痕迹。这一点西方如此，东方也是如此的。

舍农索堡建立在一条大河上，它诞生于13世纪。据小朱介绍，是国王亨利献给比自己大二十岁的情人戴安娜的，这个城堡是我所见的旧遗址里印象最深的一个。法国贵族很会享受，用尽了办法装点自己的家园。整个建筑充满了阴柔之美，很人性化又幽玄多致。西方神话与童话的影子，于此皆能找到。河水潺潺，古堡悠悠。诗人们如果至此，不大发诗兴才怪呢。

　　夜里，几经周折才到达了一座城堡旅馆。整个氛围是古雅的，自己仿佛回到了15世纪。我们吃了一顿法国大餐，汪老说的鹅肝大家也领略到了。奇怪的是我竟习惯了喝红葡萄酒，自己也不知是什么原因。人真是不可思议的。早晨还在法国南部，现在已休息于法国东北部的卢瓦河畔了。人在时空交错之中，一时不知身在何处，那是快意的。对于我这样古板生活惯了的人而言，已经够眼乱的了。

　　给玉琦几次打电话，线路不通，不知家中怎样了。玉琦是会喜欢卢瓦河畔的城堡的。可惜一般国人来不到这样的地方，我们一行人是沾了文物工作者的光。由此而想，董保华曾说我们是"富有的赤贫阶层"，那是对的。我将把这里的情形认真记录一下，去告诉给国内的亲友，让人们知道曾经有过的另一类的生活。

10

　　河谷、牧场、吉普赛宿地、海盗城……几天来看到的都是乡野间的法兰西。几乎每一条河都是清的，草地绿得要流油，乡间的小镇与牧舍，都不像中国农村那么破旧。房先生说这里有真原的、纯粹的法兰西性格。这是真实的法国，不像巴黎有些杂色了。在这个国家，要看民族的本色，大概要到乡下，感谢文物局的友人选择了这样一条路线，在巴黎，无论如何是想象不到这里的风貌的。

抵达圣米歇尔山时，见到山上有一座修道院，面对着英吉利海峡。修道院十分壮观，高高耸立的尖顶直指苍天，孤零零地立在海岛上。据说修道院是根据一个什么王的梦中所见而创造的，规格庞大，象气迭出，系世界八大景观之一。拿破仑时代，这里是关押犯人的地方，"二战"期间又是战场，其堡垒之坚为战争胜利立了汗马功劳。修道院里阴冷得很，九曲十八折，气氛有点压抑。走在其间，想象当年诸多犯人囚禁于此，恐怖的一面有点窒息。在接近上帝的地方，把房间搞得如此森凉，有点不可思议。忽记起马丁·路德的宗教改革运动，就是为了去掉旧天主教过分压迫人性的一面吧？我不喜欢教堂中空寂的房间，倒是其外部形貌有点俊美，让人神情愉悦。我对宗教的看法，向来就是这样矛盾的。在国内去寺庙的时候，也有类似的感觉。

圣马洛海盗城是下午参观的景点，它是17世纪法国著名的港口，系海盗出没的地方，现在这里只留下了一些旧式建筑，店铺林立，可看的旧迹不是太多。大西洋海水涌动着，风很大，有点凉。天空下着零星的冷雨，吹得让人缩回头来，远处有帆舷点点，是帆船爱好者在那里嬉戏。悠闲的人们与这古城的历史似乎毫无关系了。

在海盗旧城的对面有一个赌场。房先生问大家是不是愿看看，没有人响应，遂驱车赶到旅店，一天的行程就这样结束了。

夜里又住在城堡里。远远地望去，神秘地隐在丛林中。这是圣马洛城边的幽静之地，是17世纪一个王公的住地。我在电影《蝴蝶梦》中看过类似的建筑，内中十分豪华，房间布局有宫殿气。晚上的餐厅很讲究，过去贵族用餐的环境再现了出来。服务员是个漂亮的女士，见我们来自中国，十分新奇。这里是很少见到中国人的。她讲自己喜欢《少林寺》，成龙的影片也看过不少，印象很深。她还知道中国功夫。法国百姓对中国了解有限，只有几部电影影响了他们。但那渠道太少，丰富的中国他们并不知道多少，人类的互不相通是件无可奈何的事情，民族与民族间的交往，有着漫长的道路的。

昨天夜里在图尔的城堡住宿时，店主就惊奇地看着大家。我们告辞的时候，那女主人说了许多夸赞的话。她从未在这里遇过那么多中国人，且又居住于此，新鲜感很浓。我这才觉得，其实一般的法国人，对我们东方这个古老的民族，还是太陌生了。

11

诺曼底地区的诱惑力在我这是长久的。中学时代我便知道它的名字。赶到"二战"时期盟军登陆时，被美军士兵的墓地震撼了。那么神圣广大的墓群，洁白的墓碑写着一个个将士的名字。九千八百余死难者长眠于此。墓地上空高高飘动着美国国旗。房先生让大家小声一点，不要惊动这儿的灵魂。有几个美国人在寻找烈士的名字，一些墓旁还放着鲜花，也许是逝者后代来此祭奠的。墓地是一片绿地，草长得很好，还有园丁在护理着它们。旁边便是茫茫的大海，这是大西洋的一隅，当年盟军就是于此登陆，一举占领了该地，从此德军一败再败，第二次世界大战的欧洲局势彻底被扭转了过来。

一批异国的将士，把忠骨埋于此地，换来了六十年的和平。美国现在敢于在欧洲人面前横行，大概赖于这一类的资本。战后的世界格局，是美国为主的西方人确立的。他们也自认为应是这个世界的主人。从这里缓缓走过时，我想了许多。一个恶人出现的时候，将有多少善人为之耗神，甚至丧命，世界需要一种秩序，善人的力量一旦聚集起来，才有可能顶住一点点的逆流。然而人类为此付出了过多代价。烈士们的血写着人间的悲苦。但是一般的百姓大抵将这些忘记了。

这个地方叫奥马哈（Omaha），地势不高，海水日夜喧闹着。海面很开阔，沿岸绿草青青，丛林茫茫。我在一部什么电影里，看过登陆的片段。士兵的死，给我留下了很深的印象。此次欧洲之行的一个重要收获是，懂得了国与国的利害冲突，以及北约存在的理由。繁荣富裕的欧洲人没有忘记历史的噩梦。美丽与幸福常常是脆弱的存在，它需要一种钢铁般的力量保护着，当需要流血的时候，要么毁灭，要么再生，西方如此，东方也是如此的。

13时左右，我们赶到了象鼻山。海风习习，两座仿佛大象鼻子的小山遥遥相对排列在海岸线上，莫奈在作品里不止一次地描绘过它。面对海天之际，人显得十分渺小。在自然之间，我们不过一个暂瞬的存在，但海却是久久存活的。想到云要过去，雨要过去，内心不禁有些茫然。但也渐渐增强了一丝信念：人间万事如流水，功名利禄多尘烟，前人对此已有过描述，我不过暗与古人重合罢了。

车上大家时而唱歌，时而聊天，房先生不断讲法国人的故事，比如他们如何不会数钱，出租车定时管理，对付假警察的办法，自己女儿如何读书。再如他十分反感中东一些偷渡者以及东欧流氓，这些给法国人带来了多少麻烦等。在国际化的国度里，有这些现象是正常的。但在乡下，我们看不到那些麻烦，乡下保留了这个民族的古朴的遗风，所以我暗自庆幸，这几日一直在乡间奔跑，对这个国度的印象立体化了。

晚上六时抵达巴黎，七时半到一家中国餐馆，大使馆公使刘燊随宋经纬设宴为大家洗尘，席间谈得很好，又像回到了家中一般。

12

姚蒙一大早来到旅馆，与众寒暄后，率大家前往郊外枫舟白露地区。先抵达巴比松画派的小街，游米勒等人的故居，很有情调。后到枫舟白露古堡，一一参观各式建筑，拿破仑等帝王的居室富丽豪华，其状远胜于凡尔赛宫。这个城堡建于1137年之前，系路易六世国王狩猎休息地。后来弗朗索瓦一世从1582年起开始扩建，亨利二世与三世在此基础上进一步修缮，至路易十四、十五、十六及拿破仑一世、二世、三世递次增色，形成各种不同风貌的皇家风格。温和柔美，金碧辉煌。帝王气之外，又带人文的韵律。汪老叹道：这个地方，让大家的行旅达到了高潮。众人在姚蒙的指点下，又看了英、法各类园林。蓝天、绿地、清水，画面之美与艺术家的作品是不分伯仲的。

中午匆忙赶回巴黎，遇堵车。姚蒙一路讲述巴黎的情况，如数家珍。姚氏高高的个子，戴着眼镜，现为《欧洲时报》记者。他1982年从上海师大赴法做访问学者，现在留在了那里。其谈吐很有学者风度，不像一般的导游（他除了记者职业外，还兼做旅行社经理）那么平板。这样的人在国内也许早成了教授之类的人物，然而在巴黎只能兼做这类杂活。中国人到了欧洲，要融入那个社会很是不易。不过他们对国人倒有不小的贡献。这些年北京学界与政界要员来访，都离不开姚蒙这类人物的帮助。他们有时的作用，非大使馆里的工作人员可以相比的。

为大家开车的房先生是个忠厚能干的台湾人。他没有一般读书人的气质，和普通的中国人没有什么区别。但做事果敢、坚毅，车子一直保持着干净的形象。他衣服穿得整整齐齐，说话时透露着中国人的豪气。他说碰见坏人时，自己有对付的办法，用喷气喷敌人，或报警，等等。有一年在比利时遇见小贼，他动手逮住了对方，一时让当场华人士气大振。西欧的小贼一般都怕死，中国人发起脾气来也是吓人的。我由此暗忖：

在马赛那一天，如果房先生在场，大概不会发生那一幕悲剧。在这个国度生存，要留心和慎重。华人要扎根于此，是需一种智慧的。

在"川外川"的饭庄，中国文化交流中心的侯湘华女士为大家设宴饯行。这是第二次在此用餐了。席间交谈的多是展览之事。餐后我们去了这个中心，看了其中的展览。文化交流中心很有气魄，用一亿多元在此购置了房产。此房就在大都会博物馆旁，地段甚好。我和侯女士说，希望以后能在这里有鲁迅展，她对此表示了很大的兴趣。

就要告别巴黎返回祖国了。坐车穿过塞纳河大桥，从凯旋门旁驶过时，简单地整理了一下自己的思路。不敢说了解了法兰西，对它的一切都是直观的，零碎的，但十二天的旅行对我的刺激很大，让我想了一些从未想过的问题，对这个地球村有了新的感受。西方与东方是不同的，但彼此又有着交叉的思想。我会慢慢消化这一切，让这记忆沉到我精神的里面。待到它发酵、蒸腾的时候，说不定会修正我呼吸的方式。

2003年4月6日于巴黎

文学百年／名家散文自选集

<table>
<tr><td colspan="6" align="center">第一辑</td></tr>
<tr><th>序号</th><th>作者</th><th>作品</th><th>序号</th><th>作者</th><th>作品</th></tr>
<tr><td>1</td><td>冰 心</td><td>一日的春光</td><td>17</td><td>沈从文</td><td>湘行散记</td></tr>
<tr><td>2</td><td>从维熙</td><td>朝花夕拾</td><td>18</td><td>铁 凝</td><td>会走路的梦</td></tr>
<tr><td>3</td><td>褚水敖</td><td>我负北大</td><td>19</td><td>闻一多</td><td>复古的空气</td></tr>
<tr><td>4</td><td>邓友梅</td><td>饮茶闲话</td><td>20</td><td>王巨才</td><td>退忧室漫笔</td></tr>
<tr><td>5</td><td>郭沫若</td><td>竹阴读画</td><td>21</td><td>徐志摩</td><td>翡冷翠山居闲话</td></tr>
<tr><td>6</td><td>葛水平</td><td>绣履追尘</td><td>22</td><td>萧 红</td><td>春意挂上了树梢</td></tr>
<tr><td>7</td><td>甘铁生</td><td>人生浪语</td><td>23</td><td>徐小斌</td><td>生如夏花</td></tr>
<tr><td>8</td><td>韩小蕙</td><td>新新中国</td><td>24</td><td>郁达夫</td><td>一个人在途上</td></tr>
<tr><td>9</td><td>蒋子龙</td><td>红豆树下</td><td>25</td><td>叶圣陶</td><td>没有秋虫的地方</td></tr>
<tr><td>10</td><td>鲁 迅</td><td>秋 夜</td><td>26</td><td>杨匡满</td><td>感恩的翅膀</td></tr>
<tr><td>11</td><td>老 舍</td><td>抬头见喜</td><td>27</td><td>袁 鹰</td><td>生正逢辰</td></tr>
<tr><td>12</td><td>林徽因</td><td>你是人间的四月天</td><td>28</td><td>朱自清</td><td>背 影</td></tr>
<tr><td>13</td><td>柳 萌</td><td>寒风吹哑琴音</td><td>29</td><td>张抗抗</td><td>北 方</td></tr>
<tr><td>14</td><td>李美皆</td><td>爱你备受摧残的容颜</td><td>30</td><td>周 明</td><td>写意凤凰</td></tr>
<tr><td>15</td><td>刘锡诚</td><td>芳草萋萋</td><td>31</td><td>赵 玫</td><td>陪伴着你在暮色里闲坐</td></tr>
<tr><td>16</td><td>茅 盾</td><td>白杨礼赞</td><td>32</td><td>朱 蕊</td><td>蛇发女妖</td></tr>
<tr><td colspan="6" align="center">第二辑</td></tr>
<tr><th>序号</th><th>作者</th><th>作品</th><th>序号</th><th>作者</th><th>作品</th></tr>
<tr><td>1</td><td>陈建功</td><td>我和父亲之间</td><td>17</td><td>束沛德</td><td>爱心连着童心</td></tr>
<tr><td>2</td><td>陈世旭</td><td>天南地北</td><td>18</td><td>王剑冰</td><td>古道秋风</td></tr>
<tr><td>3</td><td>陈喜儒</td><td>履痕碎影</td><td>19</td><td>吴泰昌</td><td>散文六十篇</td></tr>
<tr><td>4</td><td>陈善壎</td><td>你这人兽神杂处的地方</td><td>20</td><td>汪浙成</td><td>远 影</td></tr>
<tr><td>5</td><td>范小青</td><td>坐在山脚下看风景</td><td>21</td><td>肖复兴</td><td>昔日重现</td></tr>
<tr><td>6</td><td>黄文山</td><td>烟霞满衣</td><td>22</td><td>徐 迅</td><td>响水在溪</td></tr>
<tr><td>7</td><td>刘成章</td><td>安塞腰鼓</td><td>23</td><td>肖克凡</td><td>一个人的野史</td></tr>
</table>

序号	作者	作品	序号	作者	作品
8	梁晓声	我与橘皮的往事	24	徐 风	风生水岸
9	雷 达	黄河远上	25	叶延滨	前世是鸟
10	刘庆邦	野生鱼	26	阎 纲	散文是同亲人谈心
11	陆 梅	时间纷至沓来	27	赵丽宏	亲爱的母亲河
12	罗文华	将谓偷闲学少年	28	周大新	呼唤爱意
13	刘汉俊	刘汉俊评说历史人物	29	卓 然	天下黄河
14	林 希	平常人语	30	朱 鸿	退 出
15	刘兆林	牛化自己	31	查 干	红叶归处
16	秦 岭	眼观六路			

第三辑

序号	作者	作品	序号	作者	作品
1	杜卫东	陶人：远古之神	7	王泉根	往昔皆为序曲
2	高洪波	拔笔四顾	8	王必胜	我写故我在
3	郭保林	孤独者的绝唱	9	徐 刚	八卷·九章
4	韩小蕙	火与剑，还是康乃馨	10	杨晓升	人生的级别
5	简 默	活在尘世中	11	张庆和	漂泊的心灵
6	剑 钧	写给岁月的情书			

第四辑

序号	作者	作品	序号	作者	作品
1	白阿莹	高山之巅	10	邱华栋	地球是圆的
2	陈奕纯	生命，向美的境地漂流	11	素 素	乡愁
3	淡巴菰	下次你路过	12	孙 郁	在时间深处
4	何向阳	无尽山河	13	王子君	一个人的纸屋
5	李 舫	不安的缪斯	14	许谋清	每次涨潮都换一波海水
6	陆春祥	柏拉图的斧子	15	叶 梅	江河之间
7	刘上洋	山河气象入梦来	16	朱以撒	两片落叶
8	陆建德	看得见风景的书房	17	朱小平	一担山河
9	马 力	江水之南			